公元787年，唐封疆大吏马总集诸子精华，编著成《意林》一书6卷，流传至今

意林：始于公元787年，距今1200余年

青春最美，梦想出发

中国式好看轻小说优鲜品牌

灯火阑珊／著

木兰帝 上

吉林摄影出版社

·长春·

图书在版编目（CIP）数据

木兰帝.上/灯火阑珊著.——长春：吉林摄影出版社，2015.6
（意林轻文库.绘梦古风系列；010）
ISBN 978-7-5498-2337-6

Ⅰ.①木… Ⅱ.①灯… Ⅲ.①长篇小说－中国－当代 Ⅳ.①I247.5

中国版本图书馆CIP数据核字(2015)第105251号

木兰帝（上）
Mulan Di（Shang）

著　　者	灯火阑珊
出版人	孙洪军
总策划	安　雅　张　星
责任编辑	施　岚　胡晓路
图书统筹	安小纪
特约编辑	黄佳佳
绘　　图	饼子会飞
书籍装帧	胡静梅
美术编辑	刘　静
开　　本	700mm×1000mm　1/16
字　　数	260千字
印　　张	13.5
版　　次	2015年6月第1版
印　　次	2018年3月第4次印刷

出　　版	吉林摄影出版社
发　　行	吉林摄影出版社
地　　址	长春市泰来街1825号
	邮编：130062
电　　话	总编办：0431-86012616
	发行科：0431-86012602
网　　址	www.jlsycbs.net
经　　销	全国各地新华书店
印　　刷	北京中科印刷有限公司

书　　号	ISBN 978-7-5498-2337-6	定价：23.80元

版权所有　侵权必究

如发现印装质量问题，请与印务部联系退换，电话：010-51908584

目录 CONTENTS

- 001 序章
- 003 第一章　朕是女儿身？
- 015 第二章　闹鬼的栖凤阁
- 029 第三章　婉妃与月牙佩
- 041 第四章　进击的宠妃
- 055 第五章　明月照人米
- 069 第六章　天龙山的刺客
- 081 第七章　轻舟已过万重山
- 095 第八章　一只猫引发的血案

目录
CONTENTS

109 第九章　皇帝变王爷

121 第十章　万宝东来

131 第十一章　蛟龙入海启战端

145 第十二章　梦里不知身是客

157 第十三章　你方唱罢我登场

171 第十四章　金风未动蝉先觉

181 第十五章　旅程的终点

195 篇外篇　宫游记

序　章

　　长庆宫的大殿里一片阴暗寂静。

　　低垂的锦幔如层层乌云，隔断了殿外灿烂的日光，微风吹拂轻纱飘荡，宛如弥漫起一层薄雾。

　　御医王珍跪在地上，竭力压抑住心慌，却止不住身体的颤抖。

　　盛夏的午后，长庆宫的金砖地面竟如此冰凉彻骨，仿佛要把整个人都冻僵。

　　终于，一滴冷汗从额头滑落，轻微的滴答声惊得王珍打了个哆嗦。他忍不住微微抬起头。

　　入眼的是一片秋香色的锦绣裙角，从书案后的白玉阶上迤逦而下。

　　向上越过黄杨木的书案，一只素手正状似无意地抚弄着一方凤首冻石镇纸，纤长的手指竟比那冰晶冻石更显细腻润泽。

　　就是这双手，挽住了一片帝王痴心，独占皇宠多年；也是这双手，独揽皇权，替年幼的皇帝执掌朝政到如今，可是如今……

　　如今……如今这大胤朝的天，真的要变吗？而这双手，还能继续恣意摆弄这至高无上的权柄吗？

　　窗外蝉鸣嘶嘶，听得人心焦，常听人言外物通灵，难道连这些无知无识的虫豸也知晓宫中将要变天了吗？

　　而自己，还能在这场变乱中留得性命吗？

　　多年的效忠，哪知会有这一天？这一次不仅自己，只怕连家人……压力重重，王珍却忍不住胡思乱想起来。

　　终于，一道柔婉的叹息声打破了寂静："王院使，你执掌太医院多久了？"

　　王珍一个激灵清醒过来，连忙叩头回道："回禀太后，已经十五年了。"

"是啊,已经十五年了,正是先帝册封本宫为后的前一年。"

微风吹拂,露出纱幔之后倾世无双的容颜。

几乎每个第一次见到她的人,都会惊叹于世上竟会有这样绝美的容颜。

她已经四十岁了,可肌肤娇嫩宛如处子,仿佛时光也不忍在这张近乎完美的脸孔上留下痕迹。

一双眼眸清澈如水,有皎洁的月光凝结其中,而至高无上的权力又赋予了她无与伦比的高贵雍容,哪怕在最愤怒的时候,也不会有丝毫失态,正如现在。

"你跟着哀家这么久,办事向来妥帖,哀家也一向信赖你,可是这一次……"太后的声音柔婉平缓,微微蹙起的眉间带着少女般的愁绪,让看到她的人都要心生不忍,恨不得为她抹平一切烦扰。

王珍却如同听见了最可怕的丧钟,他脸色苍白,挣扎着道:"太后,皇上的……病情,本来就……但是臣相信,皇上今天一定能醒来。"

"同样的话连续听了三天,哀家已经听腻了。"太后的目光冷淡,宛如冰晶。

"臣……"王珍汗出如浆,跪伏在地上颤抖不已。这样的眼神在追随她的二十年里,他已经见过多次。每一次,都会有人无声无息地消失在这个深不见底的宫廷中。今天,终于要轮到他了吗?

二十年前,在太医院因为资历不足而坐冷板凳的他,因为一次巧合前去诊治还是先帝淑妃的她,第一次诊治,他就惊叹于她的容貌和智慧,迅速选择了效忠的对象,尽管那时的她正因为惹怒先帝而备受冷落。

他们一直合作得很好,她在后宫步步高升,他在太医院也是青云直上,直到今天……

求情的话语盘旋在嘴边,却因为重复过太多遍而说不出口。

就在太后朱唇即将吐出最残酷的审判的时候,殿门外忽然远远传来一声高呼,充满狂喜:"奴才启禀太后,皇上……皇上他……醒过来了!"

一句话石破天惊。

王珍突然松懈下来,浑身瘫软,坐倒在地。

而此时也无人计较他的失礼了,太后猛地站起身来,急急向殿外走去。

第一章 MuLan Di 朕是女儿身？

好痛，好难受！深入骨髓的酸软让整个身体都难以动弹，而头更是疼痛欲裂，意识一片混乱。

凝聚全部的力气，他终于睁开了眼睛，视野由模糊逐渐清晰。首先映入眼帘的是数张欣喜若狂的陌生脸孔，同时耳中传来此起彼伏的欢呼声。

"皇上醒了！皇上醒了！"

"快去禀报太后！"

……

他们是谁？我又是谁？一个最简单的问题，却引来一阵晕眩。元泓挣扎着想要起身。

左右侍从察觉了他的意图，连忙阻止："皇上，您余毒未清，千万不可妄动啊！已经有人前去回禀太后了，王院使正在太后那边回禀病情，想必立刻就会赶来。"

太后？王院使？熟悉又陌生的词。

他向外扫了一眼，这大殿极宽敞，处处描龙绣凤，镶金嵌玉，殿中影影绰绰几十个人，或站或跪，或男或女，还有一些分不出男女的，都望向自己，紧张又欢喜。

诧异间，有侍从端着玉碗跪在榻前，银匙舀出，凑到他唇边："皇上，先喝点儿参汤吧，是按王院使之前吩咐的方子熬的。"

苦涩的药汁流入口中，滋润着干涩的喉咙。

"我是谁？"沙哑的嗓音终于问出了这个问题。

元泓睁大了眼睛，期盼着答案。

然而，映入眼中的是大惊失色的脸孔。

众人面面相觑，不知该如何回应。

元泓心里一沉，混乱的头脑让他更加慌乱："我究竟是谁？你又是谁？"他挣扎着伸出手臂，指着一个近处的侍从。

那侍从大惊失色，扑通一声跪了下来："皇上饶命啊！"一边叩头不止。

一时间殿内人人自危，纷纷跪倒在地。

到底是怎么回事？我究竟是谁？我的名字，明明呼之欲出，却偏偏想不起来了，脑海中涌现出无数头绪，却都好像隔了一层迷雾，怎么也看不清楚。

外面适时响起内监尖锐的通禀声："太后驾到！"

殿中诸人如蒙大赦。

元泓抬眼望去，殿门大开，十几个侍女簇拥着一位气度高华的宫装女子快步走了进来。

"泓儿！"那宫装女子见到清醒的元泓，惊喜交加，急步走到床前，美目之中隐有

泪光,"终于醒过来了,这一次可真吓死母后了。若是你再不醒来,母后就跟着你一起去了。"

"母后?"元泓迷惘中隐隐有些清醒,眼前的宫装丽人让他感觉熟悉亲切,却又有种诡异的陌生。

一声低呼勾起万般愁绪,两行珠泪沿着太后光洁的面颊流下。

"泓儿,你身体感觉如何?是母后疏忽了,想不到那贱人这么狠毒,亏她还出身书香门第、礼仪之家,入宫之后你又是最宠爱她,想不到竟然会勾结外人,给你下毒,丝毫不顾念这几年的夫妻之情、君臣之义。"

太后哭诉片刻,却见元泓神色茫然,不禁皱起眉头:"皇上?"

旁边给元泓奉药的太监大着胆子凑上前:"回禀太后,刚刚皇上他……好像是不记得自己了。"

"什么?"太后大惊,死死盯着太监,"什么叫不记得自己了?"

左右噤声,不敢应答。

又是一阵兵荒马乱。

太医院首座王珍被叫了过来,连同几个经验丰富、胡子花白的太医,一番会诊后,王珍回禀道:"太后切勿惊怒,皇上必是被毒素损伤了脑识。臣之前也说过,婉妃娘娘所下的毒很是霸道,余毒一时难以彻底祛除啊。"

"无法彻底祛除,难道皇上以后就一直是这个样子了吗?"太后又惊又怒。

"太后息怒啊,臣敢断定,皇上所损伤的脑识只是记忆部分,皇上天性慧根并无损伤,也不影响日常起居,待臣为皇上开一个清毒补身的方子,按时服用,多则三四年,少则一两年必能彻底祛除余毒,恢复如常。"

一番话说得清楚,连周围跪了一地的宫女太监都明白,原来皇上只是失去记忆了,并没有变得痴呆,不由得纷纷松了一口气,任何一个在宫中生活过的人都明白,一个白痴是无法在皇位上久坐的。

太后脸色略缓,喝道:"既然如此,还不赶紧去开药!"

王珍低头领命,偷偷擦了把汗,今天在死亡线上翻了好几个滚,足够让他心惊胆战了。

太后回头看着依然皱眉思索不已的元泓,脸上浮起怜爱的神色,握住他的手:"泓儿,想不起过去的事情不必着急,有母后在,你以前的事情,从襁褓中开始,母后一桩桩、一件件都记得清楚。等母后跟你细说好不好?"

声声句句，满是慈母对儿子的怜爱之情。元泓心里一颤，仿佛沉沦在迷雾中的人抓住了一根浮木。

他紧紧握住伸过来的这双手，用力地点点头。

太后满意地笑了，正待说话，殿外一个太监快步走入，跪下回禀道："启禀太后，启禀皇上，后宫诸位娘娘到了殿外，说是听闻了皇上醒来的消息，前来探望，并请求侍疾。"

"一群不省心的！"慈和的光芒瞬间敛去，太后脸上只余冰冷一片，"传我的话，皇上刚刚醒来，身体尚弱，需要静养。既然记挂皇上，就让她们在殿外磕几个头吧。这几日也不要来惊扰了，若有心，就好好在各自宫内誊抄《女戒》和佛法经卷，为自身积德，为皇上祈福。"

宫女领命，转身去传旨了。

妃嫔？元泓纳闷儿，他已经娶妻了吗？

是的，他是皇帝，怎么可能没有后宫？只是如今自己一个人都记不得了，见了面也只是陌生人。

太后又扫视着殿内所跪诸人，沉声道："皇上龙体攸关社稷，需要静养一些时日，在这期间，哀家不想在后宫听到任何风言风语。"

众人心下一寒，齐齐应是。

太后这才回过身来，一边拍着元泓的手，一边柔声道："正好咱们母子俩也好久没有仔细说说话了。这几天母后就放下一切，好好陪着泓儿。"

夜色朦胧，殿内早早点起了十二根盘龙洒金明烛，映照得大殿里恍如白昼。

元泓将银碗中的药汁一饮而尽，旁边小太监立刻奉上一盘蜜饯。

元泓随手挑了一粒放进口中，待蜜汁儿冲淡了苦涩，才开口道："晚上母后不过来了吗？"

"太后晚上还要忙着处理朝政，只怕无暇分身。"一个容貌秀雅、气度沉静的女官一边接过药碗，一边回禀道，"说了一下午的话，想必皇上也累了，奴婢去准备香汤，等皇上沐浴完毕就早些休息吧。"

"我不困。"元泓皱起眉头，"蕊安姑姑……"

"皇上直呼奴婢的名字就好，'姑姑'二字实不敢当。"蕊安连忙道，"还有，皇上要自称朕，可不要忘了。"

"好吧。"元泓叹了口气，失去了记忆的感觉实在很难受，好像失去了所有凭依，

形单影只地飘荡在一条陌生的河流中。

蕊安是太后离开前留下的,她是太后身边的女官,据说已经服侍太后二十多年了,也就是说从元泓出生前就跟在太后身边的。

"母后她晚上还要处理朝政吗?"

"是啊,自从皇上五天前中毒昏迷,太后衣不解带地照顾皇上,已经多日没有好好休息了,朝政也都搁下了,如今皇上身体无碍,自然要赶紧处理。"

元泓心头一暖,乖乖依照着蕊安的安排,躺回了床上,一边回想着下午得到的消息。

经过一个下午的交谈,元泓对自己的身份终于有了大概的了解。身为大胤皇帝的他今年只有十五岁,却已经继位十二年了。

根据大胤的规矩,如今是太后连同先帝留下的几位老臣共同主持朝政。再过一年,年满十六岁他就可以大婚并且亲政了。所以如今朝中正是风起云涌的关键时刻。

虽然尚未大婚,但后宫中这两年也早早选了几位名门贵女册为妃嫔,而那个毒害自己的妃子,就是曾经最得宠爱的婉妃。

婉妃?总觉得有哪里不对劲啊。

晚风吹过,带来一丝凉爽。

蕊安准备沐浴需要这么久吗?元泓百无聊赖地想着,沐浴,等等。

他猛地站起身来,按住自己胸口,不对啊!他是皇帝,可自己明明是……

怎么会这样?是因为中毒吗?那个婉妃给自己下了什么奇怪的毒药?怎么可能让人有这种变化?!

"皇上,浴池准备好了,请皇上沐浴更衣吧。"蕊安走入大殿,映入眼帘的却是元泓苍白如纸的脸,满是惊恐。

"皇上,您怎么了?是哪里不舒服吗?"蕊安大惊,连忙上前扶着他,一边扭头对身后的小太监喊道,"快传御医!"

"不,等等!"元泓一个激灵清醒过来,紧紧抓住蕊安手臂,"先不要叫御医。我……"

蕊安一愣,见元泓神情惊慌,似有难言之隐,她左右扫视一眼,宫女太监立刻会意,纷纷悄无声息地退了出去。

待人走了个干净,元泓紧紧拉住她的衣袖,紧张道:"蕊安姑姑,我……朕变成了女孩子?这可怎么办?"

蕊安睁大了眼睛,旋即哑然失笑:"皇上就是为了此事而惊慌?"

"难道这不是大事吗?!"见蕊安不惊反笑,元泓瞬间提高了声音。

蕊安连忙捂住他的嘴:"小声一些,皇上。乾元殿虽然安全,但也要保守机密啊。"她又问道,"难道太后下午没有向皇上说明吗?皇上本来就是女儿身啊!"

元泓张大了嘴巴,纵然失去了记忆,长久以来的知识并无缺失,历朝历代,除了前朝的武则天,他还从未听说有女子登基称帝的呢。

"此事牵涉太后当年在宫中的艰辛,本不应该由奴婢来说,既然皇上疑惑,那奴婢先僭越一回了。"蕊安犹豫片刻,终于开口道,"先帝在时,后宫妃嫔众多,太后在宫中也并非……一直如意,当年孕育皇上的时候,急需有一位皇子来巩固身份。可惜生下的却是女儿,情势所迫,太后只得想出这瞒天过海的计策。而先帝前头几位皇子尽皆福薄,或者病逝,或者死在怀德王谋反之乱中,最终只剩下了皇上一人。这也是天命所归。皇上无须多虑。"

她怎么不需要多虑?

泡在青龙汤里,元泓望着天花板上回旋的花藻井纹,一阵失神。

这里是乾元殿后殿的浴池,用的是从城外西山挖掘暗河引来的温泉水,浴池四壁尽由碧玉雕成,所以赐名"青龙汤"。

八道涓涓细流从雕工精美的金龙头中流出,四面墙壁梁柱上镶嵌着二十四只青铜鸾鸟,鸟嘴衔着长明灯盏,跃动的光芒在氤氲的水雾中弥散流动。池水清澈见底,一眼望去,池底为防滑而雕琢的碧玉莲花仿佛活物,盛放零落,摇曳生姿。

元泓捧起一捧清水,浇在自己身上,看着水珠从玲珑浮凸的身体上滑落,心绪烦乱。怎么可能不忧虑?

她明明是个女孩子,却要女扮男装,还继承了皇位,明年就要亲政了。难道她要欺瞒天下人一辈子!还要大婚,她一个女孩子竟然要娶亲?!

荒唐!实在太荒唐了!

等等,她早就成过亲了,没错,她还有妃子,见鬼了!难怪那个婉妃要下毒害她。

对了,她会下毒,肯定是因为发现了自己是女孩的秘密。觉得自己欺骗了她!刚才蕊安告诫过,她是女子的秘密除了太后之外,只有极少数贴身服侍的人才知道,而这些人都是太后的心腹,忠诚可信,后宫妃嫔显然不在这些人当中。听说婉妃在几个妃嫔之中和自己感情最好,伴驾的机会也多,被她发现秘密也正常。

满怀憧憬地入宫为妃,却嫁给了一个女扮男装的皇帝,要是换成自己这么被骗,也

第一章 朕是女儿身？

要恨之入骨的吧？

越想越觉得这个推理正确,至于下午,母后告诉自己的真相——婉妃毒害自己是因为与宫外的势力相勾结,那个什么野心勃勃、手握军权的燕国公,未必是真实原因吧?

她要怎么办呢?真的要按照母后的意思,亲政大婚?泡在温暖的水池中,元泓忽然感觉一阵寒冷。

这样的寒冷,是因为对真相的震惊,是因为对未来的迷茫,更是因为,咦?室内怎么会吹凉风?

元泓赶紧扯过浴巾披上,转头望去,后殿的窗户什么时候打开了?记得入浴之前,专门有女官检查过的。

元泓目测了一下自己和窗户的距离,向水里缩了缩,正要叫人,抬眼望去,却瞬间睁大了眼睛,窗户好像又关上了。

难道是自己眼花了?温泉水热,整个室内满是厚重的水雾,看错也正常。

正疑惑着,一道幽幽的声音传入耳中。

"皇上……"

元泓猛地转头,不知何时,一个白影出现在窗边,水雾浓重,看不清楚模样。只觉轻飘飘,空荡荡,仿佛阴魂一般。

是鬼?

元泓打了个寒战,早知道就不应该拒绝蕊安她们的服侍,一个人待在浴室里。

眼看那鬼怪向这边飘来,元泓大惊之下,抓起池畔的东西就砸了过去。

那白影却一抬手,将"暗器"接在了手里,开口笑道:"皇上这是顾念臣妾一片相思之情,一见面就赏赐桃子吃吗?"

声音清澈如珠玉,元泓一愣,是人不是鬼?

"你是谁?"

"皇上真薄情,连臣妾都不记得了。"白影又向前走了几步,水雾朦胧之中,元泓终于看清楚来人模样。

竟是一个身穿银白色长裙的女子,见过太后那样倾国倾城的绝色,元泓本以为自己再见到任何美女都不会感觉惊艳了,但这女子还是让她眼前一亮。

美目流盼生光,红唇润泽含情,墨玉般的发简单地梳起,被一支柔亮的珍珠簪绾住,衬得肌肤白里透红,在氤氲水雾中,整个人宛如一枝带露的桃花,明媚诱人。

她径直走到浴池旁。

想起自己的秘密,元泓忍不住又向水池里缩了缩,尽管两人中间隔着玉石池壁,从这个角度她不可能看见自己的身体，更何况自己还披着浴巾。但白衣女子的眼神实在太亮，亮得让元泓有些心悸。

她是谁？也许自己应该喊人，不应该一时好奇让她有接近的机会。

咬着元泓刚刚扔给她的桃子，白衣女子叹了口气："这个季节，桃子已经不甜了，还是这西域进贡的葡萄最好吃。"说着，她毫不客气地将咬了一口的桃子扔在一边，拎起一串葡萄吃起来，顺便又给自己倒了一杯茶水。

元泓呆滞地看着这个大吃大喝的家伙。生怕她沐浴的时候口渴，宫女专门准备了各色果品和茶水放在浴池台上，竟然都便宜了这家伙。

刚才怎么会觉得这人美若天仙呢？明明是个毫无仪态的吃货好不好？

"有这么饿吗？"看到白衣女子将水果一扫而光，开始舔手指头的时候，元泓忍不住问道。

白衣女子优雅地擦了擦嘴，露出一个甜甜的笑容："皇上，臣妾可是趴在屋顶上从下午一直等到了晚上，连晚膳都没吃呢。皇上一向怜香惜玉，不会责备臣妾小小的失仪之处吧？"

元泓瞪着她："你是谁？"

白衣女子睁大了眼睛："皇上，虽然臣妾伴驾的时候远不如婉妃妹妹多，但您也不能这样薄情寡义吧？才个把月没见，就将臣妾抛之脑后了！"

诱人的眸子黑白分明，飞扬的眉梢更带着一股英气。这样的美人……难道也是自己的妃子？

"咳咳……不好意思，朕失忆了。"话音刚落，元泓立刻想起，貌似母后提醒过，为了朝政安稳，让她不要对外显露失忆的事情。呃……不过眼前之人是自己的妃子，应该也不算外人吧，元泓自我安慰地想着。

"失忆？皇上是说……您不记得之前的事情了？难道您连上次答应晋封臣妾为贤妃的承诺也忘了？"白衣女子两眼生光，满含期待地望着元泓。

喂，你这种看肥羊的眼神是怎么回事？元泓嘴角抽搐："朕什么时候答应你晋封了？"

"当然是在皇上召幸臣妾的时候了。"白衣女子眼神瞬间变得楚楚可怜，"君无戏言啊，皇上。"

召幸？想象了一下场面，元泓打了个寒战，"撒谎也要有个限度好吧？刚刚不是还说我们个把月没见了吗？"

"呃，皇上您真的失忆了吗？"

"失忆又不等于失智，也不等于失心疯。"元泓瞪了她一眼，"你来这里干什么？"

"臣妾挂念皇上啊。皇上可不知道这些天臣妾得知皇上遇险之后,是怎样睡不安寝,食不知味。"白衣女子声情并茂,还适时地掏出一方绢帕,擦了擦眼角,"下午听闻了皇上醒来的消息,臣妾第一个找到众位姐妹,想要探望皇上。奈何太后唯恐我们扰了皇上静养,只准在殿外磕几个头。臣妾放心不下,想着皇上素来爱洁,醒来必会沐浴。就悄悄来到这里躲着,守株待兔,果然……"

果然被你逮到了朕这只兔子。

元泓头疼起来。她还真是后宫妃嫔啊,难怪容貌这般绝美,看起来又只有十六七岁。

确认了女子身份,元泓反而失去了兴趣:"现在你看到朕平安无事,可以走了。"

"哦,皇上……"白衣女子却不肯就此离开,声音放柔,美眸顾盼间华彩流溢,"臣妾入宫以来一直想要尽心竭力服侍皇上,可惜没有婉妃妹妹那样通诗书、可人心,眼看着婉妃妹妹几天之后就要被赐死……"

婉妃几天之后就要被赐死?!

纵然失去了所有记忆,元泓还是觉得心内一痛,仿佛一个看不见的角落被小虫咬了一口。

白衣女子目不转睛地盯着元泓的面容,继续笑道:"皇上身边哪能缺少贴心服侍的人儿啊?丽妃、黄昭仪、沈充仪她们,不是粗鲁无礼,就是呆傻愚笨,臣妾虽然不及婉妃妹妹,也是一等一的人才……"

粗鲁无礼,你是在说你自己吧?看着某人吐了一地的果皮果核,元泓无语。再没常识也应该知道,后宫争斗,哪有这么赤裸裸说对手坏话,争取宠妃名额的?

"够了,贴心不贴心不是嘴上说的。"元泓不耐烦地打断道,"你先下去吧,朕还要沐浴。"

白衣女子眼前一亮:"皇上教训得是……"

元泓以为她要告退了,却不料她站起身来,握拳道:"臣妾决心从现在起,好好服侍皇上,做第一贴心的人儿。"明亮灼人的目光投向浴池中的元泓,仿佛在看一只待宰的羔羊。

元泓一哆嗦,顿时升起不祥的预感。

"不如就从服侍皇上沐浴开始吧,你我共沐鸳鸯浴,共谱鹣鲽曲,也是宫中一段佳话。"一边说着,白衣女子竟然真的往玉台上爬,想要跳进水里来。

元泓被惊得魂飞魄散,抄起台上的果盘就往她脸上拍下去,一边转头高喊:"来人!快来人啊!"

急促的脚步声响起,很快蕊安带着两个宫女推门走了进来。

"皇上,有什么吩咐吗?"

"她……"元泓一转头,却惊见原本趴在台上的白衣女子竟然不见了。他探头向台下望去,也不见人影,只余玉盘被搁置在台上。

一阵凉风吹过,也不知是从蕊安敞开的大门,还是……她目光落在窗户上。

这动作也太快了吧!

沉默了片刻,她吩咐道:"你们先把这些果核果皮收拾干净吧,朕再泡一会儿。还有……关好窗户,上锁!"

小太监吹熄了御榻前的烛火,放下帷幕。

也许是这几天昏睡得太久,躺在床上,元泓毫无睡意。

隔着描龙飞凤的金线绣帐,望着殿外荧荧点点的烛火光芒,回想起刚刚沐浴的经历,还有那个神奇的白衣女子。

心念一动,她掀开帘帐,向外面招了招手。

值夜的小太监跑了过来:"皇上,您有什么吩咐?可是要喝茶水?"

"不用,朕睡不着,你陪朕说说这宫里的事儿吧。"

"这……奴才怎么敢妄议主子?"

"没事,朕恕你无罪。"元泓大手一挥,法外开恩,"而且朕只是想知道后宫几位妃嫔的事情。"

"皇上是说几位娘娘吗?"听到是询问这个,小太监松了一口气。

"朕后宫里有几个人?"

"皇上后宫有九位娘娘,其中三位妃,呃,现在只有两位了,还有两位位列九嫔……"小太监口齿甚好,将后宫诸般事务娓娓道来。

大胤的后宫等级并不繁复,皇后之下采取九品制,一品的贵、淑、德、贤四妃,二品的平妃六位,然后是以昭仪为首的九嫔位列三品(昭仪、昭容、昭媛、修仪、修容、修媛、充仪、充容、充媛),再往下贵嫔十二人,嫔十二人,这些五品以上的妃嫔皆有定数,册封时有金册,姓名记入宫史典籍,可以独居一殿。

再往下六、七、八品的贵人、才人、美人,直至末品的良人,皆是人数无限制,有时候帝王临幸宫女,随口就能册封,而在宫中的地位体面也全看是否受宠。

按照宫中一贯规矩,普通选秀入宫位分最高也只能从贵人起步,因为诞育子嗣或者受到宠爱而逐级晋封。但婉妃这九人皆是元泓立后之前,从世家贵族中礼聘入宫的,所以一入宫直接封了高位。

位列二品的平妃就有三位,分别为婉妃、丽妃和白妃。另有三品九嫔中的黄昭仪和沈充仪,还有四品贵嫒两位,五品嫔两位。

不过元泓对女色向来很冷淡,独独宠爱婉妃一人。后宫其他妃嫔除非逢年过节,否则几乎见不到圣颜。

用这个叫小栗子的小太监的话说就是:"皇上您就算是没忘记从前的事儿,见了她们只怕也认不出几个来。"

"这几位娘娘中有没有喜欢穿白衣的?"

"回禀皇上,要说白衣,还真有一位娘娘,就是白妃娘娘,因为她姓白,所以格外喜欢穿银白色的衣裙。只是白色不吉,就算要穿,也必须在衣着上绣花缀锦才行。"

回想起那白衣女子裙裾上飞扬的桃花刺绣,元泓若有所思:"白妃吗?她是什么来历?"

"听说白妃娘娘是江南巨富溧川白家的女儿。当年江南连续三月暴雨,洄水河堤垮塌,白家捐献了二十万两银子,援助修建河堤,才得了这么一个入宫的名额,还抬了官商的身份。不过……"

"不过什么?"元泓追问道。

小栗子略一迟疑,坦白道:"奴才也只是听说,白家虽说祖上也是名门,但如今已经沦为商户人家。因为这样的出身,白妃娘娘位分虽高,却在宫中很被众位娘娘排挤欺负。"

排挤欺负?完全看不出来。这种人不欺负别人就谢天谢地了。元泓哼了一声:"那她之前见过朕几面?最近的一次是在什么时候?"

"这……奴才也不太清楚,若说最近一次,应该就是上个月宫宴的时候了吧。不过奴才是刚刚被调派来乾元殿服侍的,之前皇上是否偶遇过白妃娘娘就不知道了。"

什么册封贤妃,果然是一派谎话。这个白妃究竟是什么来历,普通的妃子,会胆大到为了争宠,趁着皇帝沐浴的时候溜进去吗?

元泓不忿,又问道:"你刚才说是新近来乾元殿的,那之前的旧人还有谁呢?"

小栗子突然不说话了,神情惊惧。

元泓看了他一眼:"怎么了?这个问题很难回答吗?"

扑通一声,小栗子跪倒在地,颤抖不已。

元泓突然明白了,沉默了片刻,她闭上眼睛:"你退下吧。"

持着一盏宫灯,金黄的光晕引路,蕊安快步走在通往长庆宫的回廊上。

进了殿门,将宫灯交给接引的太监,她问道:"太后还在批阅奏折吗?"

太监尚未回答,殿内传来清越的声音:"蕊安吗?进来吧。"

太后将手中的奏折放到一边,揉着额头问道:"婉妃那边怎么样?还是不肯说吗?"

蕊安连忙上前倒了一杯茶水奉上,一边回禀道:"还是硬气得很,依奴婢之见,不如以其家人为质。"

太后冷笑一声:"我看在故人的情分上,一向对她照顾有加,想不到反而招来祸患。"又道,"她既然一心求死,就成全她吧,三日之后就赐死。"

蕊安迟疑:"可是燕国公那边……"

"他既然敢伸手,哀家自然不能坐视,"太后冷然道,"赐死婉妃,也可以试探他在这宫里的手伸得有多深。"

"奴婢遵旨。"

"今晚皇上的情形如何?"

"皇上精神尚好,身体看着也算康健,连胃口都很好,不仅用了晚膳,夜晚沐浴的时候,连果品都用了不少。"

太后浅浅抿了一口茶水,叹道:"这样哀家就放心了。如今朝中事务繁杂,并无多少精力照看她那边,你可要替哀家好好盯着。"

"奴婢明白,只是……皇上今晚受了些惊吓,似乎是因为发现自己女儿身的秘密。"蕊安将元泓今晚的言谈举止细细禀报。

"什么,她连这个都忘了?倒是忘得干净。"太后诧异,继而失笑,笑容中却又带着一丝若有若无的讥讽。

"忘了也好。这世上的烦恼苦闷,可不都是因为知晓得太多了?"

　　日头西斜,傍晚的风带起丝丝凉意。曲折的回廊上,元泓漫步而行。

　　醒来已经两天了,元泓自觉身体恢复得差不多了,奈何周围的人都把她当作易碎的花瓶,还是碎过一次,刚刚重新粘起来的那种,稍不小心就要散架。

　　她想去湖边赏景,马上有人说湖上风大,小心着凉,想要去花园散心,马上有人说林木阴森,唯恐惊驾。

　　若不是御医说过,适度活动有助于身体恢复,她真怕自己被一直关在乾元殿里不得离开。

　　饶是这样,每次出来,身后林林总总也要跟着几十号人,端茶的,持扇的,各色吃食不说,连座椅软垫都有人抬着,以备她随时召唤。这样一趟走下来,哪里还有散步的轻松惬意?

　　元泓抗议:"蕊安,我想自己走走。"

　　蕊安语重心长:"皇上龙体为重,不要让太后再为您担心啊。"

　　太后这顶大帽子一搬出来,元泓只好投降,乖乖带着这一大票"尾巴"散步了。

　　拐过回廊,一座雕梁画栋的阁楼映入眼中,元泓来了兴趣:"这里是……"

　　蕊安介绍道:"这里是望月楼,存放着一些诗词书画之类的书籍,皇上从前闲暇时候常来这里游赏读书。"

　　"咦,乾元殿不是有书房吗?"

　　"太傅授课当然是在乾元殿的御书房,只是这里安静,景致又好,皇上曾说在这里读书开阔心胸,偶尔也会驾临此地。"

　　元泓兴致上来,信步走入。

　　蕊安略一犹豫,跟了上去。

　　望月楼并不高,只有三层。一楼、二楼全是藏书,宫中也有专门的藏书楼,元泓昨日也去过,比起那里的阴森沉闷,这望月楼书籍不算多,却胜在宽敞亮丽,让人一看就心生欢喜。

　　三楼就是她昔日练习书画的所在,设着书案桌椅,摆着笔墨纸砚,四面挂满了书画,一众摆设虽然简单,却极尽雅致。

　　从楼西的窗口望去,便是后花园的明月湖,被丛丛绿树红花环绕,波光粼粼,碧清如玉,宛如一轮明月嵌在勃勃春色之中,难怪此地叫望月楼。

　　晚风习习,凉意顿生。元泓不禁笑道:"倒是个消暑的好去处,更难得景致也好。咦……那座小楼是谁的?"

　　明月湖湖心有一座小岛,绿意葱茏,煞是可爱,一座汉白玉飞桥横空而起,宛如虹

第二章 闹鬼的栖凤阁

光,从湖心岛径直落入湖东侧的一座小楼里。

纵然隔得远,也可见小楼的精致,青檐玉栏,雕梁斗拱,脊上飞檐走兽,在夕阳余晖下散发出清润的光泽,檐下华灯金铃,一阵风过,隐有清脆仙乐幽幽入耳。

蕊安看去,神情一窒。

元泓同时注意到,跟随的太监有几个忍不住变了颜色。她心神触动,追问道:"是谁居住在那里?"

"这楼叫栖凤阁,只是湖边一座小楼罢了,盖得精巧,如今并无人居住。"

元泓故意道:"朕要去那里看看。"说着就要下楼。

蕊安连忙拦住:"皇上,天色已经晚了,不如改日再去。"

元泓摇头,正要坚持,突然异变突生,身后一个侍卫一步蹿出,冲着挂帘之后喝道:"谁?"

挂帘一颤。众人顿时反应过来。

"有刺客!"不知是谁高喊了一声,众人蜂拥而上,将元泓团团围住,虎视眈眈地盯着挂帘。

挂帘一阵颤抖,终于一声柔婉的哭腔传来:"皇上明鉴,臣妾不是刺客啊!"

话音未落,两个身影从帘后扑出,一个桃红,一个鹅黄。

桃红色的那个抢先跪倒在地,娇声哭诉道:"皇上,是臣妾啊,您忘记臣妾了吗?"说着抬起头来。

杏眼桃腮,妩媚娇俏,一双水灵灵的大眼睛隐有慌乱,如受惊的小鹿般娇憨可爱,虽然年纪尚小,也有丰丽之姿。

而身着鹅黄色宫装的那位气度沉静,清丽秀雅,被发现了也不惊慌,盈盈拜倒,柔声道:"臣妾见过皇上。不慎惊扰了圣驾,臣妾之罪也。"举动轻盈,更衬得她肩若削成,腰如约素。

"是丽妃娘娘和沈充仪娘娘。"有眼尖的小太监认出来。

元泓一愣,蕊安上前一步,训斥道:"大白天两位娘娘躲在这里干什么?"她是太后身边女官,有权训斥犯错的妃嫔。

一身桃红宫装的丽妃擦了擦眼泪,抬头道:"皇上以前常常训斥臣妾行为粗鲁,不通诗书。臣妾也一直引以为憾,想着这望月楼是一等一的文雅去处,便想过来借阅几本书,也好熏陶一下诗书气质,将来好伺候皇上。"

"那充仪娘娘呢?"蕊安又转向沈充仪。

"臣妾日常便好读书,难得丽妃姐姐有此雅兴,臣妾便一起过来了。"沈充仪交代道，盈盈目光望向元泓，眼角眉梢尽是情意。

蕊安气乐了："难得两位娘娘如此好学上进，只是奴婢不懂，望月楼的藏书都在一二层，两位娘娘借阅藏书之后为何不回宫翻阅，却要上三楼来。"

"这……"丽妃顿住了。

沈充仪抢着答道："臣妾姐妹听闻皇上龙体康健，想到皇上素来勤于课业，只怕不日就要来望月楼苦读，便上来查看这楼内打扫布置是否妥当，可有需要臣妾尽力的地方。"

好个冠冕堂皇的理由，只是连元泓这个失忆的人也知道，宫室都是有专人打扫，哪里轮得到主子动手？

更别想用这种理由糊弄过蕊安了。

她脸色一沉："既然如此，那又何必躲到帘后，身为妃嫔，举止鬼祟，成何体统？惊扰了圣驾，你们又该当何罪？"

两个人连忙低头告罪："只因臣妾想到昨日太后下了旨意，让我等不得惊扰皇上静养，偏偏又见到皇上过这边来，不得已之下，只好出此下策。"

两人言语支吾，元泓却也猜了个大概。

这两日蕊安陪着她走遍附近的宫室，随性所至，也经常"偶遇"一些妃嫔宫女。

这偶遇多了，她也渐渐摸出门道来。

这些偶遇只怕未必真是偶遇，不过是宫中惯用的伎俩，毕竟后宫妃嫔众多，还有无数绮年玉貌的宫女，等闲难得见到皇上一面。

而宫里的女人，哪个没有上进心？宫女梦想着飞上枝头变凤凰，而已经在枝头的凤凰们梦想着更高更华丽的树枝，甚至是独一无二的绝顶——母仪天下。

不想当妃子的宫女不是好宫女，不想当皇后的妃子不是好妃子。独占皇恩的婉妃一去，这宠妃的位置可是人人盯着呢。

被这么多"上进心"围绕着，出门一趟，就要偶遇两三个盛装妃嫔，四五个娇俏宫女，元泓觉得压力很大啊！

日前太后刚刚下了懿旨，严令后宫各司其职，诸位妃嫔修身养性，皇上出行散步不得惊扰。

想不到今日丽妃和沈充仪就来了这一出。

这两天借着"偶遇"的机会，低品级的妃嫔元泓差不多认了个遍，原以为像丽妃这样高品级的妃嫔自矜身份，不屑于用这些小手段，敢情人家不鸣则已，一鸣惊人呢。

见局面一时僵持，众目睽睽之下，总不好让人一直这么跪着。元泓轻咳一声，开口

道:"既然如此,你们先平身吧。"

两个人依言站起身来,见元泓言语温和,并不怪罪,丽妃胆量也大了起来。

"皇上刚才一声呼喝好有气势,吓得臣妾直到现在心肝儿还怦怦乱跳呢。"丽妃靠了上来,拉住元泓的袖子娇嗔道。

刚才我喊过吗?明明是侍卫呼喝的好不好?元泓无奈,推脱道:"爱妃听错了吧?"

"爱妃"两字让丽妃两眼放光,颊飞红晕,笑道:"那必定是臣妾太过思念皇上的缘故,一时耳误也是有的。这几日臣妾虽见不到皇上,但一颗心全都系在乾元殿里,只恨不得化身飞鸟,能在屋檐下停留片刻也好。今日又见到皇上龙精虎猛,臣妾可算能放心了。"

我什么时候龙精虎猛了?这话听着怎么这么不靠谱啊?元泓眉梢抽搐,求助的目光投向蕊安。

蕊安立刻提醒道:"丽妃娘娘,皇上还要回去服药。天色已晚,您也早些回宫休息吧。"

丽妃眼前一亮:"不如臣妾服侍皇上服药吧。"

"不必了,你不是借了书吗,好好回去翻阅。"元泓推托道,一边想把衣袖从丽妃手里拉扯出来。

孰料丽妃松了衣袖,却顺势挽住了她的胳膊,娇嗔道:"皇上,不如您来替臣妾看看,臣妾借的这几本书是否合适,也好指导一下臣妾的功课。"

前几次偶遇,低阶妃嫔宫女只有叩头跪拜的份儿,哪会有人如此胆大上前拉扯?

元泓想要挣脱,奈何丽妃看着身姿纤细,力气竟然出奇地大,身不由己地被她拉到了桌子旁,将一摞书递到眼前。

元泓睁大了眼睛,后宫妃嫔的力气都这么大吗?想起那个在浴室里神出鬼没的白妃,个个都身怀绝技啊!

"丽妃姐姐,皇上身体虽有起色,但也不可太过劳神,不如改天再来指导咱功课。"似乎看出元泓的尴尬,沈充仪连忙上前将丽妃手里的书按下。

还是这位有眼色,元泓看她的眼神不禁柔和起来。

沈充仪嫣然一笑:"书籍案牍最是劳神,皇上此时应以保养身体为重,切不可多费心力。"

"朕明白,爱妃有心了。"元泓点点头,一边加大力气,想要扯开无尾熊一样扒住自己的丽妃。

沈充仪抚着胸口,神情欢欣:"听皇上亲口说出这句话,臣妾可算稍稍放心了。"又道,"臣妾曾经在佛前许愿,为保皇上康复,愿意亲手抄写九十九卷《金刚经》,供奉佛前,以表心意。今日刚刚抄完,正好前去还愿。"

元泓有几分动容,叹道:"你费心了。"

"臣妾这算什么费心?比起皇上受的苦痛来,臣妾只恨不能以身替之。"沈充仪满脸痛惜,继而柔声道,"听闻皇上这些日子所用汤药极苦,前些日子臣妾亲自腌制了几样蜜饯,虽不及御膳房制作的精巧,但也尚能入口,只希望能为皇上略解苦涩,便是臣妾的心意了。"

一番话如春风细雨,润物无声,拳拳关怀之情表露无遗。

好个贤淑明理的美人,元泓暗暗赞叹。

蕊安趁隙上前,回禀道:"只怕乾元殿里药已经熬好了,皇上这就回去吧。充仪向来巧手,想必蜜饯也做得可口,回头可派人送来乾元殿。"

沈充仪用力点点头,凝望着元泓,俏丽的脸上满是欣喜。

对上这充满了期盼和渴望的眼神,元泓微微一怔,忽然一阵酸楚心虚涌上心头,她不敢再看,转身下楼。

走过窗口,视线透过檀香木的雕花窗,落在远处的小楼上,突然一个念头涌上心来。

直到元泓一行人不见踪影,恭送皇上离去的丽妃和沈充仪才站起身来。

丽妃抿着唇,不悦道:"沈妹妹什么时候腌制的蜜饯?怎么之前我都不知道?"明明说好是陪自己前来,怎么反而是她出了风头?

"蕊安姑姑说起服药时,妹妹注意到皇上面露苦色,便突然想到了。姐姐勿怪。"沈充仪低声回道。

丽妃冷哼一声,瞥了她一眼:"你倒是有眼色。只是不知道这蜜饯有多甜。"

沈充仪笑得温婉:"姐姐说笑了,既然姐姐好奇,待会儿妹妹也派人往姐姐宫中送一份儿去。"

"算了,谁要吃什么蜜饯?又不是什么稀罕玩意儿。"丽妃冷冷地道,打量着沈充仪,"只是千万别有人指望着靠这点子东西上位,取代婉妃曾经在皇上心里的位置。"

这话说得赤裸裸了,沈充仪面露惶恐之色,连忙道:"妹妹岂敢有非分之想,婉妃娘娘一去,论家世,论容貌,这宫里谁还能与姐姐相提并论?未来得宠的必然是姐姐。只希望姐姐飞黄腾达之日,别忘了提携妹妹一二便是。"

丽妃却不肯轻易放过她,冷笑道:"那可未必,刚才依我所见,皇上眼中全都是你。只怕早在你劝我和你一起来这望月楼的时候就打定主意了吧?有责任是我担,有

好处是你拿。"

这傻妞儿脑子怎么忽然灵光起来了？沈充仪暗暗心惊，硬着头皮道："姐姐明鉴，皇上是顾念旧情之人，妹妹虽能断定皇上这几日必来望月楼，然真的遇到了，要怎样应对，怎样表现，全看个人机变，岂能事先步步筹谋？"

见丽妃神情不以为然，她索性大着胆子道："依妹妹方才细看，皇上经此一病，性情似乎更显清冷，姐姐你举止太过急迫，所以过犹不及了。皇上喜欢温雅细致的女子，姐姐入宫也快两年了，难道还不清楚？"

丽妃神情一滞，回想自己刚才的举动，确实让元泓不悦。

去了对沈充仪的疑心，丽妃心下不禁烦躁："这也不行，那也不行。"视线落到那一摞书上，她脸上更加阴云密布："真的要看这么多东西吗？"

沈充仪连忙笑道："姐姐别忘了，皇上为人清雅，素来好书画，昔日婉妃不就是因为精擅诗词歌赋，琴棋书画，能与皇上唱和，才如此得宠的吗？便是为了将来与皇上应答，也要好好读书啊。"

这一番话入情入理，滴水不漏。

丽妃想了想，苦着脸，认命地将一摞书抱紧了。

要当宠妃可真难啊！

这一夜，元泓服了药，用了晚膳，坐在窗前看了一会儿书，便早早就寝了。

随着灯火一盏盏熄灭，白日绚丽的宫廷逐渐褪去华彩，陷入沉寂。

夜深人静的时候，小栗子正依靠着门柱偷偷打盹儿，忽然听闻一声轻唤，他一个激灵，立时清醒过来。

乾元殿内帷帐微动，一只手伸出，向着这边召唤："小栗子，过来！"

他连忙起身一溜儿小跑至床前："皇上，您有什么吩咐？"

"朕睡不着觉。你陪朕说说话。"

又来了！小栗子只觉眼前一黑，怎么又是说话，怎么又是他啊！上次从几位娘娘的事情竟然谈到了乾元殿的旧人，把他吓个半死。

这乾元殿的旧人去了哪儿？当然是……

天可怜见，他可不想这么快去跟自己的诸位前辈见面啊！他年龄虽小，在宫中也待了七八年，深知言多必失的道理。

"皇上……您……"

"只是问你几句话。紧张什么？"掀开帷帐，元泓坐起来，瞪了他一眼。

小栗子只得低头应是,乖乖在榻前跪了下来。

"今日朕见到丽妃和沈充仪了,朕记得,上次听蕊安说过,丽妃是什么曲将军的女儿?"

"这个奴才知道,丽妃娘娘是御林军指挥使曲威将军的长女,曲将军驻守邑州时候,娶了当地名门金家之女为妻,听说,这金家祖上还有胡人血统呢。"

"原来是将门虎女,难怪力气那么大。"元泓恍然大悟,又想起丽妃容貌艳丽,高鼻深目,有点儿外族血统也说得通。

"丽妃学问不好?"

"这……邑州那种边塞荒芜之地,想必名师难觅,丽妃娘娘是不太擅长诗书。直到两年前陆将军率西府新兵入驻邑州,曲将军得以调入京城,转任御林军指挥使,丽妃娘娘被点了入宫的名额,这才急聘良师,从头教导。"

"陆将军……"

"就是陆天祈将军,他可是皇上您从小的伴读……"

"朕知道,不用说了。"元泓挥手打断道。陆天祈这个名字,从太后和蕊安的口中已经听到过太多次了。他是太后的亲侄子,名门陆家嫡子,从血统上算是自己的表哥,更是自己的伴读,相伴多年,一起长大。虽然她什么都记不得了,但每次听到这个名字,依然有种难以言喻的感觉。

此人如今不在京城,据说两年前就奉命加入西府军,那是太后下令新组建的军队,为了对抗燕国公裴炎的势力。

"说说沈充仪吧?"抛去心头那一点阴云,元泓继续问道。

"沈充仪娘娘出身更是不凡,可是临川侯沈家的女儿。"

元泓皱起眉头。这些日子,朝中重要的大臣她也有所了解。临川侯是开国十六侯之一,是跟随先帝征战沙场多年的旧人,曾担任大内侍卫统领,后外放做两淮节度使,主管河运,不久又转任海务大臣,主理灵州城海务衙门,至今已有十多年了,前几年又加封盐务巡按,算是太后心腹之一。这样说来,沈充仪出身还在丽妃之上。

"那沈充仪为何只位列九嫔?"

"因为充仪娘娘是庶女,所以入宫就封的时候也就低了一等。"

元泓若有所思:"临川侯府没有嫡出的女儿吗?"

"听说也是有的,只是嫡出的小姐身体孱弱,唯恐无力服侍皇上。奴才记得当时临川侯是这么回禀的。"

真是如此吗?元泓琢磨着,转而又想到,丽妃和沈充仪……一个娇俏憨直,一个温

婉贤淑,都是一等一的绝色,自己这个皇帝还真艳福不浅啊!

坐在床边,元泓摸着下巴,暗暗出神。

偷眼瞧着她并无继续发问的意思,小栗子稍微松了一口气。

冷不丁又一句话落了下来:"那个栖凤阁,是婉妃以前的居所吧?"

小栗子冷汗立时下来了:"皇上……什么栖凤阁,奴才不知道啊。"

"别装糊涂,就是与明月湖飞桥连接的那个栖凤阁。"元泓故意板起脸孔,不给他回避的机会,"不回答就是默认了。"

"这……皇上恕罪。"

"嗯,要朕恕罪也可,就看你的忠心了。"

"啊?"小栗子一愣,条件反射地磕头,"奴才对皇上忠心耿耿,肝脑涂地,在所不惜……"

等的就是你这句话!元泓从床上跳下来,笑眯眯道:"用不着你肝脑涂地,只要把衣服脱下来就行。"

"啊!"小栗子愣住了,几乎不相信自己的耳朵。

"把你的衣服脱下来,给朕换上!"元泓一字一句地重复道。

小栗子终于反应过来,顿时惊得魂飞魄散,连连叩头:"皇上,您这是要奴才的命啊!"

"要不了你的命,朕这是给你一个效忠的机会。"元泓踢了他一脚,喝道,"快点儿!别磨蹭!"

她早就注意到,小栗子面容清秀,身形也与她很相似,白天可能瞒不过,但夜晚光线黯淡,守夜的人又少,很容易糊弄过去。

而且就寝前她故意嫌灯光太亮睡不好,吩咐宫人把殿外回廊上的灯都熄灭了,又嫌人多吵闹,殿内只留了小栗子一个人守夜。

如今万事俱备只欠东风。

见元泓神情坚定,小栗子终于明白这回是躲不过了。在"拼死反抗喊人"和"乖乖领命"之间挣扎了一下,他最终还是选择了后者。毕竟,若是选择前者,坏了皇上的计划,皇上一句话就能要他小命;选择后者,说不定还有一线生机。

只是这一线生机,似乎也很渺茫啊……看着兴冲冲对着镜子套衣服的元泓,小栗子只觉前途一片黑暗。

七手八脚地把衣服换好,转头看到哭丧着脸的小栗子,元泓皱眉道:"别哭了,朕又没把你怎么样。"

小栗子苦着脸："皇上您一定要早些回来啊。奴才一条小命就押在这上面了。"

"放心吧，就算事发了，朕也一定保你不死。"衣服更换完毕，元泓乐滋滋地瞧着镜子转了个身，忍不住自己也要赞一声，好个俊俏伶俐的小太监！

"谢主隆恩。"小栗子乖乖磕头应道。

元泓在他头上拍了拍，笑道："这才乖嘛，好好看家啊。"

趁着夜色，元泓提起衣角，蹑手蹑脚地向外走去。

行至殿门，她又挺直了胸膛，将帽子向下压了压，提起当道具的香盒，加快脚步。

守门的侍卫还在尽职尽责地值守，见到一个小太监走出，立刻上前盘查。

元泓将香盒打开，低声道："刚才不小心将这盒梅花香打湿了，赶着去换一盒，皇上清晨起来要点这个的。"

香气扑鼻，两个侍卫忍不住打了个喷嚏，眼看确实是香料无误，又见元泓带着内殿腰牌，两人没有起疑，客气道了声"公公辛苦了"，便挥手放行。

顺利走出殿门，元泓加快速度，沿着白日看好的路径走去，遇见巡夜的侍卫就躲藏，躲不过的就用更换香料的幌子，一路竟也有惊无险地到了栖凤阁。

终于站在了阁楼门前。

白日里华美精巧的宫室暗夜里看去却一片黯淡，仿佛一只伏倒的彩凤，褪去所有绚丽的色泽，只余满地哀婉寂静。

毒害天子是株连九族的罪名，自婉妃下狱之后，原本在栖凤阁服侍的宫人皆被牵连打入大牢。

繁花似锦的宫室，如今只有内务府临时指派的几个仆役白日收拾清扫，夜晚则悄无人声。

为什么迫切地想要来到这个地方呢？明明失去了一切记忆，可是在望月楼看到这座栖凤阁的瞬间，像有一道亮光倏然钻入心房。

似乎有什么重要的东西遗落在了这里，正殷切呼唤着自己去寻回，让她不惜深夜出行，前来一探。

难道是因为婉妃？自己与她真的有这么深厚的感情？

一念及此，元泓忍不住打了个哆嗦。

太冷了！

这个可怕的设想，还有这见鬼的天气！

方才还露出半片儿的月亮不知何时彻底隐入了乌云之后，让这个冷寂的夜晚越发阴森。

第二章 闹鬼的栖凤阁

终于，元泓鼓起勇气，推上宫门。

"吱呀"一声，门开了。

寂静的宫殿里空无一人，也几乎空无一物。

元泓苦笑，内务府的动作很快，各色器皿摆设都已收归入库，只余大件的屏风之类的家具摆放原地，昭示着昔日的繁华奢美。

转入后殿，博古架上还留着一只冰蓝冻石花瓶，存着半瓶清水，浮着一枝半开的青荷。

架子旁墙角悬挂着一幅素淡灵动的《兰花映月图》，显出往昔主人的蕙质兰心。

元泓停留在残破的画卷前，果然在画角找到了婉妃的署名。再细看那画中兰花芳姿，她不禁暗暗赞叹，婉妃必然雅擅丹青，寥寥几笔勾勒出生机勃勃的兰花，娇柔中更见冷峻挺拔之姿，映在月光下，似有暗香袭来。

一阵风过，似乎真的有暗香袭来，如兰如麝，令人沉醉，更牵动窗外银铃低语，幽幽薄音，如低语，如泫泣。

仿佛有飞影轻轻拂过身边，元泓猛地转过身。

寂静的殿中，青色纱幔在风中卷曲飞舞，仿佛鸾凤伸展双翼，灵动华美，更牵动玉钩轻轻碰撞，丁零作响。

原来是风吹动了纱幔钩链。

她松了一口气，却骤然睁大了眼睛。

半透明的水墨山水琉璃屏风之后，不知何时，映出一个苍白的影子！

鬼啊！

用尽自制力，元泓才没有当场尖叫出声。

那影子正在舞动，悄无声息地舞动。隔着琉璃屏风，只见长袖舒展，舞姿绰约，恍如白鹤慵懒地收起羽翎，继而展开。

姿态翩跹如惊鸿，起伏柔美如落花。

时而如天魔乱舞，蛊惑人心，时而如青莲承露，风华静美。

这动与静的结合是如此完美。元泓静静看着，一时间目眩神迷。

是婉妃的灵魂，不甘寂寞地回到了这里，翩然起舞，迎接重归此地的君王吗？

还是这屏风有灵，不甘让这风华绝代的舞姿湮灭于世，每当入夜，便会自发怀念往昔主人的倩影？

一片静谧中，清幽的歌声缓缓荡漾开来："蒹葭苍苍，白露为霜。所谓伊人，在水一方。溯洄从之，道阻且长。溯游从之，宛在水中央。蒹葭萋萋，白露未晞。所谓伊人，在水之湄。溯洄从之……"

　　婉转的歌声入了神，也入了心，带着不能言说的秘密心意。

　　元泓痴痴看着，一时不知身归何处，直到舞息歌止，久久不能回神。突然，一声轻笑传来："臣妾的这一曲、这一舞，皇上可还看得入眼？"

　　一语惊醒梦中人。

　　元泓身形一颤，清醒过来。

　　"是臣妾问得多余了，能让皇上看得目不转睛，最后更是泪珠儿涟涟，不枉臣妾苦练多日啊。"

　　元泓一愣，条件反射地伸手往脸上摸去，入手处一片湿润。

　　什么时候，自己竟然流泪了？！

　　回过神来，她指着屏风后的白影颤声道："你，是人是鬼？"

　　白影缓步从屏风后走出，姿态娴雅，如风行水上，容光俏丽，如朝露昙花，盈盈下拜，笑道："臣妾白氏，拜见皇上。"

　　元泓连连倒退，惊道："是你！"

　　"正是臣妾。"白妃信步上前，摸出一方手帕，递给元泓，笑道，"皇上还是先擦擦眼泪吧。"

　　元泓接过擦了擦脸颊，忍不住问道："你怎么会在这里？"她已经做好见到婉妃魂魄的准备了，却不料见到的是个大活人，而且是曾经见过一面的白妃。

　　"自从皇上醒来之后，这几日里，后宫诸位姐妹都在勤学苦练，只盼能得皇上垂怜，纵然不能与昔日婉妃相比，能分得一二分宠爱，也是好的。臣妾自然也不例外了。想到婉妃姐姐昔日书画双绝，诗词皆精，连舞蹈起来都是天人之姿。臣妾欣羡敬佩之余，便前来瞻仰学习，力求尽善尽美，才配得上皇上……"

　　"所以你就在这里扮鬼吓人！够了！"元泓不耐烦地打断她，将手帕扔回给她，森然道，"爱妃已经美若天仙了，不必再学这些。"

　　"多谢皇上夸奖！只是皇上谬赞了。皇上才如承露晨花，臣妾万万不及也。"白妃笑吟吟地道。

　　元泓一愣，总觉得这话哪里不对。

　　未及她深思，白妃又开了口："皇上今夜来此，是为了见一见婉妃妹妹的魂魄吗？那确实是臣妾该死，打搅了皇上与佳人相会。只可惜……"说是请罪，白妃脸上却全无惊慌，只有笑意，"皇上想要见婉妃妹妹的灵魂，需要明日再来才行。"

　　"啊？"

　　"因为今日，婉妃妹妹她还没死呢。"

第二章 闹鬼的栖凤阁

"……"

殿内一阵冷风刮过。

见元泓瞪着她，白妃含笑解释道："皇上息怒。太后懿旨，婉妃明日处死，所以皇上想要见她的魂魄，只能等待明日了。"又意味深长地叹道，"唉，皇上竟然不知道此事吗？倒让臣妾不知该说皇上薄情，还是深情了。"

元泓怔住了。婉妃明日就要死了吗？

一阵无来由的酸涩涌上心头。明明已经什么都不记得了，可这瞬间袭来的感情又是为了谁？

元泓别过身，不想让白妃看到自己莫名涨红的眼眶。

殿内有片刻的寂静，气氛正尴尬，倏然，一阵诡异的窸窣声响从墙角传来。

白妃抬眼望去，脸色"唰"地白了。

"老鼠！"

元泓发愣的工夫，白妃已经快速窜到她背后，颤抖着手指向墙角。

凝神望去，大殿角落果然多了一个瘦弱的小东西，正在柜子后面探头探脑。

走近了细看，竟是一只圆滚滚的小仓鼠，通体雪白，偏偏两只小耳朵尖儿上点缀着两撮红毛。看着又是滑稽，又是可爱。

"皇上小心！"见元泓走近，白妃后退两步，提醒道。

"一只仓鼠而已，用得着这么大惊小怪吗？"元泓无语。

"当然，老鼠是这世上最可怕、最歹毒的东西了！"白妃斩钉截铁地道。

元泓已经走到柜子前了。

这小东西倒也不怕人，两只眼睛小黑豆一般盯着她。

她兴致一来，弯下腰，想要捉住，可这小东西甚是机灵，一扭身避开了她的手指，吱的一声蹿了出去，目标竟然是……白妃！

白妃跳着脚连连后退，脸色惨白。

而小仓鼠动作极快，只见一个白色绒球闪电般跃起，直向白妃怀里钻去。

白妃尖叫起来，抬手一挥，绒球弹在墙壁上，又滚落到地上。

元泓连忙追上去，将跌得七荤八素的小东西抄在手里。

软软的一团趴在掌心，轻若无物，似乎是跌得傻了，元泓用手指摆弄了几下，圆圆的身体才伸展开来，扭过头依然执着地盯着白妃。

而白妃已经退到墙角了，似乎连元泓的魅力也抵挡不住她对仓鼠的厌恶，发现自己又被盯上，她像是被踩了尾巴的猫一般跳起来："皇上，臣妾先告退了！"话音未落，她就消失在宫门外，竟然直接落荒而逃了。

跑得这么快？有这么吓人吗？元泓目瞪口呆。

低头拨弄着手中的小仓鼠。小东西还在恋恋不舍地盯着白妃离去的背影，直到人影消失，终于低下头，无精打采地缩成一团。

被嫌弃了啊！

元泓好奇地扯着它耳朵上那两撮嫣红的绒毛，竟然不是染的？应该是很罕见的异种吧？

是那个婉妃留下的吗？

想到婉妃，淡淡的阴云笼上心头。

走在通往浮碧阁的路上，元泓还恍如在梦中，这么容易母后就允许了，好多想好的理由都没有用上呢，白白熬了自己一夜……

昨天晚上，将小仓鼠装进香料盒子，她故技重施回了乾元殿。

将换下的衣服扔还给死里逃生的小栗子，躺回床上，翻来覆去总也睡不着觉。

明天，婉妃就要被赐死了！

临到天明，她终于下定决心，不管用什么方法，一定要去见她一面，纵然失去了一切记忆，她依然感觉得到婉妃这个称呼在心中的地位。

为此，还辗转反侧想了好些理由，一向喜欢赖床的她起了大早去了长庆宫。

本以为要鼓动唇舌向太后争取很久，不料，她一开口，太后就爽快地答应了。"婉妃毕竟服侍皇上你良久，夫妻一场，临别见一面也使得。"言罢，便命蕊安带着她往浮碧阁去。

浮碧阁是后宫东北角的一座独立的小阁楼，与冷宫只有一墙之隔，因为位置偏僻又不吉，大胤立国以来，从未有妃嫔居住过。

但终究不是冷宫！

婉妃没有被关进大牢，甚至不是冷宫，元泓莫名地松了一口气，却又意识到，没有关进大牢，也许只是因为离死亡太近，不必多费心神。

这也意味着，想要为她脱罪，几乎不可能了。

一路行走，蕊安解释道："婉妃娘娘虽犯下弑主重罪，但终归是后宫妃嫔，天牢污秽之地，有失体统脸面。更何况……"略一迟疑，蕊安还是说道，"太后她老人家对婉妃还念及一份故人之情。"

"母后她与婉妃有旧？"元泓诧异。

"早些年，太后身为南周降臣之女，在后宫之中立足艰难，与朝中各位诰命之间也交往不多，只有大将军裴炎的夫人为人豁达爽朗，一直与太后交好。"

"记得先帝建隆二十一年的冬天，北方狄族齐集了三十万虎狼之军南下入侵，来势汹汹，边关难挡。先帝性情刚烈，本想御驾亲征，奈何龙体有恙，只得命大将军裴炎率领二十万大军增援边关……"

"裴炎，不就是燕国公吗？"蕊安愣住了，在太后和蕊安这些日子的描述中，此人正是威胁自己皇权的头号大坏蛋，觊觎皇位很久的野心家。连同这次婉妃下毒，也有他幕后操作的身影，当然元泓自己偷偷推测，是女儿身的秘密刺激婉妃行凶的可能性更大。

"当时的裴炎尚未受封国公，就是因为这一战功勋卓越，才得了国公的封号。"蕊安解释道。

元泓恍然大悟，她这几天翻阅史官笔记，对这一战也印象深刻，这一战发生在她出生头一年，从初冬一直打到了第二年开春，两军伤亡惨重，始终未分出胜负，直到入夏，燕国公诱敌深入，将敌军困在山谷中，以火攻之策，一举歼灭敌军八万余，俘虏十余万人，才彻底扭转了战局。这一战里，连狄族大君都身受重伤，险些死在乱军之中，逃回去之后没几年就丧命了，之后十余年，狄族都不敢再有南侵之心。

看完史册记录，当时的元泓也不禁感慨万千，神思遥想，大胤立国艰难，多少将士奋战沙场才有如今的天下太平。

二百多年之前的大周朝纲败坏，连续数代帝王只知醉心声色犬马，不理朝政，匈奴、鲜卑、狄族等胡人联合南侵，中原沦丧，南周朝廷逃亡过江，只能偏安一隅，无力收回失地。中原、北方从此陷入了群雄并起的时代，征战杀伐不断，国家更迭迅速，今日称王、明日亡国者不胜枚举，最多时竟然有十余个国家朝廷并列。

这样混乱的世道里，一个武将世家出生的少年横空出世，二十年的军旅生涯，出生入死，培养起自己的队伍，建立了大胤朝，统一了北方。更在休养生息、厉兵秣马十年之后，于建隆十五年举兵南下，一举攻破南周帝都金陵，消灭了这个偏安江南、日渐积弱的老迈朝廷。大周朝曾经延绵四百年的国祚到此为止，取而代之的是如日东升的大胤朝。

平定南周之后，先帝对江南世家的态度多安抚优容，不仅重用南朝降臣，还大力促进南北联姻，自己也迎娶了南周第一世家的淮州陆家的女儿陆兰堂入宫，立为淑妃，就是如今的太后。

先帝的原配在建隆二年初，大胤立国未久，就因病去世了。先帝后宫虽多纳美人，其中不乏出身显贵者，却一直未再立皇后，直到太后入宫，极得盛宠，终于在建隆二十年，怀着身孕的时候，被正式册立为皇后。

建隆二十年，也是一个多事之秋，先帝的异母弟弟怀德王趁秋猎大典的时候起兵谋反逼宫，虽然谋反最终失败，但京城中皇子公主十余人尽皆被屠戮。

先帝受此刺激，一病不起，所幸淑妃陆兰堂有孕，众臣纷纷上表，请立皇后，先帝便允准了。

而建隆二十一年，就是北狄南侵了。那时候先帝病情日益严重，连日常朝政都要依赖皇后协助处理，更加无法御驾亲征了。

一路往浮碧阁走着，蕊安讲起宫中旧事。

"燕国公出征的时候，家眷都留在京城，为了更好地照看夫人，皇上专门下了旨意，将夫人接来宫中居住，正好与当时有孕的皇后娘娘做伴。"

当时的裴炎将天下兵马集于一身，天子岂能放心？说是照顾，其实是当人质吧？元泓暗暗猜想着。

蕊安叹道："燕国公性情刚烈暴躁，偏偏夫人温婉贤淑，可惜好人不长命，若她还活着，从旁劝解，只怕燕国公也未必如现在这样野心勃勃。宫中相伴的这些时日，皇后娘娘其实也多得她照看开解。"

"开解？母后她……"

"入宫以来，娘娘一直身体不好，能孕育龙胎，实在侥幸，有孕期间，因为要侍奉圣驾，又要处理宫务和朝政，忙碌不安，时常彻夜难眠，奴婢这些做下人的碍于身份，无法多言，只能看在眼中，急在心里。幸好有燕国公夫人相伴开解，娘娘才……"说到这里，蕊安似乎觉得有些失言，转过话题，叹道，"纵然燕国公如今拥兵自重，跋扈嚣张，娘娘始终惦念着昔日的恩情。连婉妃娘娘，都因为她母亲是燕国公夫人亲妹妹，而多加照顾。否则，怎么会眼看着她一人宠冠后宫而未加管束呢？"

说话的工夫，两人已来到了浮碧阁门前。

看守的侍卫早已得到消息，将宫门打开，退了出去。

蕊安转过身，叮嘱道："皇上，您既然坚持要一个人见婉妃，就请不要靠她太近。婉妃虽是弱质女流，但万一情急……"

"好了，朕知道了，一路上你已经说了三四遍了。"元泓无奈地道。

蕊安这才告退。

深深呼了一口气，元泓竟然开始紧张起来。

抬脚踏进殿门，转过一道屏风，就看到一抹纤弱的影子正依靠在窗前。

初生的日光浓得金子一般，照在她身上，却宛如黯淡的夕阳余晖。任外面的天幕碧空万里，生机盎然，她却如一枝与世隔绝的白玉兰，独自静立在空濛一片的烟雨中。

她就是婉妃！

听到房门响动，她缓缓转过身来。元泓内心一颤。

如臆想中的一般文秀清雅的面容，陌生又熟悉，纤弱的身姿，明亮的眼眸，似乎脑海中有什么东西，跟着这双眼睛鲜活起来。

元泓一时间竟不知说什么好。

反而是婉妃先动了。"罪妃顾氏参见皇上。"她缓缓跪下，举止与声音都平静婉约。

"请起身吧。"元泓却有些慌乱，甚至不知道应该如何面对。

"谢皇上。"她站起身来，脸上带起些微笑意，一边绾了绾头发，抚着脸颊，"臣妾本以为这辈子没有见到皇上的机会了，疏于妆容，望皇上勿责怪。"

元泓连忙摇头。不是预料中的哭泣哀求,她隐隐松了一口气。可这样轻松带着笑意的模样,总觉得异样别扭。她试探着问道:"你还好吗?"

"多谢皇上记挂了。只是臣妾如今,还有什么好与不好呢?"

元泓默然。

"皇上今日前来,所为何事?"

"是……"元泓一时哑然,昨夜栖凤阁中的那一场精灵般的舞蹈,勾起了内心难以言说的情绪,似乎有什么要从封闭的内心破土而出,可偏偏隔着一层厚重的纱,让她百爪挠心,难以释怀。她感受到,眼前这个婉妃,是一切事情的关键,见到她,自己应该能想起什么,如今真的见到了,却只感觉更加迷茫……

"只是又想起了你跳舞的样子。"她脱口而出。

婉妃眼前一亮,笑了起来:"原来皇上还记得啊,臣妾可是练习了好久,可惜以后再也不能跳给皇上看了。"她上前一步,行走间带出刺耳的响声。

元泓这才注意到,裙裾遮掩之下,她的脚踝上竟然拴着一根银链,尽头没入墙内。

是因为要与自己见面,还是一开始就有?元泓变了脸色。

注意到她的目光,婉妃淡然道:"以臣妾所犯之罪,未入天牢,未入冷宫,已是蒙恩。些微惩戒,本是应该。"

"你不恨吗?"元泓终于问出这句话,紧张地望着她。

"为何要恨?"婉妃像是听到了什么好笑的笑话,竟然笑出声来,"一切皆是臣妾自己所选,谋事在人,成事在天,要恨,也只能恨自己太傻太天真,棋差一着,技逊一筹。"

"啊?"元泓诧异,她本以为,婉妃会下毒手杀她,是因为识破了女儿身的秘密,可眼前女子的应答,让她深深怀疑起自己先前的判断。

"为什么?"她不禁喃喃道。

婉妃柔和的目光望着元泓,隐隐带着一丝同情:"皇上还是那么天真。"视线落在窗外,她忽然笑道,"这浮碧阁冷清得很,倒是这窗外的栀子花开得热闹。"

她转头凝望着元泓:"皇上还记得吗?臣妾居住的栖凤阁外,也有这么一丛,皇上还曾经为臣妾簪过花,称赞臣妾人比花娇。如今臣妾将死,皇上可愿意为臣妾再簪一次?"

元泓一愣,目光落处,果然见到窗外一丛栀子花开得如火如荼。白玉花蕊点缀在遍地的浓密翠绿中,异样明艳。

不等元泓回答,婉妃已经坐到了梳妆台前。

元泓略一犹豫,来到窗前,弯腰伸手,摘下了一朵半开的。

持着花,元泓走到婉妃身后。蕊安的反复提醒早已抛到了九霄云外,她将栀子花插入婉妃发髻一侧。甜腻的香气袭来,手下的发丝光滑柔顺,指尖擦过的肌肤温热润泽。谁能知道,再过几个时辰,这如半开花蕊一般娇艳鲜活的女子就要死了?

铜镜中映出婉妃平静甜美的容颜:"皇上曾说,臣妾最配这栀子花,内净外纯,暗香浮动……"

元泓手一颤。而婉妃揽镜自照,犹自笑问:"皇上,臣妾美吗?"

"自然很美……"话未说完,元泓忽觉手上一阵刺痛。

竟是婉妃一口咬住了她的拇指,用力之狠,元泓真怀疑手指下一刻就要与自己永远分离了。

她不禁痛呼出声,一瞬间,数道身影从门后,从窗外,乃至从天而降。

"皇上!"

元泓睁大了眼睛,这是变戏法吗?什么时候这房里藏了这么多人?

未等众侍卫近身,婉妃忽然松开了口。

元泓踉跄着后退,闪身进屋的蕊安立刻上前扶住她,看着元泓手上的血印,她又惊又怒:"娘娘您这是……"

婉妃悠然道:"皇上您骗了臣妾这么久,臣妾怎么也要讨回来一次。算是留给皇上一点儿纪念了。"她凝望着她,目光明亮而别有深意。

轰然一声,有什么东西在脑海中炸裂,元泓紧紧握拳,失了心神。

蕊安皱眉道:"娘娘您的时辰将至,又何必如此呢?"

婉妃却不再说话,只盯着元泓。

察觉元泓神色不对,顾不得斥责婉妃,蕊安连忙扶着元泓离开房间。

来到廊下,元泓突然一把拉住蕊安的衣袖:"蕊安,婉妃她……"

"人之将死,一时狂乱也是有的。皇上不必放在心上,奴婢这就传御医。"

"我不是说这个,"元泓用力摇头,像是要摆脱骤然而来的头疼,"婉妃她……她……"

又急又痛的神情让蕊安瞬间明白了她的意思。她叹了一口气,道:"皇上,婉妃私通燕国公势力,更趁着出宫祈福的时机,秘密传递消息,人证物证俱全,实在无法辩驳。回宫之后又企图毒杀皇上,此等灭族之罪,岂能容恕?太后下令罪止顾氏一

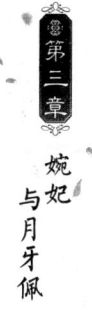

族,不牵连旁人,已是万幸,断无再开恩的道理了。"

"可是……"

"更何况,她的家人皆已经处死,留她一人独活,又有什么意思?"

"她的家人都已经……"元泓愣住了,低下头,望着自己手指上带血的牙印,神情复杂。

蕊安吩咐左右:"快请太医来!"

"不必了。"元泓抬手打断道,神情疲惫,"朕想回宫歇息。"她说着,不等蕊安回应,径自走下阁楼。

蕊安连忙吩咐左右跟上,又叮嘱小太监去传太医到乾元殿候着。

拒绝了御辇,又命令宫人远远地跟在后头,行至御花园,在众人看不见的角落,元泓将紧握的拳头松开,一枚弯月形状的玉佩映入眼中。

浓翠的绿意宛如凝聚的春色,玉佩背后隐现一朵祥云,边缘铭刻着一圈梵文。

这是什么?

刚刚婉妃趁着咬上她手指的时候,用舌尖抵住她的手心,将此物送入了她手中。

仅仅是留下一段纪念?抑或暗示着什么?

浮碧阁里,人生只剩下最后几个时辰的女子正在独自对镜梳妆。她打扮得很仔细,很精心。

蕊安静立在房门口,似乎也不忍出声打扰,直到殿外一个太监进来,凑到她身边,低声说了两句。

蕊安点点头,转身看着婉妃的背影,暗暗叹了一口气,道:"娘娘,时辰快到了,可还有什么心愿?"

"我还能有什么心愿?"婉妃转过身来,冷笑道,"若我说唯一的心愿就是你们皆不得好死,可能实现?"

"娘娘慎言!"蕊安皱眉。

"罢了,"将手中的象牙梳放下,婉妃凄然一笑,"我虽恨你们,却更恨我自己,恨我行事不慎,天真愚蠢,连累了家人。如今唯一心愿,不过是去了那边,见到爹娘,向他们请罪。这样一想,死也无惧了。"

"娘娘倒是看得开。"

"有什么看不开的?不过一死而已,得见家人,也胜过关在这个牢笼里一辈子。"

蕊安忍不住摇头道:"娘娘既然看得开,方才又何必如此对皇上呢?"

婉妃含笑:"常言道人之将死,其言也善,本宫不过是想留给皇上一点儿'好意'罢了。"

蕊安皱起眉头,却没有再说什么。几个青衣太监走入殿内,手中捧着桃木雕漆托盘,盘中陈着碧玉杯、三尺白绫和一把明晃晃的匕首。

三个殊途同归的选择递到面前,纵然婉妃早有心理准备,仍然白了脸色。

长吸一口气,她端起玉杯,冷冷凝视着蕊安,缓缓道:"此局终了,我且在下面看着,看你们能欺瞒满朝文武,能欺瞒天下百姓到何时!"言罢,一饮而尽。

走过明月湖,遍地浓绿带来的阴凉渐渐安抚了烦躁的内心,透过疏落树影,重重殿宇楼台映入眼中。

是栖凤阁!

元泓停下脚步,迟疑片刻,忽然又加快脚步,向那边走去。

白日的栖凤阁与夜晚的不同,雕梁画栋,富丽堂皇,阳光下更透出勃勃的生机,因为这风和日丽的天气,更因为殿前忙碌的宫人们。

视线扫过跪伏满地的宫人,和他们手中的锄头铁铲,元泓沉下了脸色。

"你们这是在做什么?"

内务府一个管事太监领着一众工匠跪在地上,恭声道:"回禀皇上,是在修葺栖凤阁。"

"修葺栖凤阁?这里原本种着的栀子花呢?"元泓提高声音了。

管事太监吓了一跳,颤声回道:"是……太后吩咐的,说这花……气味熏人,又微贱难看,令统统铲了去,改种桂花,等待明年迎接新贵人入宫。"

统统铲了去?

元泓视线落在回廊角落堆积的那一大捆暗绿色上,原本生机勃勃的花枝都已被连根掘出,随意地扔在地上,堆成一团。失去了水分和生机,柔嫩的花朵呈现出垂死的模样,一如它们曾经的主人。

遥望身后,浮碧阁已经遥不可见了。

只能看到那一方碧蓝的天空,明净清澈,格外高远。

"原来,都连根铲除了……"她喃喃道。一起连根拔除的,仿佛还有内心的一个角落。

头痛越发剧烈,她捂住脑袋,难以忍受。

真的失去了吗？在她尚未看清那是什么之前。

"皇上！皇上！"失去意识的瞬间，耳边只余此起彼伏的惊叫声。

意识模糊一片，似乎整个人都在下坠，又仿佛下坠的不是身体，只是灵魂。直到落在一个温暖的怀抱中。

元泓竭力睁开了眼睛，却见一个陌生的人影正抱在自己，背对着光，看不清面容。

她惊讶："你是谁？"

"皇上怎么连臣都不记得了？"那人低笑一声，清朗的声音温雅润泽，无比熟悉。

"你是……"元泓倏然睁大了眼睛，名字就萦绕在口边，却偏偏想不起来了，她越是着急，记忆越是模糊，感觉就越是难受。

她紧紧抓住他的胳膊，头疼欲裂："你是谁？为什么我想不起来了？"

似乎察觉到元泓的窘迫，他温和地拍了拍她的肩膀："皇上勿急，想不起来，以后再想也不迟。"

"不，先告诉我你的名字。"元泓的直觉告诉自己，这是最重要的，"或者，先让我看看你的脸。"

"臣的脸有什么好看的？"他摇头苦笑，语气无奈中带着宠溺。

元泓凝神细看，可越是细看就越是模糊，她忍不住扑上去，捧起他的脸孔。

那人没有回避，低下头，温声笑着："皇上看够了吗？臣已经离得这么近了。"

依然是一片模糊，似乎光线永远站在这个人的身后，让他有半身埋在阴影之中，元泓越发着急，动作激烈起来。

那人不紧不慢地提醒道："皇上小心，登高必跌重啊！"

登高？元泓一愣，回首望去，不禁大吃一惊。什么时候自己和他站到栖凤阁顶楼上了？脚下金瓦嶙峋，崎岖不平，狭窄的方寸之地，竟然只能容纳两个人站立。

"我们怎么会在这里？！"

"不是皇上说这里风景好，要臣带你上来的吗？"

"我……"元泓讶然，清风吹拂，素白的轻纱裙裾擦过明晃晃的金瓦，飘荡飞扬，元泓忽然感觉有什么地方不对劲。

这不是白妃跳舞的装束吗？怎么穿在自己身上了！谁给自己换上的？

想要询问，那人却摇摇头："皇上既然不愿意，就下去好了。"他说着，抬手一推。元泓只觉脚下一空，顿时直落落向后跌去。

像是一只迎风起舞的白鸟，她翩跹落下，穿过房顶，经过大殿，殿中琉璃屏风上的水墨山水仿佛流淌了下来，铺陈成青山绿水，葱茏美景。

而她像是个虚无缥缈的影子，一路跌落下去。

失重的惊恐让她惊声尖叫，手脚乱挥乱蹬，却觉手脚越发沉重，像是有无数枝蔓从地上涌起，缠住她……

我要死了吗？这个念头闪电般射入脑海，平地惊雷，她猛地睁开了眼睛。

"皇上！"

"皇上醒来了！"

欢呼声传入耳中，迟钝了好久，元泓才反应过来。

视线转过，熟悉的陈设，熟悉的宫人，还有几个熟悉的白胡子太医垂手侍立在侧。

是乾元殿！而一位宫装丽人正坐在床前，殷切凝望着她。

"母后！"她睁大了眼睛，挣扎着想要起身，宫人连忙扶住她。

"母后怎么也过来了？"

"泓儿，您感觉怎么样了？"太后握住她的手，着急地问道。

"没什么，刚才怎么了？朕只觉得头痛，然后就……"

"唉，刚才泓儿你在路上走着，突然昏了过去。那帮奴才赶紧用御辇将你抬回乾元殿，又传了太医诊治。幸而太医看过，说只是缺乏睡眠，再加上急怒攻心，所以中暑了……"

"啊，中暑了？"元泓愣住了，是因为昨晚一夜没睡，今日在御花园又走得太急，再加上婉妃的事情刺激。

"听到你昏迷的消息，可把母后吓坏了。"太后抚着胸口，叹道。

"让母后费心了。"元泓大为惭愧。

"大病初愈，本就应该好生保养，怎么还这么不爱惜身体？"太后又是怜惜，又是责备，转而又愤然道，"都是因为那个婉妃，今早你坚持要见她，本来哀家不想同意，又恐你记挂在心，便只好答应了，早知如此，唉……好在如今人已经没了，也免得日后再带累泓儿你。"

婉妃已经……

"人已经走了，泓儿便不必再记挂。后宫中自有体贴贤明的女子服侍。"一边说着，太后接过旁边宫人奉上的玉碗，用银匙搅了搅，舀起清亮透明的汁液，送到元泓面前，"先喝一点儿吧，太医调制的薄荷蜜汁儿，可解暑气。"

元泓乖乖张口喝下，凉意沁入心脾。又喝了几口，听到宫外传来沉闷的声响，她不禁问道："外面怎么了？"

"是蕊安奉了哀家的懿旨，责罚那些今日跟着皇上出去的废物。"太后轻描淡写地道。

听声音似乎是在打板子。元泓心下不忍，想要求情，未及开口，太后淡然道："念及他们只是初犯，皇上又无大碍，此次便法外开恩，每人只责罚五十板子。若有下次，性命不留！"

刚到嘴边的话生生咽了回去，元泓不敢再多说。

不多时，蕊安责罚完毕，带人入内回禀，又令受罚奴才在殿外谢恩。

这么一番折腾下来，元泓更觉疲惫。太后叮嘱她安心休息，又交代周围的宫人好生服侍，便起身离开了。

躺回床上，元泓悄悄按住胸口，清凉的触感传来，她暗暗松了一口气，婉妃留下的玉佩还在。

将玉佩取出，昏暗的帐内，玉佩通体剔透，散发着水润的光泽。

用那样隐秘的手段将玉佩送给自己，显然是不想让殿内埋伏的人看到。透过这块玉佩，她想要传递什么消息呢？

人已经走了，只留下了这块带着谜团的半月形玉佩。

还有一个梦。

中暑昏迷的短短两个时辰里，她竟然做了一个梦。

究竟梦见了什么？如今回想，却又记不清楚了，依稀有个陌生的人影，还有一个白衣素颜、翩翩起舞的女子。

那玄妙难言的滋味，萦绕心头，挥之不去。

　　燥热的夏日逐渐远去，凉风至，白露降，寒蝉鸣。

　　坐在望月楼的书房里，元泓心不在焉地拨弄着宠物，就是上次在婉妃宫中擒获的小仓鼠。

　　那一夜，元泓随手将这只小东西装到香料盒子里捎了回来，之后满脑子只想着见婉妃的事情，连同盒子丢在一边忘了个精光，被宫人收拾到了偏殿。

　　也不知它怎么拱开了盒子盖，偏殿那边经常放着撤下的水果点心，倒让它过上了不愁吃喝儿的好日子。

　　直到前天小栗子躲到偏殿贪嘴吃豆沙包，赫然发现了它的身影，叫得惊天动地，连元泓都惊动了。

　　进了偏殿，一眼就看到这家伙圆滚滚一团盘踞在豆沙包里，馅儿已经被它吃了个精光，却把外皮当作床垫，睡得香甜。

　　咬了一口豆沙包，却吃出这种东西来，难怪小栗子深受惊吓。

　　元泓便将这只小东西养了起来，闲着无聊拿来调戏一番，也是一点儿小乐趣。

　　捏捏它的小耳朵，"豆沙"正在聚精会神地啃着一粒花生米，对主人的骚扰视而不见。

　　养了没几日，这小东西就胖了不少啊！应该减减肥了。元泓坏心眼儿地将花生米抢下来，丢到一边。

　　"豆沙"想要抢回食物，却被元泓一指头按住尾巴，不能动弹，只能吱吱叫着抗议，片刻，发现抗议无效，它忽然四爪抽搐，咕咚一声躺倒不动了。

　　又是装死啊！元泓无聊地一指头弹在它圆嘟嘟的小屁股上，看着白绒绒的团子滚来滚去。

　　这只小仓鼠的一大绝技就是装死罢工，还装得颇为敬业，而元泓就以打破它的伪装为乐，不知道这次它能支撑多久。

　　目光越过窗台，望向秋色宜人的明月湖，还有湖畔的栖凤阁。

　　时光荏苒，转眼已有月余，中暑的风波彻底过去，在御膳房各色美食和太医院汤药的精心调理下，元泓身体康健了不少，只是偶尔会感觉身体疲惫，精神不振。

　　就如今天，元泓打了个哈欠，明明昨晚睡得很早，一觉醒来却觉身体酸痛，仿佛练了半天的骑射一般。

　　太医也专门看过，说是中毒的后遗症，余毒祛除则需要慢工出细活儿。

　　这样霸道的毒药，真的是那人给自己所下吗？

　　午夜梦回之际，总想到婉妃临别时的眼神，心中迷茫困惑，偏偏这种心情又难以言表，郁结在心，无法开解。

婉妃真的死了，留给她的却是一个难解的谜，就像是那一丛本应盛放却被生生掘去的栀子花，徒然留下了一个迷茫的无底洞。

正昏昏欲睡呢，忽然听闻门外一阵细碎的响动。"谁？"她懒洋洋地问了一句。

"皇上，是丽妃娘娘派人过来，说娘娘的病情又加重了……"殿外的值守太监回禀道。

"病了让她找太医，朕又能如何？"元泓不耐烦地道。

"可是，丽妃好歹是因为前几天给皇上您送点心，回去的路上淋了雨才病倒的。这几天又一直恳求……"

"还有脸提她亲手做的点心，是想毒死人吗？朕只吃了一块就腹泻不止！"元泓气愤地道，手劲儿一大，豆沙被她弹到了地上，吱溜儿一声，顺势蹿到角落不见了。

元泓也不去理会，满心气愤，这些日子，太后也不知是怎么想的，不再禁止宫妃探望元泓，还对为元泓抄经祈福的沈充仪大为称赞，赏赐有加。

众妃嫔似乎看到了曙光，日日打扮得花枝招展，使出浑身解数，穿得如花蝴蝶一般围绕着元泓这一枝独秀。

从此，她的苦日子就开始了，被这群蜜蜂扰得烦恼不堪。

其中，最让她头疼的就是这个丽妃，仗着分位尊贵，自诩后宫第一人，性格又缠人，今日送带花的薛涛笺，明日送新出炉的点心，让元泓烦不胜烦。

她去向太后诉苦，太后反而语重心长地训斥了一番，说什么"后宫之道，最重平衡，之前独宠婉妃，本就不对，如今后宫百花齐放，才是正道"。

元泓差点儿忍不住问一句："母后，难不成，您觉得'儿子'真的能让这些妃嫔雨露均沾吗？"

恶寒……

见值守太监还不退下，元泓摆手道："让太医去丽妃宫里看看，就说朕课业繁忙，让她安心养病，等有闲暇了再过去看她。"

"皇上何必这么冷情。"一阵笑声传来，蕊安掀帘子走了进来，"这几日秋高气爽，皇上日日在这里读书也气闷，不如多出去走走。"

"朕也想出去走走，奈何被她们缠怕了，母后又不帮朕。"元泓郁闷。

蕊安失笑："皇上，丽妃娘娘也是一片心意，更何况她病了已有数日，于情于理，皇上也应关心一下。"

"朕又不是太医，见了又能如何？"

"便是天下间最珍贵的灵丹妙药加起来，只怕也不及皇上您一次探视。"

见元泓还是不为所动，蕊安又招了招手，一个小太监捧着匣子跑进来。

熟悉的匣子映入眼中，元泓诧异："这些珠钗朕不是让你送给母后戴吗？"

"奴婢刚刚送过去了，奈何太后说，她早就人老珠黄，哪里还能穿戴这些，命奴婢拿回来，让皇上分赐诸位娘娘。"

"母后容色正盛，怎么能说人老珠黄呢？"元泓摇头，她倒不是恭维，若论容貌，后宫妃嫔中虽也多有绝色，却无一人能与太后媲美。

"皇上的孝心太后自然知晓，只是太后素来简朴，不好用这些粉黛钗环，留下了也只是压箱底，还不如送给各位娘娘穿戴。宫中本就以丽妃位分最尊，不如皇上亲自过去一趟，探视病情，又赏赐钗环。丽妃心中高兴，病必定好了。"

她病好了又要出来闹，还不如让她这么病着呢！元泓腹诽。

"说来说去就是要朕过去看她。"元泓无奈地看了那金匣一眼，只得起身，"算了，朕就走一趟吧。"

丽妃所居的富春宫距离乾元殿不远。

天气又清爽，元泓没有乘坐御辇，只命几个小太监捧了首饰、药材等物跟随，信步而行。

行至富春宫，看门的宫女又惊又喜，就要进去通报，却被元泓挥手止住。

"朕只是过来看看，不必弄那么多虚礼了。"

宫人领命，躬身引路，元泓进了宫内，眼见跪了一地的宫人，忽然视线一顿。

"你们是……"她目光落在两个身穿僧衣的光头女尼身上。

宫里怎么会有尼姑？

领路的宫女连忙跪地回禀："这两位是长信寺的法师，只因娘娘病情反复，听闻长信寺符水甚是灵验，便请了两位法师过来，是通禀过内务府的。"

元泓皱起眉头，心下厌恶："病了不好好吃药，反倒弄这些怪力乱神，难怪病情一直不好！"

宫人颤抖，不敢应对。

元泓冷哼一声，径直来到丽妃寝殿外，却听到内中传来陌生的纤细声音："怎么可能？这太可怕了！"

她不禁停住脚步。

旋即丽妃的声音响起,带着不同寻常的尖锐:"本宫还会骗你不成?那白影本宫看得一清二楚,必定是那个女人的妖魂。"

听闻殿内的话语,领头的宫女大惊失色,想要通禀提醒,却被元泓一个眼神瞪了回去。

元泓悄悄贴近门前。

"难怪听人说,曾在半夜看到栖凤阁那边冒起白雾,这可不寻常。"声音清丽婉转,是沈充仪。

"啊!妹妹也见过了?"丽妃大惊。

沈充仪的声音继续传来:"臣妾倒没有亲见,只是听伺候的小太监议论。而且臣妾曾听说,人若是死得冤,或者对人世尚有留恋,很容易生成那种东西……"

"她有什么死得冤的?犯下这样谋逆的罪行,让她全尸而死已是恩赐,她竟然……"丽妃义愤填膺。

"啊,那怎么办?臣妾的长春宫可是离那栖凤阁很近啊,万一……"那纤细柔弱的声音颤抖着。

居住在长春宫的,是黄昭仪?

"放心吧,本宫这次专门请了长信寺的两位师太,必然能把那妖孽镇住。"丽妃断然道。

……

话题越说越离谱儿,领头的宫女偷偷瞥了元泓一眼,终于忍不住咳嗽了一声。

里面立刻停了声息,丽妃扬声问道:"谁?"

"是朕!"不等人通传,元泓直接推开了门。

视线扫过,丽妃正斜倚在床上,松松绾着一个圆髻,青丝散乱,不施粉黛,倒比往日多了几分柔弱风情。

另有两个宫装女子坐在窗前的绣墩上,一个清丽秀雅,正是沈充仪,一个个子娇小,苹果一般甜美的脸蛋儿上还带着不及掩饰的恐惧,正是与沈充仪一样位列九嫔的黄昭仪。

在一众宫妃中她年龄最小,今年刚满十四岁。

"皇上!"三人花容失色,黄昭仪更是吓得跳起来,而又匆匆跪下,娇躯颤抖。

丽妃也愣住了,挣扎着要下地。

总算看在她是病人的面上,元泓也不好多计较,虚扶了一把,道:"爱妃还病着,就不必多礼了。"

跟进的宫女上前将三人扶起，丽妃躺回了床上，气喘吁吁，脸色苍白，也不知是病的，还是被自己吓的。

黄昭仪更是胆小怯懦，连话都不敢多说。只有沈充仪很快恢复了常色，笑道："皇上您是来看丽妃姐姐的吧？好巧啊，臣妾和黄昭仪也是。"

元泓点点头，故意沉声道："刚才听你们说得甚是热闹，在谈什么呢？"

"臣妾等……是在说些宫中秘闻，"沈充仪脑筋转得飞快，笑道，"是丽妃姐姐这些日子躺在床上，百无聊赖，恰逢臣妾二人前来探望，便说起些奇闻趣事，只为解闷。"

"哦，什么奇闻趣事，不如说来朕也一起听听。"

"不过是些微末妇人之事，怎敢污了皇上龙耳？听闻皇上近来苦读圣贤书，若传到太后耳中，只怕要责备臣妾害得皇上分心了。"沈充仪勉强笑道。

丽妃也连连点头："是些闲言琐事，不敢耽误皇上分心。"

"是吗，那门外两个什么长信寺的尼姑是怎么回事？"

"是臣妾的娘家，听说了臣妾病倒，便将各色药材送来了好些，又听说长信寺的符水甚是灵验……"丽妃尴尬地解释道，"宫中本不应操弄这些，只是太后也顾念臣妾娘家一片忠贞之心，便恩准了，臣妾也觉得甚是可笑啊。"

"既然是太后恩准了的，也就罢了。"元泓漫不经心地说着。

丽妃悄悄松了一口气。

沈充仪连忙转过话题，笑道："姐姐娘家也是爱女心切，只是这宫外的药材再好，哪里比得上宫里的？臣妾看到外面小太监抱着东西，想必是皇上给丽妃姐姐带了什么灵丹妙药吧？"

元泓这才想起自己是带着礼物来的，便招手让小太监进来。

"这是衡州进贡的金钗二十四支，手工还算精巧，正好你们几个在这里，便挑选着分了吧。"

小太监将金匣打开，一时间宝光灿烂，满室生辉。

宫中有专门的御用首饰作坊，而内务府每年还会向宫外几家最有名的金玉商号采办定制，宫中嫔妃从来不缺乏这些珠玉钗环。但眼前这二十四支钗，还是让几个妃嫔眼前一亮。

只因这二十四支钗，纵然不算绝世奇珍，每支也称得上独一无二，匠心独具。

便如那支喜鹊登梅簪，本是寻常样式，偏偏是用一整块雪花红玉雕成，精雕细琢的红梅上点缀着几只活灵活现的喜鹊，连梅花上星星点点的雪迹都纤毫毕现。

而那支金鲤步摇，金片为鳞，红石为目，鱼口衔着一挂珍珠，鱼身也不知用了何种机关，竟然是活动的，轻轻摇动，摇头摆尾，同时勾动珍珠摇曳，相互碰撞，丁零作响。

这般精美，难怪几个人看得目不转睛。

元泓在旁边看着，暗暗思量，果然还都是年轻女孩子，一见了首饰就把刚才的谨慎抛之脑后了，转而又想到，自己似乎也跟她们一样的年龄，一样的女孩子身份，却注定无法享受这份天真纯良的喜悦了。

目光落在那一匣钗环上……这些东西，若自己穿戴起来，会是什么样子？

这个念头一出，元泓吓了一跳，连忙强压下去。可越是强压，就越是好奇，这念头竟挥之不去了！

沈充仪收回目光，转身让着床上的丽妃："丽妃姐姐先挑选吧。"

黄昭仪也反应过来，恋恋不舍地将手中的紫玉步摇放了回去。

丽妃这才满意地点点头，往匣子里细细查看，左右掂量，挑了七八支，犹不满足，又拿起一支翡翠兰花簪和金鲤鱼步摇对比着。

元泓的目光落在一支白玉簪上。

比起形形色色绮丽繁复的钗簪，这支白玉簪雕成半开的兰花模样，清爽简单，唯一别致的就是花瓣上那一滴白露，晶莹剔透，浑然一体，让她忍不住想起一个人。

她伸手将簪子拿起，触手生凉。

黄昭仪见了，忍不住道："这玉倒是稀奇，明明是质地纯正的羊脂白玉，反而带着一块冰晶吗？"

沈充仪见多识广，笑道："这恐怕非是羊脂玉，若臣妾所料不差，应是冰心寒玉，此玉天性冰冷，以色泽白润为上品，而寒至极处，则成透明无瑕，谓之极品。只是此类极品很是罕见，只有大块的冰心寒玉之中才能孕育，格外珍稀，此簪便是如此。工匠颇有新意，将整块玉雕成玉簪，玉心便雕成这滴露珠。夏日戴着此簪，肌肤生凉，心静气平。"

"难怪朕拿起这个簪子就感觉手上冰冷，原来还有此等妙处。"元泓赞赏地看了她一眼，"你果然见识广博。"

旁边丽妃忍不住泛酸气："那是因为沈妹妹出身临川侯沈家，谁不知道临川侯富甲天下，奇珍异宝不知见过多少？"

黄昭仪立刻想起："对了，臣妾记得沈姐姐好像有一床白玉簟，就是用冰心寒玉制成的吧？"

沈充仪脸色微变，连忙道："臣妾那床白玉簟只是次等寒玉所制，不算什么。不过是家人听闻臣妾苦夏，便托人送了来。"

元泓不置可否，把白玉簪拢入袖中，笑道："这簪子我先留着，剩下的便由丽妃做主，分派了便是。"

又叮嘱了几句好好养病之类的话语，元泓便起身离开。

出了富春宫，随行小太监立刻问道："皇上，是回乾元殿，还是去望月楼？"

捏了捏袖子，隔着布料仍然能感到玉簪冷寒冰凉的触感，元泓笑道："摆驾，朕要去长乐宫！"

长乐宫正是白妃的居所。

这一个多月来众妃嫔竞相献媚争宠，诸般手段百花齐放，恨不得日日在她面前露脸，反而是这个自己醒来后最早见到的白妃销声匿迹了。

会想到她，是因为在丽妃宫中偷听到的那段话。

丽妃几个人心惶惶，以为白日见鬼，她却一清二楚，栖凤阁中神出鬼没的幽魂是谁。

长乐宫在后宫西部，位置偏僻，周围几个宫室都无人居住，更显冷清。难怪白妃能在夜晚宵禁的时候来去自如，丝毫没有惊动侍卫。

行至长乐宫门前，元泓依旧不许宫人通报，径直走入内殿。

白妃宫里服侍的人很少，也不知是她自己好静，还是内务府怠慢。进了内殿更是一路畅行无阻，竟然一个宫人都没有！

绕过十二扇檀香木花鸟屏风，碧玉帐钩挽起的珍珠垂帘之后，熟悉的白色身影正懒洋洋地躺在美人榻上，像是蜷成一团的波斯猫，悠闲地享受着初秋和煦的阳光。

素白的裙摆从榻上垂下，连同束腰的凤首宽玉带也松松垮垮，旖旎委地，露出精致的锁骨，和凝脂一般雪白细腻的肌肤。

"好一幅春闺秋眠的美人图！"元泓脱口赞道。

白妃睫毛颤抖，从睡梦中惊醒，迷糊着坐起身来，神情还带着一片茫然，意外地呆萌可爱。

她揉了揉眼睛，睫毛浓黑细密，红唇水润娇艳，整个人儿水蜜桃般鲜嫩可口，竟让人有种一口咬下去的冲动。元泓心脏不受控制地漏跳了一拍。

看到元泓的目光沿着嘴唇一直向下落进自己胸口，白妃猛地清醒过来，直接从榻上跳起，一边手忙脚乱地敛起衣襟。

这是什么反应？

第四章 进击的宠妃

元泓恶作剧心起,忍不住调笑道:"曾听古人言'色变声颤,钗垂髻乱,漫眼而横波入鬓,梳低而半月临肩',可不就是爱妃如今的模样?"

整理完衣饰,白妃冷静下来,微微眯起了眼睛:"听闻皇上这些日子闭门不出,苦读圣贤书,果然文采见长啊……"

一醒过来就这么牙尖嘴利,果然还是睡着的时候比较可爱。

元泓摇摇头,开门见山地嘲笑道:"比不得爱妃,夜晚还要辛苦出门跳舞,这白日做人,夜晚做鬼的日子有趣吗?"

白妃一愣,反口道:"皇上是来报当日被臣妾惊吓之仇?可臣妾明明记得,那一夜皇上可是亲口称赞臣妾美若天仙呢,金口玉言,岂容反悔?"

"朕是觉得爱妃美若天仙,只是丽妃她们未必如此看。"

"丽妃?"白妃皱起眉头,"这又关丽妃什么事情?"

"三天前的晚上,她送完点心回宫,路过栖凤阁的时候所撞见的白影难道不是你吗?吓得她大病一场,至今未愈。"

白妃神情严肃起来:"臣妾不知皇上所言何事。"

"是吗?"元泓似笑非笑地看着她,"放心吧,朕并没有追究爱妃罪责的意思,只是提醒一句,后宫最忌阴祟之事,纵然爱妃本意并非为了扮鬼吓人,若是让太后知晓,只怕也要严惩不贷了。"

白妃正色道:"皇上,臣妾这些天修身养性,从未出门。更不用说夜晚行鬼祟之事了。"

"哦,那当夜我所见之人是谁?"

"咳咳……当日所见,确实是臣妾无误,但那只是偶然为之,并非……"白妃尴尬地咳嗽两声,仍然不肯承认。

元泓悠然道:"除了你,还有谁?而且除了丽妃,这些日子,亲眼见到白影出没的宫人可不止一个。"

白妃皱起眉头,凝神思索,沉声道:"臣妾不知是何人,但臣妾坚信,世上并无鬼祟。栖凤阁中的白影,也许一开始只是两三人眼花,把猫狗树枝当作鬼影,一传十,十传百,而宫人又惯常捕风捉影,由此传出谣言也是有的。"

见她神情端正,分析入理,元泓坚定的内心不禁有些动摇,难道真的不是她?可听丽妃她们议论,言之凿凿,见到的还不止一人。

"更何况,臣妾这些日子闭门读书,从来没有出门,长乐宫内的宫人尽可以证明。

若皇上不信，可以派人查问。"

"读书？"元泓目光落在白妃脚下的一卷书册上。

注意到元泓的目光，白妃变了脸色，连忙弯腰捡起，笑道："臣妾看书看得睡着了，什么时候落在地上都不知道，让皇上见笑了。"

"爱妃在看什么书？"

"不过是一本《女则》。"

"《女则》？"元泓狐疑地看着她，怎么看白妃都不像是喜欢看这种书的人，伸手就要去拿那本书。

白妃却灵巧地避过："听闻皇上在读圣贤书，臣妾不甘落后，这些日子也一直苦读《女戒》《女则》这些前朝贤淑女子的典籍，立志要做一等一的贤明妃子，为皇上之良助，为后宫之表率。"

元泓调侃道："苦读到睡着了不说，口水都流出来了。"

白妃一愣，忍不住擦了擦脸颊。

元泓趁机快步冲上，一把抢过那本书："什么《女则》这么玄妙，不如让朕看一看。喂，松手！"

"皇上，此等书册是闺阁妇人所读，怎能污了皇上眼睛？"白妃反应迅速，死死攥住不松手。

"《女则》乃前朝长孙皇后所著，深明大义，岂是普通闲书？"元泓用力扯。

"刚才这本书被臣妾的口水所污，不敢让皇上见笑啊。"

"好大的胆子，竟敢用前朝贤后的书来擦口水！"

"臣妾不是这个意思！"

"不过朕看这书好像不是《女则》，难道是别的什么书？"

被这突然袭击吓了一跳，白妃在震惊状态下手不自觉地一松。

想不到这一招这么有效，元泓一时收不住力气，顿时往后踉跄，脚下一绊，"扑通"一声。

长乐宫寝殿外是一方清池，宁静光洁的水面倒映着池畔火红的枫树，景致优美，诗情画意。此时却被意外的入侵者惊得锦鲤四散奔逃，波光粼粼，水花四溅。

坐在白妃寝殿，捧着热茶，元泓恶狠狠地瞪着眼前跪伏的女子。

"嘤嘤嘤，臣妾不是故意的。"白妃哭诉。

"你是存心的！阿嚏……阿嚏……"

初秋的风已经甚凉，水池不深，白妃反应也快，立刻下水将她拉扯上来。饶是如此，元泓还是被呛了好几口水，更觉一阵寒气袭身。

白妃赶紧唤宫女们取来了炭盆，又关闭门窗，这才暖和了些。

元泓裹紧了披风，衣服湿了大半，而白妃这边都是女子衣衫，她哪里敢穿戴，只勉强挑了一件白狐披风裹住，毛茸茸挠得脸颊发痒，喷嚏不停。

"是臣妾失手……"白妃擦了擦脸颊，满脸水痕，也不知道是真掉眼泪了，还是被湿漉漉的袖子沾染的。

小白兔般楚楚可怜的眼神让元泓的气略消了些。她的视线落到战利品——那本《女则》上面。

书册上面写了"女则"两个大字，署着长孙皇后的大名，却只是粘了个封皮，内中果然与《女则》毫无关系，翻开湿漉漉的书页，里面的字迹已经被泡得有些模糊了，勉强辨认。

"……龙兴天一掌打向五毒尊者，狂啸一声：'就凭你这种三脚猫的功夫，也敢与本座争锋……'"再翻一页，"……邀月宫主懒洋洋倒在龙兴天怀中，问道：'我与百花仙子，谁更美？'……"

"这是什么玩意儿？传说中的武功秘籍？"

"呃，这是市面上流行的一种通俗文学，与武功秘籍有异曲同工之妙，虽然不能教会人武功，却能充分调动人学习武功的积极性。"

"看这东西用得着包上这个封皮伪装吗？"元泓拎着脱落的《女则》封皮摇了摇。

"身为后宫嫔妃，臣妾也要顾及形象嘛。"白妃理所当然地道。

你有个什么形象？元泓眉梢抽搐。这时，小栗子捧着衣服匆匆跑了进来。

懒得再跟她计较，元泓屏退众人，带着小栗子进了偏殿。白妃还想跟着入内服侍，被她一个眼神瞪了出去。

"蕊安怎么没有过来？"

"蕊安姑姑去了长庆宫。奴才自作主张，没敢声张就赶紧带着衣服过来了。"

元泓顿了顿，吩咐道："既然如此，此事就不要告诉她了。"自从中暑事件之后，蕊安时刻担忧她再病倒，日常唠叨了很多，听得元泓烦腻。若让她知道自己在长乐宫落水，更不知道要数落到何时了，为了耳朵着想，还是瞒着好。

"奴才明白。"小栗子低声道。

独自脱下湿衣服，对着穿衣镜中倒映出的身影，元泓一顿。

丽妃、沈充仪那些人，明明和自己差不多年纪，身材都已经是玲珑有致，曲线分明，为什么自己这么平板呢？

虽然对女扮男装来说，也算是好事，却总觉得有点儿遗憾啊。

不过刚才看到，白妃好像也是个平胸的。而且目测比自己还平，白费了那张如花似玉的脸啊！元泓摸着下巴想着，心里稍微安慰了一点儿。

"阿嚏，阿嚏！"外殿的白妃接连打了数个喷嚏，摸了摸鼻子，忍不住暗暗思量，是着凉了吗？自己的身体应该没这么柔弱才对。

"皇上，衣服换好了吗？该回去用药了。"屏风外的小栗子提醒道。

"回去吧。"元泓无精打采地道，又要吃药了。

那祛毒的药可真苦啊！要吃到什么时候呢？

走出殿门，看着跪在门边恭送御驾的白妃，元泓忽然想起这次来的目的，忍不住把手伸进袖子里。

"对了，这支白玉簪，朕觉得很衬你……咦？"掏了半天，从袖子里掏出来的却不是玉簪，而是白绒绒的一团。

"啊！"白妃尖叫一声，跳着脚后退。

"什么时候白玉簪变成仓鼠豆沙了？对了，刚刚换过衣服了！"元泓恍然大悟，看着迅速躲到殿外，一脸警惕地望着自己的白妃。

而豆沙也不知为何，对白妃格外亲热，看到白妃就像见了亲人，立刻使出弹珠大法，飞奔而去。

一声惊呼，白妃转身奔入后殿，落荒而逃，留下元泓一句还没说完的话："朕不是故意的……"

拾起撞到屏风上而摔下来的笨仓鼠，元泓摸了摸鼻子，这也算是报了落水之仇吗？

后宫之中没有秘密。落水事件还是传开了，而且是以元泓完全预料不到的版本。

这一天她在望月楼看书看得昏昏沉沉，索性起来走走，没有惊动任何人，径直下到一楼，站在窗前。飒爽的秋风吹过，送来细微的说话声。

"皇上这几天好像挺累的，刚才看书又看得睡着了。"

"哎，可能是为了白妃娘娘吧。"是两个看守书库的小太监在窗外嘀咕着。

咦？自己在白妃宫里落水的事情被人知道了吗？元泓贴近窗口。

"怎么会为了白妃娘娘呢？"先前那个小太监问道。

"哦，你还没听说啊，前几天皇上去了长乐宫，一直与白妃娘娘守在一起，所以这

些天有些疲累也正常。"

等等,他们不会以为……

五雷轰顶,元泓整个人都石化了。

"这么说来,这以后得宠的就是白妃娘娘了。"

"可不是嘛,白妃娘娘的手腕可真是……"后面的声音消失,换成了心照不宣的低笑声。

另一个小太监叹了口气:"看丽妃娘娘这些天费了那么多心机,又送点心,又送信笺的,哪比得上人家不显山不露水就得了宠爱?"

"那可不一定,这后宫的事儿,从来都是风水轮流转……"年长的太监传授着经验。

两人渐渐走远了。

留下满脸无辜的元泓,独自站在萧瑟的秋风中。

"皇上,您怎么下楼了?"直到小栗子端着一盘果品进了望月楼,眼尖地看到了明黄色的身影,吃惊地问道。

元泓转过身来,一脸的"咬牙切齿"看得小栗子胆战心惊。

"小栗子,去传朕的口谕。"元泓一字一句地道,"后宫平妃白氏,贤明知礼,通达惠和,传令代朕抄写《女则》一百份,分发后宫,共同学习,以为训诫。"

旨意迅速传到了长乐宫,换来一声惨叫。

"皇上,您知不知道《女训》一部有三十卷啊!"

夜风微凉，宫灯正明。

元泓坐在窗前，心不在焉地翻着手里的书卷，直到蕊安端着汤药进来："皇上，已经入夜了，用了汤药后就早些歇息吧，明早还有早朝呢。"

元泓乖乖放下书卷，接过药，喝了一口，忍不住皱起眉头，今天的药好像格外苦啊！

一饮而尽，她将碗递给旁边的小太监，蕊安服侍她脱去袍子，换上寝衣。

醒来已有月余，明天将是她第一次参加早朝。

因为亲政之前，一直是太后垂帘听政，她只需要在重大节庆，或者决断重要朝政事务的时候，偶尔亮相就行，比如这次。

年初太后曾调派西府军剿灭东海匪患，既是为了靖平地方，保国安民，也是为了操练兵马，提高战力。

半年多下来，成绩斐然，上个月更是将盘踞东海多年的巨寇"黑蛟王"的老巢一举捣毁，歼敌五千余人，俘虏海盗及其男女眷属两万多人，缴获金银珠宝无数，仅黄金就有十七万两，白银数百万两，更兼奇珍异宝数之不尽。捷报传来，满朝皆贺。

这样杰出的军功，领兵的还是太后的亲侄子，备受瞩目的新锐将领陆天祈，朝廷当然要重赏。

陆天祈押送着缴获的金银珍宝和男女俘虏进京，昨日刚刚抵达京城，而明天就举办献俘大典，所以元泓明日五更天就要起床，先要到摘星楼接受凯旋将士的叩拜，进献俘虏，接下来的早朝中还要亲自颁布圣旨，宣布对立功将士的嘉奖。

当皇帝也是个辛苦活儿啊！

不仅要每天早起参加早朝，还要批阅大量的奏折，见识过太后每天批阅奏折到日暮，还经常半夜处理政务之后，元泓是真切体会到了这一点。

当然，也可以只专注于吃喝玩乐，当个昏君，但良心上好像有点儿过不去啊。

明天还要早起，可不知是紧张还是兴奋，翻来覆去总是睡不着觉。侧耳倾听，外面传来均匀的呼吸声，哼，小栗子又在偷偷打瞌睡了！朕还没睡着，他倒是睡得香甜了……

明天的献俘大典上，就要见到那个传说中的陆天祈了，也不知道这个人究竟什么模样。

每次宫人提起来都赞不绝口，听得她耳朵都要生茧子了。

就连太后都对这个侄子青睐有加，东海大捷以来，心情特别好，看得元泓忍不住有点儿发酸。

第五章 明月照人来

　　明明比自己大不了多少,又是伴读,读书习武都是与自己一起的,这么说来,他学过的东西,她也都学过,都会才对。

　　遥想东海之上,波澜壮阔,浩荡万里,多少玄妙景色和离奇故事发生在那里,这辈子也不知道有没有机会一见。

　　陆天祈送来的奏折和战报她都详细看过,主笔之人文笔上佳,曲折艰苦的战事结合东海波涛汹涌的环境写得活灵活现,如在眼前。

　　元泓抱着被子,翻过来,滚过去,想到兴奋处,忍不住捶打着枕头。

　　"吱!"枕头下面的住户不乐意了,发出剧烈的抗议声,"吱吱!"

　　"原来你躲在这里啊!"元泓从枕头底下把豆沙揪出来。

　　"朕明日还要早起哦,你竟然打扰朕休息,该当何罪?"

　　"吱吱……"豆沙叫了两声,抱着不知道从哪儿拖来的榛子仁,欢快地啃着。

　　"你说,若是朕亲自统领西府兵,能否跟那个陆天祈一样,立下辉煌的功绩呢?"元泓拎起唯一的听众,询问道。

　　榛子仁没抱紧,掉了下去,豆沙着急地叫起来:"吱吱吱吱!"

　　"你是说朕英明神武,必然马到功成是吧?"元泓得意地点点头,"朕知道了,不用叫得这么大声。"

　　"吱……"

　　"嗯,你是说朕的功业会超过那个姓陆的,本来就是嘛,他是臣子,朕才是帝王。"

　　"吱吱!"豆沙挥舞着小爪子,挣扎起来。

　　"好了好了,念在你肯说真话的分上,朕赏你这颗榛子仁。"元泓爬起身,翻开床边被褥,想找掉落的食物。

　　榛子仁正好卡在了金龙吐珠的床柱缝隙里,元泓伸出两根手指,从龙嘴里拈起那颗宝贵的榛子仁,同时带动金珠转动。

　　咦,这金珠是活动的吗?

　　同时好像传来了"咔嚓"一声轻响,元泓只觉身体一轻,来不及惊呼,整个人就直直掉了下去。

　　骨碌碌一阵翻滚,终于跌在地上,僵硬了瞬间,她炸毛一般跳起来。

　　发生了何事?

　　惊慌地左右望去,发现自己竟然落在了一个狭窄的密室里,左边墙壁上镶着一盏青鸾衔珠灯,内中燃着的却不是烛火,而是一颗熠熠生辉的夜明珠,荧荧白光照亮了这方寸之地。

密室只有三四张龙榻大小，后方是个斜坡，回忆刚才，确实是床板翻开，自己沿着斜坡滚落了下来。

身体摔得不重，精神上的刺激却不轻。自己睡了这么久的龙床之下竟有这样的玄机！

她高喊起来："来人啊！小栗子！蕊安！"叫了半晌，却毫无反应。她尝试着沿着斜坡往上爬，好在斜坡看似陡峭，却设计着精巧的落脚点，三两下就爬到顶端，往上一推。

"咔嚓"一声轻响。半边厚厚的床榻自动后移，消失在墙内。元泓惊叹地看着这机关，探出头来。

寝殿内一片寂静，值夜的小栗子还在呼呼大睡。隐约能听到殿外执勤的侍卫规律地来去走动。刚才自己喊得那么大声，竟然没有一个人听见！这榻下的密室真能隔音。

放下心来，元泓又关闭机关，回到了密室，探索这意外发现的新天地。

密室不大，四壁光洁如镜，空无一物，元泓轻敲两下，回声震撼，寒气逼人，竟然都是精铁铸成！

怀里的豆沙"吱吱"叫了起来，从元泓怀中跃出，落在地上，径直钻到角落，围着一块地方团团转。

难道这个地方有什么玄机？

元泓蹲下身，仔细分辨，立刻注意到，密室虽然洁净，依然有淡淡的浮尘，而这边却光洁如新。她伸手在那处地方按压了片刻，不知触动了什么机关，"咔嚓"一声，半尺高的墙壁翻转过来，露出一个密洞。洞里是一个西番莲纹饰的银箱。

兴奋地将箱子拖出来，元泓迫不及待地打开，却呆住了。里面竟然是……女子的钗环首饰！

宫装四五套，金簪步摇十几支，还有一堆耳环、手钏、项链、玉镯，乃至象牙梳、绣花鞋。

后宫等级森严，宫女、女官、妃嫔衣装首饰有严格的划分。一眼看去，元泓就认出这是宫妃的衣装，而且看花纹和佩饰，是九嫔以上的宫妃才有资格穿戴的。

元泓拿起一支殷红如血的莲花玉簪，这个样式的玉簪似乎在哪里见过，思索片刻，脑中灵光一闪，对了，是婉妃的首饰！

前些日子她借口怀念故人，将婉妃的衣服首饰翻检了一遍，其实是为了寻找那块玉佩的线索，就曾经在首饰匣子里看到过一模一样的玉簪。

可婉妃的首饰她看过之后，都收归内务府了，怎么会出现在这里？

仔细辨认,玉色似乎隐约不同。难道只是式样相同的不同簪子?

展开衣服,一封信件跌落出来,元泓动作一顿,连忙将信拾起拆开,只有一页纸,上面写着"纤云为记,飞星传讯,银汉迢迢暗度"。

这是什么意思?一句传情的诗词?

元泓纳闷儿,目光扫过下方的落款,她身形一颤,落款不是汉字,竟是一圈祥云纹,围绕着中心几个梵文,这不是……元泓从怀中摸出玉佩,正是一模一样的花纹。

神秘的婉妃衣装,还有语意不明的信笺,再加上秘密传递的玉佩,元泓心脏狂跳,感觉自己好像发现了不得了的秘密。

思索片刻,摸不着头绪,元泓先将信笺和玉佩一起塞进怀里。

抚摸着手下优雅华丽的绫罗宫裙,细腻光滑的触感传来,鬼使神差,元泓展开衣服,披到了自己身上。

精铁铸就的墙壁倒映出模糊的影子,素白织花的薄纱长裙罩在鹅黄色的贴身小衣上,漆黑的长发泼墨般披散着,白瓷般的肌肤荧荧生辉,好一个窈窕精致的女孩。

元泓忍不住又拿起箱子里的钗环,在自己头发上比了比,可惜她不会梳那些繁复的发髻……

墙壁的反光太模糊,元泓忍不住踮起脚,想将那颗夜明珠取下,仔细照看。

拿下明珠,忽然身后传来一阵诡异细微的摩擦声,元泓吓了一跳,转过身去,密室后方的墙壁竟然不见了,只余一个漆黑的空洞,宛如吞噬人心的猛兽巨口,阴风阵阵,寒气侵人。

她捂住嘴巴,险些惊叫出声,想不到这个密室还别有玄机。

看着手中的明珠,她醒悟过来,将夜明珠放回去,果然怪声响起,墙壁从地下钻出,合拢并齐,又是一间完整的密室。

再将夜明珠取下,地道开启。元泓来到洞口,极目所至,一片幽暗,也不知通往何方。

记得在典籍上见过,历朝历代为了保证帝王安全,多有在寝宫修建密道的,想不到大胤也不落人后。

而地道为了保证安全,一般都是通往宫外。

宫外!

宫外是什么样子?

这个念头钻入脑海,带着无比甜美的诱惑力,元泓竟然压抑不住了。

地道既然是为了逃生而修,出口肯定不会有危险。自己只看一眼就返回,耽误不了

多少时间。

这么想着,拿着夜明珠,元泓试探着进了地道。

走了不知多久,果然到了地道尽头。

眼看四面无路,唯有对面一段斜坡,元泓将夜明珠塞进袖中,沿着斜坡向上攀爬。

爬到顶端,小心翼翼地推开了活动的横板,侧耳倾听片刻,确定周围无人,元泓探出头来。

不是预料中的小树林,好像也是在室内,而且同样是床榻之下。四面光线暗淡,元泓仔细辨别,这家具陈设似乎有点儿眼熟啊!

难道还是在宫里?直到目光越过珍珠垂帘,落在远处半透明的水墨山水琉璃屏风上,元泓一个激灵打了个哆嗦。

这不是栖凤阁吗?!

她从地道里爬出,将入口封上,小跑到屏风前,没错,一个多月前自己就是站在这扇屏风外面,看到了白妃一场清灵飘逸的舞蹈。

而自己现在所站的,就是当初白妃跳舞的地方。

这里是婉妃的寝宫!

一条连接栖凤阁和乾元殿的地道!

绕过屏风,元泓往前走着,却见前殿比起上次来,似乎多了点儿东西。

是一个长条的书案,上面摆着几盘果品,中间是个香炉,还插着几支燃至半截的香。

这是什么东西?

正百思不得其解,忽然身后传来扑通一声。

有人来了!她连忙转过身去,却见一个太监跪倒在地上,浑身颤抖,连连叩头,口里说着:"娘娘饶命!娘娘饶命啊!"

再看他掉在地上的,好像是一盘果子,还有几支香。

"奴才是给您更换香火的,不想娘娘您显灵在此,奴才冲撞了仙驾,求娘娘千万别怪罪啊……"那人颤声哀求着。

元泓脸色古怪,她可算听明白了,原来这个太监是把自己当成这些日子里传言显灵的婉妃鬼魂了!也难怪,自己披头散发,而且身上穿的似乎也是婉妃的衣裙。

再看这太监服色,是内务府工匠司的,显然是这些日子负责修葺栖凤阁的管事太监之一。

转头看着桌案上齐全的各色供品,元泓暗暗惊讶,想不到婉妃宫中闹鬼一事,竟然

传扬至此。上次听丽妃和沈充仪谈论,她还只当笑话听呢。难道上次警告过后,白妃恶性难改,还敢跑来这里"跳舞"?若真是如此,一百份《女则》真是太轻了。

又见那太监匍匐在地上,颤抖不已。元泓将头发向前拢了拢,遮住脸面,捏住了嗓子问道:"你是第一次见到本宫吗?"

听到婉妃鬼魂发问,太监更是胆战心惊,颤声道:"娘娘饶命啊!娘娘饶命啊!奴才不是故意惊扰娘娘仙驾的啊,求娘娘看在奴才上有八十老母,下有三岁小儿的分上……"

你一个太监哪来的三岁小儿?元泓无语,见他已经被吓得语无伦次,神智不清了,知道问不出什么来,也不想再为难,吩咐道:"你下去吧。"

太监如蒙大赦,连滚带爬地逃出去了。

走到供桌前,元泓打量着桌上的供品,暗暗想着,也未必是白妃作祟,也许只是宫人以讹传讹……

豆沙从她怀中探出头来,看到满桌食物,顿时瞪大了绿豆般的小眼睛,迫不及待地蹿上桌,扑上一只苹果就咬了下去,元泓无语地将它拎起来,它却还紧紧抱住比自己身体还大的那只苹果不想撒手。

这个吃货……

忽然听到门外一阵喧哗,她动作一顿,转头望去,顿时瞪大了眼睛。

只见一大群人从宫门口涌入,身上披挂着五颜六色的布条,手中或举着幡布,或持着拂尘,或挥着木剑,气势汹汹,锐不可当。

而冲在最前头的可不就是丽妃娘娘?只见她左肩一条黄布描着"大日如来降妖除魔咒",右肩一挂白布上书"三清道尊急急如律令",全身武装,真如那"黄沙百战穿金甲,不破楼兰终不还"的沙场勇将,正领着千军万马拼杀而来。

若"敌寇"不是自己的话,元泓真要忍不住赞一声,不愧是将门虎女!

"大胆!死了还要来这里作祟,吃本宫一剑!"丽妃手中的桃木剑挥舞得虎虎生风,一剑劈来。

元泓拔腿就往后殿跑,想要逃回地道。

她此时身上还穿着女装,若是被逮住,秘密就不保了!

元泓抱头鼠窜在前,丽妃持剑追逐在后,也不知是她跑得太慢,还是丽妃体力太好,短短路程竟然被她追了上来。

发现自己没有时间跳回地道了,元泓只好硬着头皮往后殿绕,丽妃如附骨之疽紧追不舍,经过后殿,元泓急中生智,手忙脚乱地把后门锁上,然后转身往御花园跑去,身

后传来丽妃剧烈的踹门声。

一直跑到树下,四野无人,元泓才气喘吁吁地停了下来。

以前就知道丽妃生猛,却不知道她这么生猛!

刚才不分路径一通狂奔,跑到哪里来了?绕过一丛花圃,元泓立刻认出了眼前的建筑物,是飞仙亭。

竟然跑到冷宫附近了,而且一路都没有遇到巡夜的侍卫,也算奇迹了。只是这下子怎么回去啊?正头疼呢,忽然远处传来一阵整齐的呼喝:"丽妃娘娘有令,紧急搜查这一带的树林,有鬼祟之辈潜逃其中……"同时摇动的火光逐渐逼近。

是巡夜的侍卫!元泓睁大了眼睛,丽妃,用得着这么苦苦相逼吗?

"丽妃姐姐,用得着这么苦苦相逼吗?"清亮的声音传入耳中,丽妃转头望去,眉梢抽搐。这家伙怎么来了?

周围宫人纷纷跪下:"奴才(奴婢)参见白妃娘娘!"

"免礼吧。"白妃不在意地挥了挥手,同时从身边侍女手中接过一方锦帕,擦了擦脸颊,随意一甩。

一阵浓烈的花香从锦帕上散开,丽妃连连打喷嚏,后退数步,怒视白妃。

接到丽妃的视线,白妃终于恍然大悟,笑道:"哎呀,忘了姐姐你花粉过敏了。"一边慢腾腾将锦帕收起。

"你是故意的吧?"丽妃狠狠瞪了她一眼,捂着鼻子道,"你不在宫中抄写《女则》,来这里干什么?"

听到"女则"二字,白妃脸色发黑,旋即笑道:"妹妹原本正熬夜誊写,可抄到'女子以柔弱安静为美,以恭顺谦让为德'一句时,忽然听闻宫外喧嚣沸腾,心下惊恐不安,只好暂停誊写,出来一观。"

听出她话中的讥讽,丽妃冷哼一声:"什么妹妹,我可没有商家女的妹妹。"

"好吧,娘娘在臣妾宫外这么大张旗鼓地闹腾,臣妾还以为要抄家搜宫了呢,能不出来看看吗?"白妃从善如流地改了称呼,笑问道,"刚刚询问宫人,听说只是为了捉拿一个鬼祟小贼。不知道是何方人士,让娘娘这么大费周章。"

丽妃目光一扫,此地确实离长乐宫不远,嘴上却依然不饶人:"本宫做事,需要向你解释吗?"目光落在她一身素白衣装上,丽妃更是来气,讽刺道:"正是个白色鬼祟之物,也不知是人是鬼,本宫今日一定要把这惑乱宫闱、动摇人心的东西消灭,还后宫一个朗朗乾坤。"

此言一出，连丽妃都觉得自己的形象光辉了不少，当然，文采也长进了不少。

"娘娘果然风华无双。"白妃上下打量着她那一身装备，扑哧笑道，"听闻娘娘前几日得了不少好首饰，难怪要做这么漂亮的衣服搭配，若是皇上见了，必定赞不绝口。"

丽妃脸色一变，没来得及开口，白妃已抢在她发火之前，行了个平礼："娘娘慢慢找，臣妾要回去继续誊写了，等写好了，必定首先送给娘娘一本，共同参详学习。"

说罢，带着宫女施施然转身走了。

这一夜，宫中注定不得安宁。

眼见身后的火光越来越近，元泓只得继续往前跑。

绕过飞仙亭，进了一处狭长的甬道，两侧的宫墙斑驳破旧，青石板的地面崎岖不平。她脚步慢了下来。若不是亲眼所见，她真不敢相信宫中会有这么残破的地方。

甬道尽头，是一扇紧紧闭锁的厚重木门，斑驳的红漆掉落殆尽，只有上方匾额的"去锦宫"三个大字依然清晰。

这里就是俗称冷宫的去锦宫！

宫内关着的都是失宠被废的妃嫔。

身后的喧嚣声渐渐逼近，糟了，追兵到了！

可前面是一条死路啊。

只剩一个办法了，元泓一咬牙，踩住门框，扳着门锁就要往墙上爬。奈何身体久未锻炼，爬墙技术不佳，试了几次都爬不上去。

眼看身后的喧嚣声越来越近，就在心急如焚的关头，元泓忽觉身体一轻，竟然腾云驾雾般飞了起来。

是有人揽住了她的腰，带着她一跃而起，轻飘飘落在了宫门楼上，又足尖轻点，向后飞跃，一直落在后殿的房顶上才停了下来。

这短暂的飞翔让元泓一时失神。

"你！"

落在房顶上，元泓终于看清楚来人。

是一个年轻俊秀的男子，眉目轩朗，宛如坚玉，身姿挺拔，修如柏松，深不见底的眼眸中含着锋锐的剑芒，摄人心神。

对视的瞬间，有什么猛烈地冲击着尘封的记忆，仿佛一剑划过，带起尖锐的痛疼，是因为那锐利的视线，还是因为那似曾相识的容颜？

元泓紧紧盯着他，身体颤抖，初秋的夜晚风冷露寒，澄清的黛色夜空映着一轮皎洁的凉月，宁静美好得宛如一首远古流传的诗歌。

她忽然就有一种错觉，这人是从月亮中落下来，要带着自己飞往虚幻的国度，远离这纷扰的宫廷……

下一个瞬间，梦醒了。

那人单膝跪下，清朗的声音传入耳中："微臣参见皇上。"

元泓半晌才回过神来，目光扫过那人绣着金线暗花儿祥云纹的玄色劲装，落在他白玉双鱼腰牌上，这是朝廷重臣出入宫禁才能佩带的腰牌。

"你是……"

那人身形一颤，片刻的迟疑之后，才缓缓抬头温声道："微臣……陆天祈。"

"是你！"元泓睁大了眼睛，他就是陆天祈？她还想要发问，却见陆天祈忽然站起身来，按住她的肩膀，一股柔和的力道传来，元泓身不由己地俯下身。

"皇上小心。"陆天祈同时俯下，提醒道。

是追兵已经到了冷宫外头，正高举着火把四处查看。

元泓老老实实趴下，借着殿外的灯火，又转头看向趴在自己身边的陆天祈，修眉凤目，直鼻薄唇，因为衣袂鼓了风，蝶翼般朝后翻飞着，更衬得俊逸洒脱，飘然如仙。

不愧是大胤名将，再看自己，一身素衣长裙……元泓脑中轰然炸开，糟糕！自己还穿着女装呢！

对了，刚才他叫自己皇上，也就是说他一开始就认出自己来了！穿着女装的自己！

元泓张大了嘴巴，偷偷瞧着陆天祈，而他正聚精会神地看着楼下侍卫的举动。

元泓忍不住压低了声音问道："你怎么会在这里？"

"臣正在向太后回禀明日献俘大典的一些事宜。听闻后宫喧嚣，奉太后之命前来查看。顺着声音一路寻来，不想竟然见到了皇上。"陆天祈从容回禀道。

"原来如此。"元泓点点头，又觉得别扭：这也太淡定了吧，看到自己穿成这个样子就不表示一下惊讶？

她忍不住试探着："你怎么认出朕来的？"

"啊？"陆天祈一怔，终于反应过来，幽深的瞳孔泛起令人舒心的笑意，"臣与皇上相伴多年，岂会认不出来？"

那也不代表我穿上女装你也能认出来吧。元泓瞪了他一眼，记起太后曾经说过，陆天祈是少数几个知道她女儿身秘密的人之一。

陆天祈笑道："皇上这身衣服，是婉妃娘娘的吧？"

"你怎么知道?"

"婉妃娘娘酷爱莲花,衣衫角落常常绣以青莲为标记。皇上这身衣衫肩上不正有青莲纹饰吗?"

元泓醒悟过来,随即问道:"你好像跟婉妃很熟哦?"

陆天祈眉梢抽搐:"皇上可不要冤枉臣,婉妃娘娘的爱好,宫中无人不知,连民间都竞相模仿,蔚为风尚。"

"哦,"元泓应了一声,又低声道,"其实朕穿成这样,也只是意外。"

"臣明白,今日臣出来一趟,只见到丽妃娘娘罔顾宫规,深夜喧哗,扰动后宫不安,并未见过皇上。"

这家伙还挺有眼色的嘛!元泓稍稍放了心。至于丽妃,闹出这么大动静,又害得朕这么狼狈,应该好好罚一顿。

冷宫外,侍卫统领正指挥手下四处查看,这时急匆匆跑来一个侍卫,高声呼道:"将军,在储秀宫那边发现白影踪迹了,丽妃娘娘命令赶紧去那边搜查。"

听闻命令,众侍卫立刻动身,很快退走干净。

怎么又跑去储秀宫了?无论如何,元泓终于松了一口气,从房顶上爬起来,不料有什么东西从衣袖里滚了出来,骨碌碌沿着房瓦一路滚落下来,"扑通"两声,落到了院子里面。

是一颗夜明珠,另一个,好像是被自己咬了一口的那只苹果。苹果也就算了,只是从栖风阁中拿起的婉妃祭品,忙乱中随手塞进了怀里。可夜明珠牵涉龙床下的机关密道啊,一定要拿回来。

她正要站起身来,陆天祈却依然按住她:"小心!"

下方"吱呀"一声,是冷宫后殿的大门打开了。

"谁啊!这大晚上的不睡觉,闹腾成这样。"一个尖锐苍老的嗓音传来。

"该不会是又要有新人进来了吧?咯咯咯……"另一个声音尖细地笑着,在寂静的夜里听着格外瘆人。

元泓趴在房上,暗暗心急。

两个身影出现在院子里,一个纤瘦得如芦柴棒一般,只是初秋,却裹着一件脏得看不出颜色的棉衣。另一个脸面浮肿黯淡,像是发面不均的黑馒头,披散的头发油腻成一缕一缕。

两人进了院子,首先看到的自然是夜明珠。

"谁把这东西扔进来了?难不成是老天爷赏赐?"芦柴棒大呼小叫道。

"呸，老天爷早瞎了眼，哪还记得咱们！"黑馒头啐了一口，"他要有眼，早把陆兰堂那个贱人天打雷劈了。"

元泓忽然觉得空气冷了几分，转头看去，陆天祈眉头紧皱，隐有杀气。她一愣，这才想起，陆兰堂就是太后的名讳。

一边说着，芦柴棒上前踢了那颗夜明珠一脚。

旁边的黑馒头连忙提醒道："别踢坏了，明日拿着给那些杂役，说不定能换一碗肉吃。"

芦柴棒冷哼一声："那些个狗东西，只会克扣扒皮，哪里能指望一碗肉，只怕能换半碗带油水的菜就不错了，若有一天本宫离开这里，见到皇上，一定……"话未说完，她猛地睁大了眼睛。

黑馒头顺着她的眼神望去，顿时也愣住了。

然后两人齐齐反应过来，饿虎扑食般冲过去，抢夺起来。

"是本宫先看到的！"芦柴棒死死攥住战利品。

"滚，是本宫先拿到的！"黑馒头一脚踢向对手，"你不过是个贵嫔，也敢跟本宫争？"

芦柴棒寸步不让："本宫已经十几年没有吃过这东西了。"

两人争斗声音太大，终于惊动了其他人，又有两三个身影走出房，破口大骂道："作死啊！大晚上你们不睡觉在闹腾什么！"

"咦，这是……"

"好你们两个贱人，原来在这里吃独食啊！"

随着几声怒骂，新来的人很快加入混战。

元泓趴在房上，眼睁睁看着下方激烈的混战，而争夺的中心竟然只是……一个苹果。她又转头看向陆天祈，方才的杀气早已烟消云散，只余满面复杂难言。

下面的苹果争夺战越发激烈，芦柴棒眼见争不过众人，凑上去一口咬了下去。

"啊，你咬着我手指了！"一个女子尖叫出声。

芦柴棒咀嚼着含着血水的苹果，拼命吞咽，又大笑起来。

实在不想再看下去了，元泓用手肘捣了陆天祈一下，指了指下面的夜明珠。

陆天祈回过神来，趁着几个女子争抢的工夫，悄无声息地落下去，将夜明珠捞起，跃回房顶。

"皇上，臣先送你回宫吧。"似乎也不想再看到这荒诞残酷的一幕，他提议道。

"好吧。"

　　元泓答应道，想了想，她可不愿再被人拎小鸡一样提在手里，毫不客气地跳到陆天祈背上。

　　陆天祈苦笑一声，乖乖背起她跃下宫房。

　　宫中寂静了不少，前面丽妃主导的闹剧似乎已经落幕，陆天祈轻功极佳，背着元泓，一路飞檐走壁，踏叶飞花，悄无声息地离开了冷宫。

　　静默了片刻，元泓忽然开了口："那些人都是先帝宫里的妃子吧？原来冷宫的生活这么苦啊！"记得看过大胤的宫规，冷宫之中的饭食只有糙米和青菜，而且青菜只能水煮，还不放油盐，难怪有人吃得面目浮肿。

　　"皇上开始怜悯她们了吗？"陆天祈低声道。

　　"刚才你看着不也难受吗？"

　　"臣是有些困扰，然更多的是后怕……"

　　"后怕？"

　　陆天祈叹了一口气："若臣观察没错，那个面黑发胖的，就是昔年先帝的姜贤妃。"

　　当年太后还是淑妃的时候，因为容色倾世，宠冠后宫，偏偏又是南朝降臣之女的身份，引来各方算计。姜贤妃就曾经设计污蔑淑妃假孕，淑妃因此被发配冷宫，幸而后来寻得证据，摆脱了罪名，饶是如此，也在后宫困居半年之久。"

　　元泓忽然觉得有些发冷，这件事她也曾经在先帝的起居注上看到过，只当作后宫无数波澜中的一小段，却未曾细思其中的凶险，记得姜贤妃膝下也有一位年幼的皇子，在姜贤妃被打入冷宫后不久就病逝了。

　　后宫争宠，一个不慎，满盘皆输，倘若当年输的人是淑妃，那这世上也就不会有当今太后的存在了。

　　元泓默然，又道："为什么非要这样争斗不可呢？大家一起好好过日子不好吗？"想了想，又道，"若是没有这些妃嫔，是不是就没有这么多烦恼了？对了，这样才好，别弄什么后宫佳丽三千人。"她旋即低落下来，连自己这个女扮男装的皇帝都有后宫，何况普通帝王呢。若是不纳妃嫔，反而会被朝臣非议。

　　因为后宫之道，并非只在寻欢纵欲，一来是为了绵延子嗣，二来也是为了平衡前朝，古往今来，登上那个位置的也未必都是花心薄情之人，所以为君者纵然只钟情一人，有时也不得不宠爱多人，更有甚者，还必须隐藏真情，让心爱之人任人欺凌。

　　陆天祈笑道："皇上仁慈，只是世间纷争，古往今来尽皆如此，不独本朝。岂是不纳妃嫔就能解决的？"

"说来说去,还是不当皇帝的好。"伏在他背上,元泓小声嘀咕了一句。

陆天祈苦笑着摇摇头,正要开口,忽然身形一顿,停了下来。

元泓探出头来:"怎么了?"顺着他的视线望去,是御花园中的一丛花树,正随风轻颤。

四野静谧,悄无声息。

"刚才那里有人吗?"元泓好奇地问道。

陆天祈眼中寒芒敛去,只余一派从容温雅:"让皇上受惊了。"又低笑道,"臣不在的这几年,似乎宫里多了不少有趣的人、事、物啊。"

"喂,老实交代,究竟看到了什么啊?"元泓不耐烦地揪住他的衣领逼问道。

"是一只小白老鼠躲在树上。"

"胡扯,树上哪会有什么老鼠!"

……

两人的声音渐渐远去了,花树轻颤,白影飘落,宛如一片洁白的花瓣随风凋零。

"哎呀呀,亏得臣妾这么辛苦将追兵引开。本想去冷宫接人的,想不到被人捷足先登了。"

阳光布泽，万物生辉。

打开窗户，秋日的风带着清爽的草木气息扑鼻而来。

元泓顿时精神一振，望着窗外金黄的落叶，脱口赞道："宫外的秋天果然漂亮！"

旁边蕊安笑道："此处景色虽好，然比起天龙山可是远远不如。如今的时节，天龙山上漫山遍野的枫树正当浓艳，可正应了那句'霜叶红于二月花'了。"

元泓听着，满脸神往。就冲这个，马车狭窄，路途辛苦，都能忍了。

执事太监的声音在门外响起："皇上，探马回报，前方十里处有驿站，是否要休整？"

蕊安劝道："车队也走大半天了，御驾劳顿，不如歇息片刻？"

元泓连忙摆手："不必了，早些赶到天龙山要紧。再说朕也不累，只是无聊。"

没错，本以为离开京城就能自由了，没想到路上这样憋闷。

如今的她正走在前往天龙山的路上。

天龙山是大胤龙脉皇陵所在，立国以来，每年秋分都要派人祭祀，往年都是德高望重的宗室前来主持，而今年元泓打着献俘祭礼的旗号，提出要亲自跑一趟。

元泓软磨硬泡了好久，太后才答应。

终于得到了离宫的机会，元泓兴冲冲启程，却发现，梦想中飞鸟上天、游鱼入海的自由，真的只是梦想而已。

上千人的仪仗姑且不论，还带着三千护军守卫，将三十六匹骏马拉着的御辇团团围住，水泄不通。

御辇内倒是布置得极宽敞，寝殿、书房、净室一应俱全，还有蕊安带着七八个宫女太监贴身服侍，整个儿一座移动的小型乾元殿。

元泓也曾提出下车散心，可一下车就傻眼了，出现在眼前的是一望无际的明黄布幔，将整座小树林团团围绕，四面守备森严，别说刺客，连一只兔子也跑不进来。

五次三番，元泓也不想再折腾得众人鸡飞狗跳了，更不想去看那一眼望不到头的布幔，老老实实蹲在马车里等待着天龙山的风景。

只是这样大张旗鼓地出行，路上行走极慢，原本快马两天即可抵达的地方，足足走了八天还没到头。

这些日子可憋坏了元泓，这一路竟比在宫里还郁闷，每日只能调戏豆沙取乐，而豆沙也被她折腾得烦了，这几天干脆一见到她就倒地蹬腿，直接装死，连用它最喜欢的榛子勾引都没用。

无奈的元泓只好大发慈悲地饶它一命。

第六章 天龙山的刺客

这样无聊的日子，幸好还有一个人是不会装死的。

"小栗子，去前面问问陆将军回来了没有，刚刚不是说探路的回来了吗？"

"遵旨。"小栗子一溜烟跑了出去，不多时，带着一个高挑儿的身影出现在门外。熟悉的声音传来："臣陆天祈求见。"

蕊安推开门，笑道："陆将军快请进吧。"

刚刚探路回来，陆天祈面上还带着奔波的绯红余韵，衬着一身银蟒纹玄色劲装，更显意气风发，俊逸不凡。

几个服侍的小宫女都看得两眼放光。

元泓坐在龙椅上，隔着珠帘遥望着跪在外面的那人，更是各种羡慕嫉妒恨，同时也严重怀疑，这家伙不会是为了躲自己才揽下探路的活儿吧？

见礼完毕，元泓又命人赐座，这才问起："前方路途如何？"

明白元泓的意思，陆天祈爽快地道："以臣估计，再有一天工夫，即可抵达天龙山了。"

元泓大喜过望，可算能够解脱了。一时觉得有些失态，她咳了一声，兴致勃勃道："辛苦将军了，再跟朕说一说东海上的事情吧。"

又来了！陆天祈眉梢抽搐："皇上，东海的事情这几天臣已经说了五遍。"这几天元泓实在无事可干，每天把他拎来讲什么东海见闻，一说就是两三个时辰，听的人没腻，说的人却已经叫苦不迭了。

"是吗？"元泓毫不自觉地托着下巴，想了想，道，"那就再说说东海那边的风景吧。"

这个不也说两三遍了吗？

陆天祈无奈地看了她一眼，这几天他说的话，比之前几个月说的都多。然圣上有令，不得不尊，他也只得搜肠刮肚，挑拣些生僻的缓缓讲起。

琉璃窗上倒映着斑驳的树影，微风吹过树梢，隐有飒飒声响。

元泓凝望着眼前的身影，逐渐出神，仔细看去，他年龄明明比自己大不了多少，只是那份沉稳让人感觉老成些，却已经走过这么多地方，见过这么多风景了。

"遇到这样的飓风，那船岂不危险了？"

"所以出海的时候都需避开风时。"

"怎样避开风时呢？难道能预知海上要起风吗？"

陆天祈微微颔首："多年在海上讨生活的渔民对海风气候都有一套认知，还有各家大商行行走海上的商船，更是知之甚深，不仅有自家的航海图，还有风时表，都是一代

代累积的经验。"

"海上船队?记得临川侯沈家就有一支吧?"元泓一拍手掌,记起来。

陆天祈有些意外地看了她一眼,回道:"临川侯家的平涛船队正是海上最大的商船队之一,有四五百艘船,每年出海两次。另外还有威北侯、紫阳伯等侯门世家,以及南方各大商号都有海上的生意,我军从灵州港出发之前,就请过这些商号帮忙探听消息,指引航道。"

"听闻海上贸易繁忙,带动灵州一带繁华昌盛,几乎不逊于京城了。"

"京城龙兴之地,岂是灵州此类商贸之地所能攀比的?皇上从哪里听说这些的?"

"是听丽妃提起的,听说灵州那边还有很多番邦之人。上次紫阳伯还给她家送了好几个美貌胡姬,都是从灵州买入的,害得她母亲吃了好久的醋,幸而曲将军将人转送出去了。"

陆天祈笑道:"灵州那边,不仅有金发碧眼的西域胡姬,还有东瀛、北疆、南洋等地的货物人口,确实繁华。每年商队回来,天下各地的商旅云集,还会召开珍宝拍卖会,多有富豪贵族前去淘宝……"

元泓听得两眼放光,心中隐藏的一个小念头缓缓浮起。

陆天祈的估算没错,御驾果然在第二日下午抵达了天龙山。

下车的第一眼,就看见漫山遍野枫红浓烈,如诗如画,美不胜收。元泓满身的疲惫顿时一扫而空,只觉得为了这样的美景,一路的辛苦也值得了。

安置妥当,元泓首先召见了筹备祭礼的一众官员宗室。

其中就有宗室中德高望重的礼亲王,他是先帝的叔父,如今已近古稀之年,也是现在大胤宗室中辈分最高的一位,本应是他主持祭礼。

此番元泓御驾亲至,太后唯恐她经验不足,所以特意请了礼亲王辅佐。

礼亲王虽然年迈,却依然精力充沛,早已带着轻便仪仗,于半月前抵达了天龙山,将一众祭祀所需准备齐整,元泓只要在三日后的祭典上依礼摆个样子,就算完成任务了。

办完公务,接下来自然是吃喝玩乐的私人时间了。品尝了天龙寺美味的招牌素斋,元泓打着巡视的旗号,堂而皇之地欣赏起山寺的美景。

天龙寺作为皇家寺庙,也算半个行宫,占地广阔,内中雕栏画栋,殿宇堂皇,四面层恋叠嶂,林莽苍郁。

一路行来,看过憩云轩、龙王堂,赏过千年银杏、历代古碑,一直走到一处院落,

第六章 天龙山的刺客

"银汉院"三个龙飞凤舞的大字高悬匾额之上,元泓脚步一顿:"这里是……"

充当向导的住持方丈连忙恭声道:"回禀皇上,这里是银汉院,通常安置一些前来游学赏景的文人墨客。"

"暮云收尽溢清寒,银汉无声转玉盘。好名字,如今可有人在?"

"这……"方丈略一迟疑,回禀道,"如今并无客人留宿。"

元泓心知肚明,自己御驾至此,天龙寺当然不敢留宿任何外人。

她抬脚走入,随行的侍从虽不明白皇上为何会对这个平凡的院子感兴趣,也都连忙跟上。

院内寂静无声,空无一人。

难道真的没有任何线索?

元泓暗暗沉吟,反复思量着密道所得的那封密信,还有婉妃留下的玉佩。

纤云为记,飞星传讯,银汉迢迢暗度。

这次祭礼她坚持亲自出宫,并非只是为了玩乐,而是因为日前她翻遍典籍,终于找到那玉佩上的花纹,竟是天龙寺的梵文标记,而天龙寺内,正有一处殿宇,叫银汉院。

所以,她坚持亲自前来祭祀,就是为了解开这个谜团。

然而亲眼见了,发现这银汉院似乎很平常,并无特殊之处,略一迟疑,她从怀中取出了玉佩,含笑问道:"住持可见过这块玉佩?"

方丈恭敬地双手接过,目光一闪,笑道:"皇上明鉴,确实是本寺特产的开光吉祥符,京中学子科考,妇人生子,闺秀出阁,以及……约定姻缘者,多有来本寺求得此符的。想不到皇上也随身携带,实乃本寺无上荣幸啊!"方丈红光满面,与有荣焉。

元泓看不出任何破绽,只得道:"罢了,今晚也看得够了,先回去歇息吧。"

月色清浅,夜景幽凉。

从寝殿的窗户抬头望去,漆黑的夜幕如烟笼罩,一轮圆月晶莹剔透,元泓默默凝望着,这里真的有婉妃的秘密吗?

"暮云收尽溢清寒,银汉无声转玉盘。此生此夜不长好,明月明年何处看。"

"皇上好诗兴啊!"小栗子推门进来,手里还提着一只红木雕花食盒。

元泓白了他一眼:"你懂什么诗兴?"

"奴才虽然不懂,但也听人说过,但凡才子游览了古寺山景,就喜欢吟诗作画一番,今日皇上也游赏了几处景致,这不就趁夜吟诗了吗?"一边说着,小栗子利落地打开食盒，取出几盘精致的点心。

"这些是天龙寺闻名的素点，蕊安姑姑命奴才送来备着。"

"嗯，蕊安去哪里了？"

"蕊安姑姑前往查看明日祭礼一应器皿了。"

"哦，那小栗子呢？"

正在布置点心的小栗子身形一僵，转过身来满脸惊讶："啊？皇上是说奴才吗？奴才不正在这儿吗？"

元泓死死盯着他："朕问的是真正的小栗子。"

小栗子还想继续抵赖："什么真正的小栗子？"

"还要假装吗？那朕就叫侍卫了。"元泓看了一眼窗外。殿门外就是侍卫，只要她声音提高一分，立刻就会有高手入内救驾。

"小栗子"终于不再伪装，站直了身子，笑道："皇上真是火眼金睛啊！"笑容狡猾又俏皮，那是完全不可能出现在小栗子脸上的神情。

"只是……"他摸了摸鼻子，"在下自以为这张面皮已够完美，怎么还会一进门就露了破绽呢？"

"小栗子不会这么多话，而且小栗子身子比你矮了三分。"

"啊？想不到皇上的观察力这么细致入微。"那人不禁动容，看向元泓的目光也有了不同。

不是观察入微，而是因为她也借过小栗子的身份，自然对他的身高了如指掌。

这句话当然不会说出来，元泓开门见山问道："你究竟是谁？好大的胆子，竟敢假扮内侍潜入，真正的小栗子呢？"

那人单膝跪倒，恭声道："请皇上恕罪，真正的小栗子正在房里睡大觉，臣只是借了他一身衣服，顺便替他干点儿活儿。至于在下的身份，想必皇上早已心知肚明，否则，也不会在银汉院借诗传令，让在下今晚觐见了。"

元泓一怔，借诗传令？"银汉无声转玉盘"一句，确实有感叹满月之夜、夜晚相逢之意。可她吟出这首诗，只是有感而发，并无特别意思。是眼前这人误会了吗？

还有，他说自己对他的身份"心知肚明"是什么意思？难道之前自己与他有过联系不成？

元泓脑筋转得飞快，嘴上却含糊道："你果然潜伏在银汉院……不过，朕不喜欢跟躲躲藏藏的人说话。"

"皇上恕罪，此地危机四伏，臣实在不便露出真面目。"他抬头看向元泓，一双眼

睛闪亮动人，恳切诚挚，"臣郑源，为燕国公麾下马前卒，此番参见皇上，为我家主公传讯而来。"说着从怀中取出一封书信，双手奉上。

燕国公的人！元泓盯着他捧在手上的信笺，心跳加速。

这个名字她已经听过太多次了，久居边关，坐拥重兵，勾结朝臣，阴谋自立。

连婉妃一家也是因此被族诛。可以说燕国公就是自己身边的头号威胁。而如今，这个头号大反贼竟然派人给自己送信儿了。

而且，从郑源一进门，元泓就开始关注他的言谈举止，很多细节显露，自己是知道这次会面的，或者说，郑源以为自己是知道这次会面的。

心里一动，元泓没有急着接书信，反而问道："听闻燕国公麾下有一支劲旅，专司探马传讯、情报刺探，内中人员以飞星为记。"

"皇上果然博文广记，臣正是主公座下二等飞星之一。"郑源坦然承认。

"你这样的人才也只是二等，燕国公麾下果然人才济济啊。"元泓别有深意地看着他，终于接过了书信。

郑源摸了摸鼻子，笑道："皇上过誉了。主公麾下的人才，不也是皇上您的？"

元泓打开信笺，信的内容简短，言辞恭谨，意思也很明确，元泓甚至能用一个词概括完全，就是表忠心，这不都是废话吗？

千里迢迢，燕国公派人来秘密觐见自己，就是为了这个？

又看一遍，终于有一句话引起了她的注意："聆听圣谕，臣不胜惶恐……"

燕国公十几年没有进京城了，如何聆听圣谕？难道说，之前自己发过信笺，所以才有了这封回信？

看了依然跪在地上的郑源，元泓试探道："这封信送到这里多久了？"

"接到皇上信笺之后，主公便写成此信，命臣快马加鞭送来，抵达京城已有月余了。"

"这么久了啊！"元泓故意叹道。

郑源苦笑一声："不敢欺瞒皇上，臣留居此地，心急如焚，又听闻了婉妃娘娘的消息，只担心皇上有所不便，难以出宫，幸好前些日子听说了祭祀大典的消息……"

元泓心里一沉。他提到了婉妃。

见到她的神情，郑源连忙补充道："我主对大胤赤诚之心，天日可表，之前主公也曾经委托婉妃娘娘居中斡旋，不料却……"

话语中隐含的意思让元泓心神俱震，这就是婉妃留给她的谜底？

婉妃和顾氏一族是因为私通燕国公而被灭族，证据确凿，难道，这私通却是在元泓的授意下进行的？

那块玉佩，若不是之后又发现了龙榻下的密道，自己还想不到天龙寺呢。

倘若真是如此，婉妃给她下毒又怎么解释？

一时间元泓思绪翻涌，连郑源之后说了什么都没听到。可越是深思，越是头疼难耐，久违的窒息感翻涌而上，元泓扶住桌沿，险些跌倒。

郑源正说着，忽见元泓脸色苍白，摇摇欲坠，顾不得礼节，连忙起身扶住她："皇上？您怎么了？"

元泓直直盯着他，郑源被她的眼神看得心里发毛，忍不住问道："皇上，您……"

元泓忽然笑了："忠心与否，不在言，而在于行，郑将军，你可愿意替朕办一件事？"

郑源愣了愣，条件反射地道："皇上若有吩咐，臣赴汤蹈火，万死不辞。"

嗯，这话有点儿耳熟，好像小栗子也是这么说的，就是不知道接下来的反应会不会跟他一样胆小。

盯着眼前的冒牌小栗子，元泓缓缓将自己的要求说出。

原本想吩咐小栗子办的，但比起日日在蕊安他们眼皮子底下活动的小栗子，显然眼前这个假货更适合这个隐秘的差事。

郑源越听越是瞪大了眼睛："皇上这是要……"

元泓打断道："朕要干什么与你何干？你只要按照朕说的办就行。"

"可是……"

"燕国公有令的时候，你也是这样疑问重重吗？"元泓冷下面孔。

"臣不敢。"郑源醒悟过来，连忙跪地回禀，"不知皇上何时要用？臣一定将东西准时备好。"

窗外夜色静美，明月晶莹，元泓凝望片刻，低头吩咐道："就三天之后的这个时候吧。"

第二天就是祭礼，先要在宗庙祈福，还要去皇陵祭祀。

秋日山间的阳光出乎预料地浓烈，身穿金线云龙纹的厚重朝服，头戴玉旒串珠冠冕，一整天下来，元泓只觉满身沉滞，疲惫不堪。

好容易撑着完成了整个仪式，她长长松了一口气，吩咐礼亲王带领礼部众臣料理后续事宜，便在一众侍卫内监的簇拥下上了御辇，准备摆驾回寝殿。

御辇行走在山路台阶上摇摇晃晃，元泓昏昏欲睡，忽然一声厉喝从天而降。

"昏君，纳命来！"

元泓一个激灵清醒过来。

什么情况？有刺客？

一把掀开珠帘，果然远远看见一个瘦小的身影凭空跃起，向这边飞奔而来。

好在一众侍卫也不是吃素的，瞬间将御辇团团护住，同时十几个人身手便捷地迎向刺客。

可怜的刺客就像一只扑腾的小麻雀，很快消失在钢铁甲胄的汪洋大海中。

元泓愣了愣，这是哪家的刺客啊？这么废柴？还有，你行刺就行刺吧，还打什么招呼？害怕她身边的防卫不够严密吗？

已经被压制在地上，瘦小的刺客犹然不肯屈服，口里喝骂着："昏君，你不得好死，死了下十八层地狱，天天下油……呜呜……"有伶俐的侍卫立刻将他嘴巴塞住。

元泓好奇起来，传令放下御辇。

下了车，四面一看，这才发现山道上不仅有自己的御驾，还有一队士兵正押送着十几辆囚车守候在旁边一处平台上。

囚车内关了几十个人，男女老幼都有，衣衫褴褛，蓬头垢面，其中一辆车的车门大敞，显然刺客就是从中逃出的。

再看被侍卫死死压住的刺客，还在拼命地挣扎扭动，想要甩脱绑缚。

注意到元泓接近，他拼命抬起头，黑白分明的大眼睛恶狠狠盯着这边，充满杀意，像是只凶猛的幼狼，炎热的太阳下，元泓竟然感觉一丝凉意从背后升起。

愣了瞬间，她才想到，这些都是马上要上供的祭品。

因为海上大捷，今年的祭祀比起往年的牲畜谷物来，多了一项内容，就是战俘。

礼部拟定的祭礼折子元泓也看过，看的时候毫无感觉，若要硬说的话，也只是感叹程序又多了一道，更费事了。好在祭礼她只需主祭，后续事务都是由礼亲王代为完成。

可是如今真的亲眼看到了这些待宰的羔羊，元泓心里忽然一阵难受。

眼前的囚笼里有男有女，有老有少，年老的白发苍苍，而年少的只有七八岁。

这些都是东海贼寇黑蛟王的直系眷属，都要在祭礼上处斩的。

包括眼前这只不肯认命的羔羊。

少年挣扎了片刻，哪里及得上侍卫的力气，被绑了个严严实实，要不是看在他是祭品的面上，早就直接乱刀分尸了。

他犹不甘心，鼓动脸颊想要把手绢吐出来，却被侍卫察觉了意图，一巴掌甩上去，

077

清秀的脸庞立刻青肿起来,嘴角渗出血。

这时看守祭品的士兵也已经查看完囚车,小跑上前,跪倒在地,颤声道:"属下失职,是这小子将囚车的锁偷偷撬开了。只怕是用了铁丝、小刀之类的东西。"

还有凶器?!这还了得?

几个侍卫瞪大了眼睛,齐齐盯住少年紧握的双手,想要掰开察看。那少年只有十四五岁,性情却极为倔强,手指甲掐进肉里,鲜血四溢,就是死活不肯松开手。

几个侍卫满头大汗,正忙乱着,一只脚伸出,狠狠踏上少年手腕,骨头碎裂的声音立时响起。

又机械式地碾了碾,陆天祈淡然抬起脚,神色冷漠地看了几个呆立的侍卫一眼。

侍卫们这才如梦初醒,慌忙将少年的手掰开,满是鲜血的手中果然藏了一把小刀,只有手指长,纤细如针。

这孩子就是用这个装饰一样的东西,撬开了牢门,趁着刚才御驾经过,押车的士兵纷纷跪倒在地,无人敢抬头的时机,蹿出行刺的!

"你们是怎么看守的?"陆天祈脸色阴冷,盯着看守士兵。

匍匐在地的小队长满头冷汗,深知此番失职已是死罪,甚至有可能连累全家,只得连连叩首:"属下失察,属下死罪,属下死罪……"

元泓忽觉意兴阑珊,摆手道:"罢了,一时失察也是难免。"

陆天祈看了她一眼,转头道:"既然皇上顾念祭祀庄重之地,不好开杀,且饶了你的狗命,下去领一百军棍吧,余者每人二十军棍。"

一百军棍下来,不死也残了,饶是如此,小队长也觉死里逃生,连连叩首谢恩。

对地上的少年,陆天祈吩咐道:"将人先押下,戾气这么重,也不配当祭品,容后再审吧。"

待侍卫将刺客押下,陆天祈方回转过来,温声问道:"此番是臣失职,皇上未受惊吧?"

"没有。"元泓摇摇头,盯着他漆黑挂银饰的皮靴,眼神发直。

注意到他的视线,陆天祈却不以为意,只温声劝道:"皇上这一日也辛苦了,臣先护送皇上回寝殿休息吧。"

闹剧一般的行刺很快落幕,确实没她什么事儿了,元泓忍不住又看向不远处的囚车,那些原本已经认命的囚徒都紧张地盯着被拖走的少年,不少人眼含泪水,还有一些满脸恨意,狠狠瞪着自己和陆天祈,看那架势,恨不得扑上来咬两口似的。

她心情沉滞,也不想再乘御辇,径直走下山道。陆天祈快步跟在她身边,一众侍卫略退开几步,散在周围保护。

走了片刻,她忍不住开口:"那些人……"

"都是贼寇眷属,本就应该问斩。充做祭品,是他们的荣幸。"陆天祈淡然道。

都是一样的死,有什么好荣幸的?元泓无语,又道:"还有好几个小孩子呢。"那个行刺的少年,年龄也不大。

"皇上是在责怪臣心狠吗?"陆天祈叹了一口气,缓声道,"臣此番前往东海平乱,曾经遇到一个商人……"

元泓疑惑,他说起这个干什么?

"这商人本是江南一带小有名气的富商。六年前他带着家人护送女儿去南方结亲,却遭遇黑蛟王的船队劫掠,他苦苦哀求,愿意献出三条船上的全部财货,只求家人活命,黑蛟王答应了他的请求,却在接收了财货之后又立刻反悔,将他全家老幼杀死抛入海洋,成年男女一概贩卖为奴。那商人因为老迈,本也被绑了巨石扔下水,幸而他熟识水性,用秘藏的小刀割断了脚上绳索,在海上游了一整天,精疲力竭之际,才遇到好心的渔民,逃得一命。纵然保得性命,却也家破人亡,之后多年,他奔波各地,希望赎回自己的亲人,可他的三个儿子都被卖入盐矿服苦役,不出两三年,都活活累死。两个女儿都卖入娼寮,不堪凌辱,也都相继自杀身亡了。多年寻访的结果也只能给子女收尸而已。"

清冷平缓的语调讲述起发生在遥远地方的陌生悲剧,元泓不禁动容。

"东海二大寇之中,以黑蛟王行事最为凶残,仗着兵精船坚,勾结东瀛,不仅抢掠海商,杀人越货,还荼毒沿海周边,屠杀百姓,掳掠人口,可谓罪大恶极。他的势力范围之内,这等家破人亡的惨剧,比比皆是。"

"而这些贼寇家眷,纵然他们未曾亲自下手杀人抢掠,然而平时吃的山珍海味,穿的绫罗绸缎,哪样不是无辜百姓的血肉?他们平日里,心安理得地享用着这些不义之财,那么报应来临之时,难道不应该付出代价?"

元泓哑然,这才想起,刚才看到的一众囚犯,纵然衣衫褴褛肮脏,却也能看得出,衣服的料子都是华贵的锦缎,金丝银线闪烁其中。

她低下头,心情不由得越发沉闷起来。

陆天祈微微一笑,开解道:"皇上是圣天子,有仁慈之心是国之福音,大胤万千百姓,都要靠皇上福泽而生,至于这些贼寇蠢虫,自然有臣等清理,皇上不必多烦扰。如今祭礼已毕,皇上不妨在这里散心几天,天龙山的风光还是极好的。"

沉默片刻,元泓终于决心把这段刺客小插曲抛到脑后。

第六章 天龙山的刺客

好不容易出宫一趟，她本就不想立刻回去。而陆天祈、蕊安他们似乎都明白自己困鸟出笼的心态，甚至一定程度上愿意纵容这样的偷懒。不过……又偷偷瞥了他一眼，幸好他还不知道自己真正的计划。

　　等自己成功的那一刻，他还能保持这种理智而淡然的姿态吗？

　　元泓恶趣味地想着。

第七章 Mu Lan Di

轻舟已过万重山

夜幕低垂，明月高悬。

对着镜子，元泓欢快地转了个身。

完美！

小栗子这身新衣服真不错，不枉她特意吩咐照着自己的身材尺寸制作。

而房间一角，刚刚献上新衣的小栗子正瑟瑟发抖，缩成一团。

虽然这样的经历已经不是一两次了，但他总觉得这次有些不同寻常啊。是因为地点从守备森严的宫廷换成了陌生的天龙寺？

还是因为皇上不仅换了衣衫，还准备了……他目光落在桌上。一个青灰色的包袱正搁置在那里。

小栗子真恨不得生出透视眼来，好看清楚那包袱里面是什么东西。

元泓整理完衣装，看了看更漏，约定的时间快到了。

小栗子咽了口唾沫，苦口婆心地挣扎道："皇上，赏景也不必急于一时，今日方丈不让皇上您攀登那阙苓关，也是为龙体着想啊。那地方陡峭，且只能容纳一人，侍卫身手再好也难以贴身护卫，不如等陆将军回来再……"

"你太唠叨了！"瞪了他一眼，元泓又转而一笑，"放心吧，朕只是去试试手脚，攀不上去会乖乖下来的。"

陆天祈因为刺客的事情怀疑有海寇余党潜伏在附近，昨天起带人到山道附近巡逻去了。

连蕊安也被她调开，天赐良机，此时不跑，更待何时？

没错，就是跑路！

当了这个皇帝，这里也不能去，那里也不能去，难得出来一趟上天龙山，前后左右都是侍卫，一举一动都有人盯着，简直和在皇宫没什么差别。这还是她未曾亲政，等亲政之后，光铺天盖地的朝政就能累死人，还有那些动不动就犯颜极谏的大臣，更别想出来透气了。

趁着现在朝政用不着自己操心，元泓谋划了极可能是今生唯一一次的大冒险！

万事俱备，只欠东风！

拿起桌上的包袱，小栗子犹在苦苦地颤声道："皇上还是别去了，那假山不好爬啊，等陆将军或者蕊安姑姑……呃……"

干脆利落的一记手刀劈在他脖颈儿后面，小栗子晕了过去。

握紧了拳头，元泓得意地笑了。

这一招还是陆天祈教给她的呢，从那晚夜探冷宫回来之后，她就说想要学武功，磨缠了好久，陆天祈只好教给了她几个保命防身的速成招数。第一个实验对象就是小栗子。

如果知道自己的真实意图，就算小栗子狗胆包天，也绝对不敢为自己打掩护了吧？

希望蕊安回来之后，看到他被自己打晕，再加上自己留下的书信，别为难他。

将包袱装进食盒，元泓轻车熟路地出了寝殿，应付过殿外侍卫检查，往膳房走去。

天龙寺的膳房修建在寺庙最东边，是一座独立的庙堂。四周寂静，而巡逻的侍卫她已经提前寻了借口调开，正方便行事。

绕过膳房，将食盒扔进树丛，元泓背上包袱，按照白天看好的路线，往阙苓关跑去。

她也没有全部欺骗小栗子，这次的逃跑路线，阙苓关是必经之道。

兵法言，实则虚之，虚则实之。等发现了自己跑掉，审问过小栗子，只怕蕊安他们也想不到自己真的会来到阙苓关吧。

阙苓关是一条狭窄陡峭的山道，只能容一人通行，而小山峰后方是一座瀑布，攀至顶峰，可观天湖美景，飞瀑如龙，是天龙寺十大盛景之一，只是攀登困难，常人难赏。

好在难不倒准备充分的元泓，取出登山爪，套在手上，元泓摩拳擦掌，开始挑战。

山壁果然陡峭，加上夜间辨物不清，风冷刺骨，爬了半截儿，元泓渐觉气喘。

趴在山壁上歇息的工夫，往下望去，下方的花树岩石都小如玩偶，山风吹过，头晕眼花。

元泓不敢再看，正想继续攀爬，忽觉背后一凉，是包袱在动。

元泓顿时惊得魂飞魄散，勉强转头望去，一只白生生的大号汤圆从包袱里滚出来。

是豆沙，怎么偏偏在这个时候醒了！早知道不带它了。元泓暗暗叫苦。

这只傻仓鼠显然还以为自己在温暖的宫殿里，如往常般跌跌撞撞地往外一滚，然后就直直往下落去。

元泓大惊失色，飞起一脚将下落的它往上一捞，像踢皮球一般，豆沙硬生生改了下落的弧线，转为上扬。

"吱"的一声惨叫传来，这一脚可挨得不轻。

向上飞到峰顶，一只手变魔术一般凭空出现，一把接住了豆沙，同时一张熟悉的脸孔探出，朗声笑问："需要帮忙吗？"

是小栗子，只是那双含了星芒的眼睛，清澈灵动，让人一眼就能认出不同。

"郑源？"

"正是微臣,还是让臣助皇上一臂之力吧。"

目测了一下距离,元泓咬牙拒绝道:"不必你帮忙,闪边去!"连这点儿困难都克服不了,那还是别出宫了,乖乖回家当米虫算了。

咬牙坚持了片刻,元泓终于爬上山顶。

眼前豁然开阔,放眼望去,晶莹月光之下,起伏的山峰上遍地枫红,如火如荼,一条飞瀑穿梭其中,如一条狂舞的银龙,穿过漫天火焰,愤怒着、咆哮着、翻滚着,一路飞花溅玉,扬鳞探爪,直冲下方那深不可测的清幽龙潭而去。

这冰与火的交融是如此生动,而置身峰顶的自己正站在银龙的背上。亲眼见到这样宏大的景观,只觉一路攀爬辛苦都值得了。

不愧是天龙寺十大胜景之一!

我大胤的天下,还有多少这样如诗如画的美景呢!

元泓不禁张开双手,如同飞鸟伸展开稚嫩的双翼。

朕这就要出发!用这双眼睛,去看看真正的江山如画!

可惜,满怀豪情,满腔壮志,下一刻都被连接不断的喷嚏声打断了。

"阿嚏!阿嚏!"

"噗吱!噗吱!"

"你们……"元泓放下手臂,转头怒视着破坏气氛的一人一鼠。

郑源揉了揉鼻梁,笑道:"皇上恕罪,臣可是在山风里足足等了两个时辰。还有它,刚才皇上那一脚可不轻,只怕它受了内伤。"

受了内伤还叫得这么响!元泓瞪着缩成一团的豆沙。

罢了,时间紧迫,小栗子那边随时可能会露馅儿,还是赶紧行动吧。

"我让你准备的东西呢?"

"都准备好了,就等着皇上御览呢,不过皇上要这个干什么?"郑源一边说着,带着元泓下了山峰,来到潭边。

一条小船停靠在岸边。

仔细检查了一遍,元泓满意道:"还算结实,应该能撑得住这趟路。"

"这趟路?皇上您不是只在这水潭边玩一玩?"

元泓鄙视地看了他一眼,若是只在水潭边玩玩,早吩咐内侍准备了,用得着你这寒酸的小船吗?

其实,原本她是打算以游潭赏景的名义自己准备的,可御用船只都是金幡银桨

第七章 轻舟已过万重山

的装饰，太显眼了，正愁着如何掩饰，就有郑源这个送上门的免费劳工。

她看过地图，水潭这边有一条支流，转入玉带河，最终汇流五岳江，五岳江是大胤中部最重要的大河，因为其流程漫长，历经五座名山而得名。五岳江一路东流入海，入海处就是灵州城。

既然要出宫见识一番，繁华甲天下的灵州当然不能错过。

元泓摸出地图，借着月光，正畅想着未来的道路，忽听一阵喧嚣从远方传来。

元泓顿时色变，小栗子这个废物，连一个时辰都没撑住！她连忙跳上船，转头吩咐道："还愣着干什么？快撑船！"

郑源苦着脸，撑起了船只。

小船走得飞快，顺流而下，片刻就穿过阙苓关。

随着两侧山影渐渐逼近，元泓紧张地凝视前方，因为御驾在此，天龙山下各处通道都被御林军把守着，包括这些水道，马上就要到第一重关卡了！

远方临时搭建的河边塔楼上，灯火通明，值夜士兵的身影清晰可见。

郑源忍不住提醒道："皇上，前面有岗哨呢。不如弃船登岸？"

"岸上行走太慢了。"元泓断然否决，从包袱里掏出一支短笛，微微一笑，"不用着急，朕有法宝。"

这是……在郑源惊诧的视线中，元泓不紧不慢地将笛子一端放到唇边，对准吹孔，用力一吹，一团白雾从管末端喷发而出，迅速弥漫开来，片刻间就笼罩住整个小船。

又吹了几口，白雾越发浓重，引动江上逸散的水汽凝结，不多时，整个江面竟然笼起了一层浓重的雾气。

郑源瞪大了眼睛，盯着那管短笛，忍不住道："这个……好像是江南烟雨楼的天女散吧？"

"咦，你见识还挺广的呢。"元泓看了他一眼，转而醒悟，"对了，你们飞星专司探马传讯，对这些奇门外道的东西自然精通。"

郑源好奇道："我们确实知晓，但皇上是怎么弄到这种东西的？"这种天女散是独门秘药配制而成，要八百两一支，还有价无市，江湖上独行大盗中最是盛行。可以调整其中的药物配方，有不同的奇效。或掩饰踪迹，或迷幻敌人，甚至有采花贼掺入迷药作恶的。

"是朕向侍卫们要的。"元泓得意地挥了挥短笛，前些日子她以习武为名，打听了不少江湖中的奇闻趣事，又索要了不少行走江湖用的器具。她贵为天子，天下万般奇珍，只要她想要，自然没有弄不到手的。而陆天祈等人只当她一时兴起，也未曾多想。

郑源还想再问,元泓竖起食指在唇边:"嘘……小声点儿。"

岗哨已近,隐约可听见其中士兵的声音。隔着越发浓重的白雾,缥缈得仿佛隔了一个世界。

两人伏下身子,让小船顺水漂流,片刻工夫,就平安无事地穿过了岗哨。

郑源眨了眨眼睛:"皇上真是神机妙算。"

元泓一本正经地点点头:"那当然。朕虽然未曾上阵杀敌,也知晓什么叫三军未动,粮草先行。"

郑源轻咳了一声,提醒道:"不过据属下所知,前方还有一处岗哨。"

前方的岗哨位于河道转折区,水浅河窄,想要平安通过,就不是区区白雾遮掩能奏效的了。

元泓却依然信心满满,这次出逃,她可是把各种可能都筹谋周全了,打开随身携带的包裹,取出一身油光水滑的黑衣。

"这是……水靠!"郑源不禁惊讶了。

元泓得意地点点头,她这一身水靠可是海蛟皮所制,轻若无物、水火不侵,身后还附带着一个设计轻巧的气囊,足够在水下支撑三个时辰之久,绝不是市面上的普通水靠能比的。

"皇上真是英明神武!"郑源也是识货的人,忍不住啧啧称赞,目光落在元泓手边的小包裹上,不禁猜测着里面还塞了什么神奇的东西。

那边元泓已经手脚麻利地将水靠穿上身,又拉下水晶眼罩儿,连同随身的小包裹也一起塞进怀里。

郑源忽然意识到一个问题:"皇上,水靠只有一身吧?"

"那当然。"

"那臣怎么办?"

"朕听说燕国公身边的飞星都是文武双全,上山打得了猛虎,下海擒得了蛟龙……眼前区区一条小河,何足挂齿!"元泓晶亮的大眼睛眨了眨,满是期待。

郑源眉梢抽搐,他当然会潜水,但潜水不可能憋气很长时间,而且深秋的河水寒气彻骨,那滋味可很……

眼看着河道骤然变窄,知晓第二重岗哨要到了,元泓拍了拍他的肩膀,神情严肃:"爱卿,到你表现的时候了。"说完,翻身跳入了江中。

冰冷的江水围绕周身,纵然隔着水靠和衣服,元泓还是打了个哆嗦,果然跟宫中的

第七章 轻舟已过万重山

浴池不一样啊。

河水似乎比事先探明的深度要深一些。凭着前些日子练习的经验，元泓勉强稳住了身形。

手攀附着船舷，正摇摇晃晃着，一只手从背后伸出，扶住她的肩膀。郑源也跟着跳了下来。

两人很快稳住了身形，同时用力将小船翻了过来。

倒扣的船只浮动在水面上，在暗夜与白雾的遮掩下，如一只潜行的大鱼，又如一只黑黝黝的乌龟壳，而顶着龟壳的两人在水下半游半走。

行走了片刻，元泓发现她错估的不仅是河水的深度。比起铺陈着金砖玉阶的宫廷浴池，河底满布的碎砂淤泥、暗礁水藻，让行走难度大了不少。

走了不久，她就数次险些摔倒，全仗身后的郑源扶持。而到后来，她索性放弃托举小船，照顾好自己就不错了。

身后的郑源也暗暗心焦，他没有水靠气囊，拖久了，内功再深厚也憋不住气。

忍耐片刻，胸口发闷，两眼发花，心知支撑不住，郑源一咬牙，伸手扳过元泓的肩膀。

元泓正摇摇晃晃向前走着，忽觉背后传来一股力道，她身体一晃，向后仰倒在一个臂弯里。

然后郑源闪电般掀开了她口边的水晶罩，凑上去。

元泓尚未反应过来，就觉一股热气呼到嘴巴上。

她瞪大了眼睛，双唇之间毫厘之隔，只要轻轻一颤就要触在一起。

郑源猛吸了数口，缓过一口气，就迅速关闭水晶罩。

就算是为了取气，这举动也未免太失礼了吧！元泓想要生气，却又感觉自己理亏，若不是她走得太慢太废柴，也不至于如此。

她这么想着，脚下也加快了速度。

万幸是顺水而行，小半个时辰之后，河道渐宽，水流湍急，两人总算走出了岗哨的巡逻范围。

郑源掌上发力，将小船从水中击出，黝黑的船体在半空中翻了个滚儿，甩出一片水花，稳稳落在水面上。

同时他抱住元泓的腰身，向上托举。借着力道，元泓攀住船舷，爬进了船里。

精疲力竭地揭开水晶罩，清新的空气灌入心肺，元泓深深地呼吸着，也顾不得身下的水渍了，直接躺倒在船上。

转头看去,郑源也翻身跳上了船,浑身湿透,发髻散乱,形容狼狈。

元泓有点儿心虚,这次的跑路,自己还是想得太简单了,若没有他,只怕刚才那一关自己就过不来。这样想着,对他刚才三番五次的"取气"冒犯,也就释然了。

上了船,元泓松懈下来,而郑源却越发紧张,捡起船桨,开始划动。

元泓一愣,立刻想到,在水下耽搁的时间太长了,拖延得越久,就越危险。

江上起了风,顺水而下,小船走得飞快。

眼看着一重重山岭错身而过,被远远甩在身后,眼前的水面越发开阔。不知不觉间,天边透出了一丝晨曦。

天亮了!

小船也出了天龙山境界,进入了玉带河水域。

元泓站起身来,遥望四周。

前方宽阔的河面浩浩荡荡,夹在两岸碧翠的青山之间,如蜿蜒凝结的翡翠玉带。

随着晨光渐亮,两岸传来清悦的猿声和呦呦鹿鸣,偶尔还能见到早起的渔民,架着小船撒网捕鱼。整个天地都生动起来了。

走了这么远,应该已经脱出追捕的范围了吧?

元泓脱下水靠,略一犹豫,又拿出一身衣服,问道:"要换吗?"

"多谢了。"郑源松开船桨,大方地接过,直接脱去外衣。他全身透湿,又划了大半夜的船,衣服已经被风吹得半干,粘在身上格外难受。

元泓眨了眨眼睛,需要转过身去吗?

好像没必要这么矫情吧,他又不知道自己是女子,而且又是背对着自己,可是好像不太好啊……

就在纠结的工夫里,那边郑源已经手脚麻利地换完了。

回头迎上元泓闪亮的目光,粲然一笑,露出贝壳般晶亮的小虎牙:"多谢皇上赏赐衣装。船上狭窄,臣不得已失礼了,还请皇上见谅。"

"无妨。"哼,幸亏身材还算养眼,算是还了水下"偷袭"朕的账了。郑源转过身去继续操持船只,元泓从后面盯着他,衣服似乎有点儿小啊,这家伙个子比小栗子要高,也不知道他的易容面具是什么材料做的,在水下泡了那么久竟然完全不露破绽。

玉带河水面宽阔,平静如镜,郑源略做调整,小船顺着风向,行走如梭。

正走得顺畅,郑源忽然身体一颤,单膝跪倒在船板上。

第七章 轻舟已过万重山

元泓刚松了一口气，又被吓了一跳，连忙问道："怎么了？"

摔倒在船舱里，郑源的情况却不乐观。全身抽搐，神情痛苦，遍体冷汗。

他想要回答元泓，却牙关颤抖，不能言语。只勉强动了动嘴唇，元泓依稀分辨出是"不用担心"四个字。

这副模样，怎么可能不担心！

究竟怎么回事？难道是什么急病？可这里是水面上，没有御医，该怎么办？

元泓慌了神，伸手在他额头上试了试，冰凉，竟不似活人一般。又过了片刻，郑源身上竟然浅浅薄薄结了一层冰，整个人仿佛极地冰原之上冻僵了的旅人一般。

难道是刚才在水底冻的？也不可能整个人结冰吧？

元泓翻了翻自己的包裹，竟无一物好用，只找出一件厚斗篷，盖在他身上，聊以取暖。

元泓一时正束手无策。片刻之后，郑源身上冒起腾腾白雾，是冰雪在飞速蒸发。

随着水汽飞速离体，郑源肤色渐渐红润起来，体温也逐渐正常。终于，他坐起身来，呼出一口气："可算过去了。"

旁边的元泓目瞪口呆，这是什么？变戏法吗？

"让皇上受惊了，臣体质特殊，经常会犯点儿小毛病。"展颜一笑，郑源浑然不把刚才的痛苦失态放在眼里。

体质特殊？"难道是练习功法的缘故？"元泓立刻想到，侍卫们也提起过，江湖中有人练习的寒冰之类的功法，体质异于常人。

"哈，皇上果然见多识广。"

"只是听人说起过。"见郑源不想多谈，元泓也不追问，谁没有属于自己的秘密呢？

河面上凉风渐起，厚斗篷给了郑源，她又翻出一件轻薄保暖的来，抖了抖，一只白毛团跌了出来。

经过一夜的折腾，习惯了养尊处优的小仓鼠也精疲力竭，水亮的毛色都黯淡了不少，无精打采地滚了几圈，就趴在舱里不起来了。

元泓看得心疼，连忙从包袱里翻出一个香梨木小匣子。打开来，一阵果香四溢。

匣子里整齐地分了六个格子，放着满满的榛子、松仁等各色干果。

闻到香味，豆沙耳朵抖了抖，精神了几分。

没等它有所行动，一个巨大的身影压迫下来。郑源一边凑过来说："皇上准备得真周到啊。谢皇上体恤臣一夜劳苦，腹中饥饿。"一边毫不客气地伸手拿了一粒果子扔进嘴里。

"吱吱……"眼看着自己的储备粮被别人侵占，豆沙顿时急了，爬起来就要冲上去。

郑源状似无意地单手撑住身体，指尖儿正好按住了豆沙毛茸茸的小尾巴。一边又拿了几粒果仁扔进嘴里，品评道："宫中的御厨果然手艺好，甜咸适中，香脆可口，好吃！"

元泓瞪了他一眼："这是给它吃的。"不过郑源一提醒，她也觉得肚子饿了，忍不住跟着抓了几粒，又香又甜，以前在宫里可没觉得这么好吃，让人吃了还想吃啊……

美食的诱惑下，两人继续朝匣子里伸出"黑手"。

郑源还故意拿起一粒榛子，坏心眼儿地在豆沙面前晃了晃，引得它扑抢，却在它快要抢到的时候拐了个弯，仍旧送进了自己的嘴巴里。

"吱"的一声惨叫传来，声调中的悲意连元泓都听之不忍，吃果子的间隙，好心劝道："你就别欺负它了。"叫得这么凄厉，让吃的人都没了胃口。

郑源这才松开了指尖，豆沙咻溜一下奔向粮仓，却发现，短短的时间里，匣子中的果仁已经被两人吃得精光了。

"吱吱！"愤怒的尖叫响起，这可是它未来十天的口粮啊！

元泓也觉得有点儿不好意思，给它顺毛道："等去了灵州再给你买新的。"

"吱吱吱！"今天的早饭它还没吃呢！

郑源将手中最后一粒果仁弹出，精准地打到了豆沙的鼻子尖儿上："还剩下一粒，够你饱餐一顿了吧？"

愤怒的仓鼠被果仁打得翻了个滚，也顾不得去捡果子，爬起来，黑曜石一般圆滚滚的小眼珠瞪着郑源。

元泓看着好笑，却见郑源突然收起了轻松嬉笑的表情，神情大变。他侧耳聆听片刻，又猛地站起身来，凝视远方。

元泓顺着他的视线望去——极目所见，只有无穷无尽的山岭。

难道是有人追上来了？不会吧，都跑这么远了，她勉强笑着："怎么了？"

"是风中传来马嘶声。"郑源回了一句，急忙上前操起船桨，小船的速度霎时加快了。

元泓也试着侧耳倾听，除了急促的风声之外什么也听不见。

也许是路过的行人。

元泓安慰自己，但又觉得不可能，玉带河这一段路两岸都是悬崖峭壁，林木葱茏，路径全无，连猎户都罕见，更别说行人了。

第七章 轻舟已过万重山

看着郑源紧张的动作，元泓一颗心瞬间悬了起来。

两岸群山倒影飞一般后退，而在那无尽的山影之上，隐隐有一股尘烟从远方腾起，随着遥远的马蹄声，逐渐清晰。

真的有人追上来了？元泓紧张地盯着后方，一道高耸的山梁之上，终于出现了急速飞奔的影子。

尘烟消散，黑马神骏之上是玄衣骑士的身影。

元泓呻吟一声，逃避似的捂住了眼睛，是陆天祈！

纵然相隔着滔滔江水和青翠高山，那熟悉的身影还是一眼就认了出来。她甚至能感受到那锐利的视线扫过狭长的小船，然后直直落在自己身上的刺痛感。

现在跳河逃走还来得及吗？

追兵现身，原本紧张的郑源反而放松下来，把船桨一扔，站到元泓身边，一只手在眉头上搭着，啧啧叹道："好快啊！"

这家伙是破罐子破摔了吗？

看到元泓瞪着他，他反而安慰道："别担心，玉带河沿岸都是悬崖峭壁，附近至少十里没有停船靠岸的地方，我本来以为是大军追上来了，一个人的话，无法靠近，只能眼睁睁看着咱们往前走了。"

极目远眺，两岸的地势果然如他所说。

而悬崖上方的陆天祈似乎也注意到了这点，勒住缰绳，向后退走。

眼看着他的身影消失，元泓惊讶，这是放弃了吗？不对，不可能！

清脆的马蹄声传来，听在耳中恍如雷鸣。郑源突然变了脸色，惨叫一声："他不会是想要……"

话音未落，凌空一道黑影蹿出，玄衣如墨，骏马如龙，竟然是陆天祈蓄力之后，策马凌空跃出，目标正是简陋的小船。

他疯了！

那一瞬间，元泓脑海中只留下一个念头，悬崖距离小船何其遥远，他竟然想要从悬崖上策马直接跳上船来。

郑源反应迅疾，立刻抄起船桨，就要划动小船闪避。

元泓连忙阻止："不行，他万一落到水里怎么办？"

"这么大的冲击力，船会碎掉的！"郑源厉声道，手下用力划动，危急时刻，小船像是一条灵巧的游鱼，拐着弯猛蹿出去。

同时黑影凌空而至,跌入河中,而就在马蹄接触水面的瞬间,马背上的人借力跃起,如一只沙鸥划过水面,不偏不倚落在了拐动摇晃的小船上。

整个动作一气呵成,完美利落。

船上两人顿时傻眼了,一时间江面上出奇地寂静。

元泓偷眼瞧去,陆天祈眉宇肃然,双唇紧闭,原本明朗清澈的眼眸中蕴含的是从未见过的冰冷,衬得一双黑眸幽若寒潭。

强大的压力之下,她乖乖低下头,心虚,又有点儿庆幸这寒意森然的目光不是直接冲着自己来的。

而直面目光的郑源也收起了一贯轻松闲适的神情,清亮的眼眸一下不眨地紧盯陆天祈。

对立的两人谁也没有动作,静止得像是两尊石雕,却又蓄势待发,仿佛下一个瞬间就会猎豹般跃起,生死相搏。

纵然元泓这样迟钝的人,也感受到风中传来的杀气。

她咽了口唾沫,有心说点儿什么缓和一下气氛,却不知如何开口。正僵持着,忽然"哗啦"水声响起,一个巨大的怪兽头颅从河中探出。

元泓吓了一跳,定神看去,才发现是陆天祈的那匹黑马。

只见它用脑袋拱了拱船舷,两蹄伸出,借力一跃,就跳上了小船,动作之灵巧让元泓目瞪口呆。这东西还是马吗?

小船本来就狭窄,多了这么一匹体形巨大的骏马,顿时拥挤不堪。

元泓往后退了一步,就在同时,对峙的两人动了!

陆天祈按在剑上的手腕一颤,长剑跃出,划开一道弯月白影,袭向郑源。

那边郑源也应变迅速,向后仰倒,同时长腿飞踢,旋风般扫向对手。

元泓吓了一跳,她本来就被那匹马挤得站不稳,小船摇晃,脚下一滑,尖叫一声就要跌进水里。

说时迟那时快,黑马利落地探头一口咬住元泓背上的衣服,将她叼回船中央。

元泓惊魂未定地站稳了,那边陆天祈和郑源也已经停手。

陆天祈转头望向元泓。

"朕没事。"不等他发问,元泓连忙摆摆手,目光不由得落在他明晃晃的长剑上,剑尖儿上并无血迹,却挑着一张黄色的胶状物。咦!这难道是……

船的那头,背对着两人的郑源叹了一口气:"不能这么欺负我一个没带武器的人

第七章 轻舟已过万重山

啊！太过分了！"

说着，他转过身来，元泓只觉眼前一亮，眼前之人眉目俊美，神采轩朗，让人一见便不由得心折，尤其一双清波明眸更是潋滟生辉，被他视线扫过，竟有种遍体酥麻的感觉，这就是传说中天生的桃花眼吧？

右边眼角下一抹红痕，是陆天祈刚才那一剑，终究留下了痕迹。给这张俊美无瑕的容颜，平添了一分锐气。

"郑源，想不到你长得这么好看！"元泓由衷地赞叹。

"那当然，我在老家可是闻名遐迩的美男子，每次逛街，各家大姑娘、小媳妇送来的情信和果子都收到手软。"郑源摸着下巴，语气恢复了一贯的懒散。

陆天祈冷然扫了他一眼，杀气凛然。

郑源恍如未觉，反而调侃道："阁下竟敢伤这张风靡全北疆的脸，到了北疆，必然会被臭鸡蛋、烂果子招待。"

"放心吧。你不会有机会回到北疆了。"陆天祈挑了挑眉梢，语气淡然地说着杀机四溢的话语，"假扮内侍，私闯行宫，惊扰御驾，挟持天子。每一条都是诛灭九族之罪。想必燕国公也会感激我为他清理门户，斩杀潜伏军中的奸细恶徒。"

"不好意思，在下可是奉旨伴驾，拯救圣驾于大逆佞臣之手。想必太后也会感激我为朝廷斩佞臣，清君侧，一片赤诚之心天日可鉴……"

眼看着两人唇枪舌剑，一言不合，又要动手，元泓大喊了一声："停！"

两人转过身来，齐齐看着她。

元泓干笑两声："别吵了，大家和和气气多好，常言说，百年修得同船渡，如今咱们在一条船上……"话未说完，被一阵"咕噜噜"的声音打断。

元泓脸颊绯红。

一整晚的舟车劳顿，晚膳早消化光了，而包袱里无法塞太多东西，只带了豆沙的储备粮，刚才已经被两人吃光了。

船上一时无语，陆天祈默默地从怀中摸出一个油纸包。

"啊，有吃的！"元泓大喜过望地接过，剥开包了好几层的油纸，是几个烘烤得香脆的芝麻饼，中间夹着鲜嫩的烤肉。

咬一口，味道真不错！

"这个口味的朕还没有吃过呢，也是天龙寺膳房做的吗？"

"天龙寺怎么可能做肉食？是军中巡夜备下的干粮。"陆天祈无奈地道。

"哇，御林军的口粮可真好啊，比我们北疆军强多了，害得我都想要投靠了。"赞不绝口的是郑源，顶着陆天祈的杀人视线，他毫不客气地蹭到元泓身边，接过递来的肉饼，大口吃着。

陆天祈长吸了一口气，转向元泓："干粮粗糙，还是请皇上起驾回宫吧。想必宫中已经备好了早膳，等待皇上享用。"

"没事，朕吃这一只饼子就饱了，不必再用御膳。"

"烤饼有限，接下来皇上是要餐风宿露吗？"

"没事，朕带了金银。等到了灵州城，各国美食可以尝个遍。"

"可是太后……"

眼看着他又要把太后这座大山搬出来，元泓连忙打断道："天祈，这次外出游历，朕可是期盼了好久，连宫中太傅也说过，读万卷书不如行万里路，这次朕一定要出去，看看咱们大胤朝的江山。"元泓眼巴巴盯着陆天祈，学足了豆沙讨食儿时候的眼神。

"皇上……"陆天祈移开视线，语气坚决。

卖萌没用，元泓立刻换上严肃的表情，板着脸道："反正朕是不可能回去的，若是你继续坚持，朕就从这里跳下去，游到灵州去。"她语气沉痛地说着，突然灵机一动，笑起来，"对了天祈，你好像不会游泳吧？朕可是学会了哦，不枉朕之前那么辛苦。"

陆天祈脸色发黑，如今天上地下，孤舟一叶，任他有通天武功，也无法直接带着元泓返回，何况他深知元泓的性情，小事上随和，但真正下定了决心的事儿，是十头牛也拉不回来的。

何况还有这个人……他目光扫过郑源。

郑源跳起来，惊道："啊，前面好像要到五岳江了。这一段水流湍急，咱们的船太小，可要仔细了。"他急匆匆跃到船头，操起木桨。

河道宽阔，水流急促，小船在茫茫一片的激流中左摇右摆。元泓乖乖坐稳，连身后的那匹黑马也趴下来，无精打采。

那边陆天祈似乎还想说什么，可眉头不断抽搐，脸色又青又白。过了片刻，他终于忍耐不住，跪倒在小船边。

当呕吐的声音传来时，元泓大为惊异，半晌才惊叹道："天祈，原来你晕船啊！"

第八章 一只猫引发的血案

"好多船啊！"元泓的声音里满是惊叹。她拉住陆天祈的衣袖，对着窗外不停指点着。这是她第一次见到这么多的船。放眼望去，各色船只一艘挨着一艘，鳞次栉比，整齐划一，在宽阔的江面上挤得满满当当，她甚至怀疑，从一艘船向外一跳，绝对落不进水里，只会掉到隔壁船上去。

而布满江面的不仅是威武坚实的大船，在大船缝隙里，有无数尺余宽的小竹排，上面摆放着精巧的竹筐，被赤膊短褂的年轻男女撑着，像灵巧的游鱼一般。

"新捞上来的螃蟹啊，还活蹦乱跳着，只要八十文一斤！"

"从安州运来的桃子啊，又大又甜，五文钱一只，随便挑啦！"

……

早就听说灵州城外的码头繁华，各色商船来往，昼夜不停，但纸上得来终觉浅，亲眼观来才觉惊。有的船拉着满满当当的货物，有的却挤满了行色匆匆的旅客，有的雕梁画栋，一看就是官宦人家才用得起的画舫，也有的造型奇异，充满令人耳目一新的异国风情。

繁忙喧嚣的码头，波澜起伏的江面，共同交织成一幅生动活泼又美轮美奂的画卷。

一艘大货船紧挨着元泓他们的船擦过，上面几个船员肤色黑黝黝的，整个人看起来如黑炭一般。

元泓瞪大了眼睛。

"这些是昆仑奴，从西边异国贩运过来的。天生力大无穷，京城里应该也有不少人家蓄养吧。"郑源掀帘子进来，一边笑道。

"京城里也有吗？朕从来没有看到过呢。"

"不仅京城，听说西府新军中还招了一些昆仑奴做士兵呢。陆兄，是吧？"

陆天祈看了他一眼："我西府新军的事，郑兄倒是知道很多啊。"

"哎，大家都是同僚嘛，当然要多了解一下。"说着，郑源体贴地拍了拍陆天祈的肩膀，一副哥俩好的模样。

陆天祈动了动，像是要闪开，却硬撑着没有动弹，仿佛闪开就示弱了一般。

元泓在旁边看得想笑，却又不敢笑。这些日子，因为晕船再加上郑源的存在，陆天祈心情郁闷得很。

那一天，小船进了五岳江，风浪太大，陆天祈晕船严重，救驾返航的事儿就只能延后了。直到江边的县城，三人假称是外出游学的京城士子，雇了一艘画舫，陆天祈才舒服了些。

路上，陆天祈还想劝元泓回宫，在她软磨硬泡、威逼利诱之下，总算松了口，不过

第八章 一只猫引发的血案

条件是他必须跟在身边，不能独自行动。

于是三人结伴，顺流而下。一路行来，已经混得熟悉，基本上，元泓专门负责吃喝玩乐，陆天祈则是钱包加护卫，而一路上跑腿办事的活儿就当仁不让地交给了郑源。陆天祈和郑源之间，也达成了一种一边针锋相对，一边称兄道弟的诡异和谐，看得元泓啧啧称奇。

生怕两人再吵起来，元泓岔开话题："税银交了多少？可还顺利？"灵州码头需要办理入城手续，刚刚郑源去交了税银。

"三两银子。"

"这么贵啊！"元泓惊叹，出门这几日，她已经不是那个不识柴米油盐的深宫帝王了，对民间的物价也有所了解。三两银子在乡下，够一户普通人家一个月吃用了，寻常城市入城费不过几十文钱。

"当然，灵州城这地界，可是遍地黄金，非普通城市可比。"郑源笑道，"这还是因为咱们的画舫是雇来的，无须停靠，即刻就能返航，只交纳三人的入城费即可。"

三人下船登岸，脚刚刚踏上陆地，就有一群手脚麻利的壮汉围拢上来，点头哈腰，殷勤问道："几位公子可要坐车？可有行李要搬运？可有落脚的地方？小人等对这城内的各处酒楼客栈都熟悉，不如由小的来引路。"

元泓摆手道："不要马车，我要看风景。"

陆天祈无奈，点了个向导，然后让元泓骑着自己的黑马，他和郑源各自在码头边的车马行买了一匹快马，一左一右地护着，向城内缓行。

元泓一路左顾右盼，兴致勃勃："听说这灵州城的客栈，最好的是一家叫'仙客来'的，而吃饭的酒楼，则是八大名楼齐名。"

前面雇用的向导连口称赞："公子消息真灵通。不是小人吹嘘，咱们灵州城衣食住行皆有讲究……"

这向导汉子口才甚好，将灵州各色特产娓娓道来，元泓和郑源都听得一脸兴奋。元泓不时插两句嘴，引得引路人连声赞叹："公子好见识！公子消息好灵通！"

旁边陆天祈黑着脸色，这些消息几乎都是元泓向他打听来的，现在想来，她早就有跑路的念头，可恨自己竟然一直没察觉。

懊恼的工夫，那边向导已带着他们到了一座金碧辉煌的酒楼前。

"这就是八大名楼之一的百味斋，这家的桃花醉虾特别有名，来了我们灵州城可不能不尝。"

"好啊，今天的午饭就在这里解决！"元泓痛快地点头。

下了马,陆天祈付了打赏的银子,向导千恩万谢地走了。

那边元泓已经兴冲冲进了酒楼。

一楼是宽敞的大堂,从桌椅板凳到梁柱帷幕,无不奢华精致,宽泛地摆了三四十桌,几乎桌桌坐满了人,呼朋引伴,好不热闹。大堂正中还设着高台,几个满头珠翠的女子咿咿呀呀弹唱着欢快的小调儿。

"三位公子可是要用餐?"眼见三人进门,殷勤的青衣小厮迎上来。

"可有清静的雅座?"元泓问道。

"有,二楼三楼都是,又安静,景致又好。"小厮引着三人往楼上走。

元泓和郑源跟着,而陆天祈却落后一步,叫住牵马的小厮,叮嘱道:"给这匹黑马专门备些草料。"

"公子您放心,本店有专门的精草料,保管您的马匹吃得舒坦。"

"不用寻常的草料。"陆天祈吩咐道,"你将五斤黑豆用羊奶煮了,放五钱冰糖。再备下嫩草,用鲜鱼去骨剔刺,鱼肉剁碎了拌到嫩草里,也备五斤,来喂它。"

"啊?"小厮张大了嘴,看看陆天祈,又看看那匹神骏黑马,愣住了。

后面传来一声嗤笑:"这是喂马,还是喂祖宗呢?哪有这么金贵的马?又是羊奶,又是鲜鱼的!"是个马脸的汉子,嘲讽地看着陆天祈。

"哈哈,人家这是拿马当祖宗呢。什么神仙马,能经得起这么喂?"同桌的黄脸大汉也摇头笑道。

"客官……"小厮做为难状。

陆天祈随手将一个小金锭扔给他,继续吩咐道:"寻一个遮阳通风的地方安置,备好了草料就给它送过去,剩下的赏你了。"

小厮两眼放光,这一枚小金锭差不多有二两重,就是二十多两银子。足足抵他大半年的工钱了,别说是一顿草料,就算是真当祖宗供着,他也肯了,忙不迭地点头:"公子您先歇息,小的这就去准备。一定将您老的马伺候得舒舒服服。"

后面嘲讽的人顿时哑住了。陆天祈径直向楼上走去。

见没人搭理,马脸汉子啐了一口:"不知哪来的败家子,这么浪费……"

"人家有钱呗。"同伴笑道,"高兴了,就算拿黄金喂驴子,也使得。"

"那也未必,说不定人家这马真当得起这草料。"旁边桌上一个浓眉汉子插嘴笑道。

"什么名马?西北混了这些年,乌云踏雪、飞燕驹、白龙骏,这些大名鼎鼎的种儿老子可都见识过。"马脸汉子反驳。

第八章 一只猫引发的血案

"哈哈，说不定是天龙种，或者麒麟种呢。"浓眉汉子笑道。

同桌的人有好奇的，问道："什么叫天龙种、麒麟种？"

"这你都不知道，天龙种就是传说中的汗血宝马啊，传说中具有天龙血脉，汗出如血浆。而麒麟种则是有麒麟血脉，特征是马蹄处长有鳞片。这两种都是神仙血脉的名马，别说日行千里了，什么马踏飞燕、雪上无痕、凌波微步，嘿嘿，都不在话下。"

"这么神？这马岂不成了轻功高手？"

"传说嘛！谁也不知道真假，反正没人看到过。"

"哈哈，龚老哥不愧是西北开马场的，果然见多识广。"几人谈论得嗓门儿甚大，半个大堂的客人都听见了。正往楼上走的陆天祈脸色微变。

"咦！这匹马，可不就是脚下有鳞片吗？！"一声惊叫响起，是靠门的一桌客人，小厮牵着骏马正走过他们身边。

霎时间满楼哗然："真的假的？"

"老王你看花眼了吧？"

"不信你自己来看看！"

那姓龚的汉子连忙起身，一时间竟有十多人起身，向陆天祈的骏马围拢过去。

黑马不耐烦地打了个响鼻，嘶鸣一声。

姓龚的汉子如闻仙乐，又惊又喜："形如麒麟，声如龙鸣，腿生玉鳞。果然是麒麟种。天啊，真的吗？我竟然在有生之年见到了传说中的神仙马……"

陆天祈皱起眉头，提高声音吩咐道："还不将马牵下去！"

愣在一旁的小厮这才回过神来，连忙推开众人，向后堂走去。

却有几个胆大的伸出手来，想要阻拦，陆天祈脸色一寒，挥手甩出数道白光，几个人顿时惨叫连连："有暗器！"

定神一看，才发现只是几片花瓣。正是百味斋栏杆上装饰的藤萝花，刚才被陆天祈随手摘下，当作暗器扔了出去。

众人看向陆天祈三人的眼神都变了。年纪轻轻就拥有如此深厚的功力，难怪敢坐拥重宝出行。

直到小厮牵着马匹消失在楼后，三人才上了楼。

二楼都是单间，每个房间用青竹隔开，连同桌椅板凳都是青竹所制，清雅爽朗。

进了房间，元泓好奇地问道："天祈，那匹马真的是……"

陆天祈点头。

郑源两眼放光："难怪啊，在船上时就看出这位马兄骨骼清奇，仪表不凡。想不到来头这么大，好兄弟，这样的好马你从哪里得来的？"他频频回顾，看样子恨不得冲到楼下重新把黑马仔细打量一番。

"机缘巧合所得。"陆天祈模糊说道。

元泓又担心起来："就这么让马在楼下，不会有人心生歹意吧？"刚刚楼下那些人眼冒绿光的样子可是记忆犹新啊。

"放心吧，小鱼儿不会让他们占便宜的。"陆天祈慢悠悠说道。

"小鱼儿？"

"咦？这匹马叫小鱼儿。这名字也太掉价了吧？谁起的？"郑源大惊。

"御赐的。"

"咳咳咳……"

咳嗽的不仅是郑源，还有元泓，她硬生生把同样的感慨咽回了肚子，努力回忆，什么时候自己赐过这个名字。

陆天祈解释道："其实这匹马是剿匪所得，皇上听说了此马品相不凡，天生鳞片，于是就赐了这个名字。"

郑源神色古怪地看了元泓一眼。

"是吗？还挺贴切的。哈哈。"元泓勉强笑道，肯定是自己失忆之前的事儿了。

"皇上一时兴起罢了，之后记不得也正常。"

三人在雅间坐定，立刻有小厮端上饭菜。杯盘碗碟都是上佳的釉里红纹瓷，清贵亮丽，而饭菜更是色香味俱全，主打的就是招牌名菜桃花醉虾。

"又鲜又嫩，果然名不虚传！"元泓吃得不亦快哉。

"还有这个瑶柱烧猪蹄，油而不腻，甜美香嫩，真是一绝啊！"旁边郑源啃得满嘴流油。

"吱吱吱……"这是扑在一盘椒盐松子仁里啃得不亦乐乎的豆沙。

几天的赶路太清苦，连陆天祈也点头称赞："味道确实不错。"

三人正吃得香甜，忽然郑源筷子一顿，盯着房门："陆兄，好像有你的生意上门了啊。"

陆天祈瞪了他一眼。元泓还未来得及发问，就听见一阵敲门声响起。

"我的马不卖，请回吧。"没等来人说话，陆天祈直接高声回道。

"呃……"门外的人还没开口，就被一句话噎了回去，半晌，才又开口道，"公子，小人是诚心倾慕您的名马……"房门被小心翼翼地推开，说话的正是刚才那姓龚的汉子。

第八章 一只猫引发的血案

而来的人竟然不只他一个，还跟着十几个大堂的食客，也不知是来看热闹的，还是也想买马的。

"一万两怎么样？"看陆天祈三人不为所动，姓龚的汉子索性直接开了价钱。如今的市价，二百两银子就够买一匹膘肥体壮的骏马了，千两银子就够买叫得出名号的一般名马了。顶尖儿的名马当然价格更贵，不过这类名马一向有价无市，最终会变成多少银子就看买卖双方的运气了。

白银万两对平凡人来说是巨资，但对陆天祈这样身份的人而言只是个无所谓的数字而已。

"我的马不卖，请回吧。"

同样的回答让龚姓男子越发摸不出对方的深浅，咬咬牙，索性不再试探，直接将底价报了出来："五万两怎么样？"这可是他随身携带的所有银钱了，原本想来灵州城见识一番，没想到遇到了麒麟种，若能把这样的名马带回去，也不虚此行了。

从一万两骤然跳到五万两，围观的人群响起了惊叹声。

"我的马不卖，请回吧。"同样的话说第三遍，陆天祈眉头皱了起来。

龚姓男子脸色有点儿难看，却又舍不得放弃。这时，一个一直在围观的高瘦男子忽然开了口。

"一万两！"

众人诧异，刚才五万两都被拒了，你一个一万两的也敢出来献丑？

"黄金。"男子继续补充道。

众人一片哗然，就算在一掷千金的灵州城，黄金万两买一匹马也算是极显眼的价格了。可惜黄金攻势面前，陆天祈依然纹丝不动，摇头道："你可知我这匹马用了多少代价换来的？"

"什么？"众人竖起了耳朵。

陆天祈刚要开口回答，郑源忽然拍了拍他的肩膀，笑道："好兄弟，咱们就冲着它大赚一笔了，你这么早把底价透露出来可就不好了。"又转头对着众人说道，"我这位兄弟的马，可是要参加今年灵州城的拍卖会的，诸位要是有兴趣，就回家多多准备银子吧。到时候自然是公平竞争，价高者得之。"

众人恍然大悟。

"竟然是要参加万宝东来啊！"

"难怪嘛，奇货可居嘛。"

"进了万宝东来拍卖会，可就不是几万两银子能买下的，就是几万金都有可能。"

101

"那里的东西哪一样不是价值万金啊!"

众人议论纷纷,那龚姓男子怅然若失,也知道拍卖会上多的是一掷千金的大海商、大盐商,不是自己一个马贩子能拼得起的。而出万两黄金的男子面色闪烁,似乎在考虑着要不要筹备银子拼一把。

围观众人正待散去,却有一个满面富态的圆脸老者越众而出,一身暗褐色福字纹锦绣长袍,一把花白胡子,笑眯眯的两眼眯成月牙状:"阁下的马可是要参加万宝东来?"

"既然是拍卖会,自然首选万宝东来。"郑源抢先答道。

"刚才老朽在楼上,也见到了那骏马不凡的英姿,只可惜嘛……"摸了摸胡子,圆脸老者笑道,"有道是好马配好鞍,阁下的马虽不凡,却欠缺了一个好马鞍。而鄙人不才,新近正得了一具上好的马鞍,刚才已派人去店中取了……"

"这是谁啊?"旁边有人低声询问同伴。

"这你都不认识,这不是聚香堂的贾大掌柜吗?"

"就是百味斋旁边那家珠宝店?"

"可不是嘛,这几年新开的大店,不过人家可不只是卖珠宝首饰,从各种日用器具,到海外奇珍,无所不有,短短几年在咱们灵州城开了好几家分号了……"

众人的议论声让元泓大开眼界,一匹马也能引出这么多事情来。先是要买的,现在又有要卖的,这灵州城商贸气氛之浓烈可见一斑。

而更让她意外的是,卖马不可能,这推销马鞍的竟然让陆天祈心动了,饶有兴致地道:"不妨取来看看。"

不一会儿,就有小厮捧着一个木盒进了百味斋,奉到贾掌柜面前,贾掌柜笑眯眯地打开盒子,一具宝光灿烂的马鞍显露出来。造型精巧细腻,皮面柔韧亮泽,侧面还缀着翡翠攒的璎珞,垂着赤金马镫。

"这具宝鞍可是用最好的藏域小牛皮所制,内衬雪狐绒,松软适中,马镫则是……"

不等贾掌柜介绍完,陆天祈打断道:"不必说了。我买了,多少银子?"

"公子果然痛快。"贾掌柜赞道,一边竖起一根手指。

元泓正猜测是一千两还是一万两,贾掌柜却笑眯眯说道:"只要一两银子。"

这个价格让整个大堂一片哗然,还有人嚷道:"卖给我得了,我出二两。"

陆天祈也有几分意外:"贾掌柜不怕折本吗?"

"哈哈,不瞒公子,在下虽是商人,却也自负有点儿眼力,一见公子就觉贵气逼人，奉上这马鞍也是为了交个朋友嘛。"贾掌柜笑得满面春风，"不过在下也有一个小小的请求，就是请公子在万宝东来拍卖会上，将这具马鞍一并拍卖，而且指明是我们聚香堂所特制。"

元泓立刻醒悟，这个贾掌柜是想到陆天祈的马在拍卖会上必然引起轰动，连带着马鞍也会引人注目。麒麟种只有一匹，而这种马鞍可不止一具。

不过他千算万算，只怕没想到小鱼儿是非卖品，不可能进拍卖会的。

陆天祈笑了笑，取出一小锭银子抛到那小厮手中，大方应承道："准了。"

元泓咳嗽了一声，这样不太好吧，你那匹马又不准备拿去拍卖，这不是欺诈吗？

显然这么想的不止她一个，待众人散去，看着搁在桌上珠光宝气的马鞍，郑源摸着下巴慨叹："这贾掌柜够精明，听说聚香堂这几年生意发展得很快，不过距离顶尖儿的大商家还是差了那么一点儿，要是能在万宝东来上引人注意，商机无限，一本万利啊。不过，他再精明也比不过陆兄。哈哈，平白赚了一个马鞍。"

"如果在下记忆不差，好像是郑兄说要卖马的，在下可没有说过。"陆天祈慢悠悠说着，伸手夹了一筷子烤肉。

"呃，只是让他们有个盼头，不然这些人没完没了，咱们别想吃饭了。"郑源也拿起一只烧鸡腿，一边啃着，岔开了话题。

"天祈，这样不太好吧。再说小鱼儿也有马鞍。"元泓犹豫道。

"马鞍是军中所用，太过坚硬。"

元泓眨了眨眼睛。她在宫中练习骑射都是温驯的小马和特制的软鞍，刚才骑乘时，确实感觉小鱼儿的马鞍不太舒服，他注意到了吧。她心里一暖，算了，大不了之后把银子补给那个贾老板。放下一桩心事，她也跟着大快朵颐，转而兴致勃勃地问道："对了，刚才你们说的万宝东来是什么？"

咽下一口肉，郑源擦了擦嘴，笑道："灵州城商贸成风，各地商旅海客会集，奇珍异宝无数，一年到头有很多的集贸会和拍卖会。不过最大型的就数这万宝东来了，每年一次，由灵州城几大巨商和豪门联合举办的珍宝拍卖会，听说还有官府背景。"

"官府背景？是说灵州知府吗？"元泓打断问道。

郑源笑起来："平常的城池，自然是三品的知府最大，但这灵州城可不一样，还有海务衙门在此坐镇呢。海务大臣可是从一品，而且沈崇阳身上兼着超品的侯爵，有他在，灵州城哪轮得到知府当家做主啊？"

自先帝开海贸，设海务大臣一职以来，至今已有二十多年，如今的海务大臣正是临川侯沈崇阳，太后的心腹亲信，也是后宫沈充仪的父亲。

郑源继续道："这万宝东来会聚的是第一流的珍宝，也汇聚了大胤第一流的豪门贵客，一掷千金，谈笑风流。普通商户只怕连大门都摸不到。大胤的各大名门世家，都以能接到万宝东来的帖子为荣，而各大豪商海客，也都以能有在万宝东来拍卖的宝物为荣。算算时间，今年的万宝东来似乎就是这几天了。要不然，灵州城外怎么会停着那么多豪船贵舫呢？"

"这么气派！"元泓听得两眼放光，盯着陆天祈，"天祈……"

陆天祈断然否决："公子，万宝东来拍卖会上鱼龙混杂，您这次微服出巡，不适合在这种场合抛头露面。"

"难得来一次，这样的盛会当然不能错过。至于安全，我相信你和郑源的武功。"

"那种场面不是一两个高手就能摆平的，更何况，没有请帖，根本进不去大门。"

"请帖不是问题，实在不行的话，就把小鱼儿送去卖掉好了。"元泓满不在乎。

陆天祈满脸诧异，又瞪了郑源一眼，都是这家伙惹的祸事。

"这样就说定了，天祈，不管用什么方法，记得一定要弄来请帖。"年轻的皇帝严肃地下了旨意。

"臣遵旨。"无奈的臣子只能认命。

吃得酒足饭饱，三人下了楼，郑源和陆天祈到柜台前结账，却被告知账已经结了。

元泓诧异，问起代为结账的人，掌柜往百味斋外一指。

陆天祈脸色一沉，郑源却哈哈一笑："陆兄的这匹黑麒麟真是威震八方、招财进宝啊。"

一辆坚实宽敞的黑木马车正停在酒楼门前，天蓝色锦绣车幔上绣着腾云驾雾的仙人，黄铜四角垂着青玉璎珞，结着青萝穗子。而一个面目清秀的年轻人正垂手立在马车边，见到三人出来，恭敬地行了个礼，笑道："三位公子，在下郭帧，是仙客来的接引。我们主公听闻公子驾临灵州城，且有名马要拍卖，特命小人来接引三位贵客入仙客来歇息，并奉上万宝东来的引珍帖。"

咦，刚刚还在说帖子来着，怎么刚出门就有人送上门来了？这是天上掉馅儿饼了吗？还有这个仙客来，不是灵州城最大的酒楼吗？元泓眨了眨眼睛，看着眼前年轻人毕恭毕敬的姿态，尤其是面对陆天祈的时候。她似乎明白了。

陆天祈冷哼了一声："仙客来好灵通的消息啊！"

年轻人姿态越发谦恭："公子大驾光临，灵州城蓬荜生辉，我家主人本想亲自来迎接，只是听闻公子微服，只怕不愿声张，故而只派了小人前来迎候。"

第八章 一只猫引发的血案

酒楼之前人来人往，不少人向这边看来，元泓体贴地提醒道："先上马车吧。"

三人一起进了马车。郭帧带来的几个侍从接过小厮牵出的马匹紧跟在车后。

车内布置得宽敞雅致，四壁垂着锦绣挂帘，摆着狐皮绒的靠枕，角落搁着掐丝珐琅的香盒，一股似兰似麝的香气弥漫其中，中间的小桌上还陈着精致的点心果品。

坐定了身形，元泓故意叹了口气："天祈，你身份好像暴露了啊！"

"没办法，麒麟种太引人注目了啊。"郑源也跟着叹了口气，"临川侯也是好本事，不过一时三刻，竟然就能把陆兄底细摸个清楚。"

"不过暴露的应该只有天祈一个人吧？"

"嗯，我们可能被误会为陆兄的侍从、同伴什么的了。"

陆天祈黑着脸，听着两人一唱一和，只好咬牙道："是臣失职。"

能在这么短的时间内，从一匹马入手，将陆天祈的来历摸清楚，还在一顿饭的工夫里准备好马车、客栈，这样细致入微的情报网和周到体贴的服务，能做到的也只有临川侯了。而陆天祈作为西府军统领，大胤新起的实权派将领，与他的身份相当，刚才那个郭帧话说得客气，但陆天祈毕竟是晚辈，按照礼节，也应该是他去主动拜会才对。

"说来说去，都是小鱼儿的错，还是把它卖掉算了。"

"皇上……"

"好了，开玩笑的。朕不怪你，再说，暴露身份也有好处，不然，怎么会这么轻易住进仙客来呢？而且金帖也到手了。哇，还是三人份的！"元泓拿起放在中间小桌上金灿灿的请帖，贴面饰着金箔，印着灵州城的官方徽记，下边绘着一方青碧浪涛，浮着一尾大鱼，鱼嘴正卡在帖子沿儿上，嵌着一颗明珠，形成金鲤吐珠的巧妙设计，而更妙的是明珠竟是活动的，轻轻掰开，帖子打开，当中是整齐的正楷文字。

"光是这张帖子，就值几十两银子吧？万宝东来果然名不虚传。"郑源啧啧叹道。

元泓也看得两眼放光，对即将到来的拍卖会更加期待了。

马车平稳舒适，行了片刻，抵达目的地。

一下车，元泓睁大了眼睛。作为灵州城最豪华的客栈，完全不是想象中的金碧辉煌，而是满目的青山绿水，间或点缀着风格不同的亭台楼阁，掩映在一丛绿叶香花之中，格外清幽宁静。

踏着脚下的鹅卵石路，看着周围树木葱茏，繁花似锦，阁楼玲珑，雕梁画栋，真以为到了御花园中。转过回廊，元泓只觉眼前一亮，是一处精巧的院落，院内遍植枫树，正当时节，如火如荼，掩映着假山石桥，流水清透，连院中那座飞檐斗拱的小阁楼都格外亮丽。

"如今时节，仙客来就数此处丹枫院景致最佳，不知三位贵客可还满意？"郭帧引着三人进了门。

房内的陈设简单大方，让人油然而生一种温馨感，而且从桌椅板凳到垂帘装饰，都以枫叶为饰，精巧别致。

房内服侍的小丫鬟，一个个生得眉清目秀，见到三人进来，齐齐行礼。

阁楼很是宽敞，三人各自挑选了合意的房间安顿下来。

吩咐丫鬟备好浴室，元泓先舒舒服服洗了个澡，就迫不及待地回到寝舍，往柔软宽敞的大床上一躺。

好舒服啊！

全身每一根骨头都在欢快地呻吟着。这几天的船上生活，可是让头一次离家的她吃足了苦头，只是因为面子问题，又有陆天祈在，她不好说而已。

明天应该去哪里玩儿呢？那个什么万宝东来还有好几天才举行……想着想着，就舒舒服服进入了梦乡。

也不知睡了多久，忽然听到外面一阵细碎的声音。

"吱吱！吱吱！"

是豆沙，又在闹什么？元泓翻了个身，不想理会，无奈那声音不停，吵闹非常。她只好万般不情愿地睁开了眼，外面还漆黑一片，看了床头的更漏一眼，才丑时末。

"吱吱吱吱……"

还在叫，元泓不耐烦地起了床。

是肚子饿了吗？明明用过晚膳了，还给它多准备了一小碟果仁。

转过屏风，元泓睡眼惺忪地瞟向桌上，顿时清醒过来，尖叫一声："不要啊！"

入目是惊人的景象，一道黑影正利箭般蹿出，目标正是桌上那团白绒球。

惊呼一声，却已来不及阻止，黑影扑住豆沙，"喵呜"一口，直接把白绒球吞进了口里。

是一只黑猫，金色的大眼睛看了元泓一眼，满不在乎地甩了甩尾巴，同时甩动的还有豆沙短短的小尾巴，从黑猫的口中露出半截儿，正不甘心地挣扎着。

元泓又惊又怒，一个箭步冲上去，抄起旁边的香炉狠狠砸下。

那猫应变也快，一跃跳上柜子，就朝窗户冲过去。

这家伙就是从窗户缝隙里钻进来的吧？浑蛋，把豆沙吐出来！

元泓哪里会放它逃跑，紧跟着扳住窗框，跳了出去。

一人一猫冲到回廊上，那猫眼见无处可逃，咻溜一下子，竟然钻进了一间房内。

元泓也紧跟着冲了进去，香炉向前一扔，精准地砸到了黑猫的尾巴上。

"呜……"黑猫闷声惨呼，两腿后蹬，跃到了桌子上。

一人一猫在房内展开大战，烛台茶杯等摆设可是遭了殃。

黑猫虽然灵活，但这些日子习武让元泓的身手长进不少，几番交手下来，被她捉住时机，猛地向前一扑，一把逮住了黑猫的尾巴。

抄起这只可恶的黑猫，元泓恶狠狠地威胁："给我吐出来！"一边拉住它的两腮，用力揉捏拉扯，想要掰开这万恶的猫口。

"喵呜喵呜……"任她大刑伺候，吃到口里的食儿，黑猫铁了心就是不吐。

眼看着豆沙的小尾巴就消失不见了，元泓灵机一动，拽住黑猫的两只后腿，凌空甩动，大力摇晃起来。

这样翻江倒海的酷刑虐待之下，黑猫终于忍受不住，"喵……"一口将白绒球吐了出来。

跌在地上，豆沙颤抖了一下，奄奄一息地吱了一声。太好了，还活着！

再看那只黑猫，元泓眼中闪过一道厉芒。黑猫不自觉地颤抖了一下。哼，不能便宜了这只恶猫，先找东西关起来！

在房间里左顾右盼，元泓忽然意识到，咦，这不是郑源的房间吗？他人呢？自己和黑猫闹翻天了，都不见他出来。

绕到屏风后，宽敞的大床上铺盖整齐，果然没人，这个时候能上哪儿去？

不管了，先找东西把这只恶猫绑起来，一眼就看到郑源的外套还搭在衣架上，元泓一把扯过，不顾黑猫挣扎，包了个囫囵包袱，扔在地上。

被捆成一团，黑猫竭力挣扎着，却只是一只包袱在地上滚来滚去，看得元泓总算出了一口恶气。

咦，这是什么东西？目光扫过地上一块明黄色的胶状物，元泓视线一顿，好像是刚才从郑源衣服里掉出来的。

她弯腰捡起，展开一看，瞬间睁大了眼睛，这东西，该不会就是传说中的易容面具吧？郑源就是用这个易容成小栗子的。

还是第一次见到这东西呢，趁着他人不在，试一试？

顾不得修理那只恶猫，元泓兴冲冲地跑到镜子前，将面具展开，小心翼翼地贴在自己脸上。

冰凉凉、黏腻腻的，有点儿难受，往镜子里看去，却不是预料中小栗子的那张脸，而是一个陌生的少年面孔。

还蛮秀气的,好像还有点儿眼熟。是谁呢?想了片刻,全无头绪,元泓很快转了念头。戴着这个东西,应该谁也认不出自己来了吧?要不要出去走走?

这个念头一钻出来,就盘踞在脑海中,赶都赶不走。

反正天还没亮,只是随便转转,仙客来作为灵州城的头牌客栈,治安一向很好,应该不会有危险的。

这么想着,元泓立刻将想法变成行动,出门不能少了衣服,衣架旁边就有一套现成的藏青色劲装,就先毫不客气地受用了。

望着镜子里挺拔俊秀的少年,元泓暗暗得意,就算陆天祈站在自己面前,只怕也认不出了吧?

出了房门,阁楼外的世界还在沉睡之中,月色清丽,夜雾朦胧,整个园林仿佛笼着一层神秘而幽雅的细纱,掩映着四面小桥流水,花树扶疏,别有一番风韵。

踏在鹅卵石的小径上,走了片刻,不见人影,一阵风过,清寒入骨,灵州城的秋天一向来得晚,但夜风中也有了深入骨髓的凉意。

"吱吱……"死里逃生的豆沙提出抗议。

"好吧,收拾了这只猫,咱们就回去。"元泓捏了捏它的小耳朵,将它塞进怀里,又提起手里的包袱,还得处理一下这只恶猫,找个垃圾桶扔进去?还是找仆役送到更远点儿的地方放生呢?

黑猫还在里面挣扎。元泓故意威胁道:"再乱动把你扔进水里去!"

威胁似乎起了反效果,恶猫挣扎得更厉害了,元泓险些拿不住它,同时喵喵尖叫,声音凄厉,吵得人心烦。

元泓心头火起,干脆走到溪流边,恶狠狠地道:"再叫的话,真扔你下去洗澡了。"

话音未落,忽然感觉颈部一阵寒气,似乎有什么东西搁到了肩膀上。

本能的危机意识让她不敢动弹,偏转的视线瞥见明晃晃的一片银光。

是一把剑,正架在自己脖子上。

同时一个冷气森寒的音调从背后幽幽响起:"你是要把它扔进水里去吗?"

平生第一次被人用剑架住脖子。元泓心头最先涌上的竟然不是恐惧，而是一种荒唐感，朕不就是出门一趟吗？仙客来的护卫都到哪里去了？陆天祈呢？郑源呢？她能扯开嗓子喊一声"有刺客"吗？

看着架在脖子上的明晃晃的剑刃，元泓咽了一口唾沫，理智地收回了喊叫，改口道："这位壮士，小心啊。"

背后传来一声低笑："小心什么？"

"当然是小心你的剑不稳，你的剑不稳我的手就不稳，万一真把这包袱扔进水里可就不妙了。"

"喵……"包袱里传出黑猫委屈的叫声。

背后剑客冷哼一声，长剑从元泓脖颈儿上挪开，一道白光划过，元泓瞳孔瞬间收缩，紧张过后却发现，白光不是冲着自己，而是手中的包袱。

"扑哧"一声，包袱旋转飘落，一道黑影从中跃出，轻车熟路地跃上剑尖儿，轻巧地落到来人肩头。同时剑刃一旋，包袱皮飘飘荡荡落回了元泓怀里。

好精妙的一剑！看着怀中分毫不伤的包袱皮，也就是郑源的衣服，元泓暗暗惊叹。

记得陆天祈讲过，将剑用得锋锐刚烈是大多数普通剑客的风格，而能将剑用得柔软圆润，才是真正妙至巅峰的手段。尤其他看起来还这么年轻。

"喵喵喵……"黑猫用脑袋不停地蹭着剑客的肩，金色的大眼睛眯着，婉转的声音里充满了委屈和控诉。

来人剑眉星目，直鼻薄唇，漆黑的长发用一根雪色缎带扎着，直垂到腰间，衬着一身银灰色茧绸劲装，十分清爽。他正伸手揉着猫儿的小脑袋，笑容中带着点儿孩子气："好吧，是我的错，任务太危险。"

"喵喵喵……"

"好好好，给你出气好不好？"

出气？元泓心中警铃大作，喂，明明是你的错好不好？纵猫行凶，该出气的人是我才对。奈何形势比人强。她机警地后退几步，想要拔腿开溜。

元泓原本站在树影之下，这一后退，清亮的月光洒落满身，照出一张俊秀的少年面孔。剑客正要阻止，一看元泓的容貌，却整个人愣住了。

"小王爷！"

元泓后退的脚步一顿，这是什么情况？

剑客一副活见鬼的表情，难以置信地问道："小王爷，你怎么会在这里？"

小王爷？大胤立国不久，又经历过怀德王之乱，现存的皇族亲王、郡王加起来不过

第九章 皇帝变王爷

两三位，连同他们的世子世孙，统共只有十几人，都常居京城，绝没有易容之后的这张面容。

剑客见元泓不回答，皱起眉头，上前两步："小王爷，您不记得我了吗？我是贺六贺承挽啊，两年前曾经跟随在王爷身边，见过您一面。"

什么何五、贺六的，根本不认识好吗！郑源你这个王八蛋，准备的易容面具是什么人，要害死朕吗？

眼看着剑客一步步逼近，元泓直觉地感到危险："喂，你别靠近，我要喊人了。有刺……呜……"

却是贺承挽见元泓要喊叫，出手如电，封了穴道。他左右看了看，迅速拦腰抱起元泓，向外奔去。

元泓睁大了眼睛，喂，不是吧？

陆天祈！郑源！仙客来的护卫呢？！来人啊，救命啊！

身不能动，口不能言，元泓眼睁睁看着自己被人像扛麻袋一样扛在肩上，腾云驾雾般飞过树梢，跃过房顶，有惊无险地出了仙客来地界。

只有盘踞在另一侧肩头的黑猫，跟元泓大眼瞪小眼，不时疑惑地"喵呜"一声，似乎在纳闷儿主人为什么要带着这个虐待自己的坏人一路狂奔。

贺承挽轻功极佳，一路向北，窜过数条街道，眼看着路径越来越偏僻，元泓无奈地放弃了记忆路途的打算。太复杂了，根本记不住啊！

是谁说灵州城治安好的？下面那队巡逻的士兵，你们就不能抬头看看，这么大一个活人从头顶跃过，你们都发现不了？！灵州知府，府城守备，还有什么海务大臣，统统都要问罪！元泓一路内心咆哮着，泪流满面。

正被颠簸得头晕眼花，贺承挽绕过一栋装饰精致的花楼，轻飘飘跃入后院里。

"小王爷，委屈您了。"将元泓放下，他满含歉意地说道。

是委屈朕了，你就拿命来补偿吧！元泓杀气腾腾地瞪着他。

"吱呀"一声，后厢房门打开，一个女子睡意蒙眬的声音传来："怎么出去这么久？可探出什么来了？咦，这是谁？"

"先进屋再说。"贺承挽扶着元泓闪身进了房内。

是一间装饰富丽，甚至有些俗艳的房间，房中明晃晃的半身铜镜和满梳妆台的胭脂水粉都昭示着这是一间女子闺阁。而房间的主人也如同这房间一般，艳丽得有些俗气。

此时她正好奇地打量着不能动弹的元泓，一边连珠炮似的发问道："贺六，你改行做人头生意了？这是哪家的小哥儿？长得还挺俊的。"她一边说着，伸出涂了蔻丹的手

指,就要捏元泓的脸蛋儿。

贺承挽连忙将她的手打掉,呵斥道:"不得无礼,这是小王爷!"

女子愣住了:"什么小王爷?你不是去仙客来探听那姓陆的狗贼的消息吗?这么久不见你回来,我还以为你栽在那边了。"

"我很小心,先让米粒儿进入探察了一番,仙客来的防卫并没有传说中那样周密,可惜没见到陆天祈那个狗贼,不然宰了他给王爷报仇。"

姓陆的狗贼?是说陆天祈?他们和天祈有仇?王爷……一连串信息连接起来,元泓脑中灵光乍现,死死盯着铜镜里自己的倒影,她终于想起这张脸哪里熟悉了。这不就是天龙寺祭礼上,趁机行刺自己的少年吗?

记得天祈说过,那少年是东海三大寇之一黑蛟王的小儿子。

原来这个"王",是黑蛟王的王,不是她大胤的王。

这些人是黑蛟王残党!自己这是掉进贼窝里了!万一被他们发现自己的真实身份……元泓打了个哆嗦,毛骨悚然。

贺承挽还以为她身体不适,连忙将她放到椅子上,温声道:"小王爷,属下是老王爷的侍卫,您可能不记得了。属下绝无恶意,刚才多有得罪了。"说着,解开了元泓的穴道。

元泓只觉身体一轻,恢复了知觉,却不敢再喊叫了。追根究底,自己也是他们的仇人,真被他们识破了身份,不是被杀也要被当成人质。

"小王爷怎么会出现在仙客来?"

怕什么来什么。她哪里知道怎么回答啊,元泓心里暗暗叫苦,面上却故作惊慌:"你们……你们是谁?我不记得了。"

"小王爷,属下是老王爷的飞云七卫之一,排名第六的贺承挽,虽然与您见面不多,但属下的几位同僚,陈充和王安还曾经贴身保护过您一段时间,可惜他们都跟随老王爷战死了。"

死得好!元泓暗暗松了一口气,脸上却现出痛苦的表情,抱住头呻吟道:"啊,飞云七卫,父王……我记不清楚了,头好痛,好难受……"

只能假装失忆了,好在有过类似经验,装起来驾轻就熟。

"怎么回事?"贺承挽皱眉道。

"小王爷好像失忆了。"女子揣测道,"是不是那姓陆的狗贼给下了什么药?还是用了什么手法?"

这位大姐,你太聪明了!元泓暗暗给她点赞。

"你不是说在陆天祈落脚的仙客来发现的小王爷吗？说不定这就是他故意安排的阴谋。"女子继续分析道。

喂，你聪明过头了吧！

贺承挽悚然一惊："会有什么阴谋？"

"这我哪能知道？"

"唉，要是谢三哥在这里就好了，对这些奇门迷药之物，他最擅长。"贺承挽脸上露出沉痛的表情，一拳捶在墙上，可惜，纵横东海的飞云七卫如今只剩他一人了。

女子忽然惊道："对了，你来的时候身后干净吧？"

"我的轻功你还不放心？"贺承挽自信满满地说道，话音未落，外面远远传来一阵喧嚣声。

两人对视一眼，贺承挽闪身出去探察，不多时就返回，神情凝重："是大批的守备司兵马，将附近都围住了。"

女子尖叫一声："你还敢说背后干净？我浣花坊可是被你连累惨了。"

元泓欣慰地松了一口气，陆天祈他们反应还不算慢！

贺承挽皱眉道："我远远看了，不只咱们街，好像各处都有兵马的影子，似乎是全城戒严了。"

"不管怎么样，迟早会搜到这里。赶紧走吧。幸好还有一条逃生的地道，通往坊后的小暗巷。而且小王爷这个样子，得找人医治才行。"

"好，那我去找贾先生。"

贺承挽说走就走，扶起元泓。那边女子已经推开梳妆台，露出底下的暗道。

喂，我不想走啊！元泓在心里咆哮，奈何贺承挽力气甚大，元泓不由自主地被拉着向前。走到后来，嫌弃她速度太慢，贺承挽一声"得罪了"，再一次把她扛到肩上，飞速向前。

元泓再一次默默流泪了。

出了地道，是一处阴暗狭窄的小巷子。贺承挽小心翼翼地探看四周，走得更慢更小心了。

小半个时辰之后，天边泛起晨光，贺承挽终于抵达目的地。

是一间大气精致的三层阁楼，看建筑样式似乎是家豪华店铺，由于是从楼后靠近，元泓看不见名字，只能借着晨光打量四周，她忽然发现隔壁楼有点儿眼熟。那不就是昨天吃饭的地方——百味斋吗？！

灵州城这么大，兜兜转了一整夜，竟然会来到她除了仙客来之外，唯一熟识的地

方，真是奇了！

绕到楼后，贺承挽接近后门，轻轻敲了敲。

门开了一道缝，露出半张皱纹横生的苍老面孔，干枯嘶哑的声音不带一丝水分："贺六爷，您怎么来了？"问的是贺承挽，狐疑的视线却落到元泓身上。

"我有急事，贾先生在吗？"

看门的老人没有回答，反而问道："这位是……"

贺承挽略一迟疑，答道："是我的同僚，也是老王爷麾下的，绝对可信。"

又上下打量了元泓一番，老人才点点头说"掌柜的在"，一边将门缝开大了些。贺承挽扶着元泓挤了进去。

老人探头看了看门外，确信无人跟踪，将门关上。提起脚边的灯笼，引着两人往楼内走去。

拐过曲折的回廊，两人来到一间小客厅内。引路的老人悄悄退了出去，贺承挽拉着元泓快步跨过门槛。

房内亮着灯火，映照出两个谈话人的身影，一坐一站，站着的是个年轻人，一张平淡无奇的脸透着精明利落，正在低声说着："……只知道是在搜查什么人，不仅守备司的兵马，连海务衙门的人……对……没有消息……"

而坐着的满面红光的圆脸老者，脸色凝重地听着，手里的琥珀烟枪无意识地敲击着香楠木扶手椅。

很不巧。这一老一少元泓也都认识。就是昨天在百味斋里向他们推销马鞍的那位贾掌柜和他的小伙计。

这灵州城说起来很大，屋宇鳞次栉比，层层叠叠，一眼望不到头，可似乎又很小，兜兜转转，来来回回，都是熟人。记得白天听众人议论，这贾掌柜好像是什么聚香堂的大掌柜。灵州城这几年新兴起的大商铺，看起来背景不简单啊！

见到两人进来，贾掌柜站起身来，皱眉问道："承挽，你怎么过来了？刚刚小夏正跟我说城内突然戒严，难道是你引起的？我不是早就嘱咐过你，不能擅自行动吗？"

"先别说这些，贾先生，你看看这是谁。"贺承挽打断他的话，将元泓拉到面前。

贾掌柜手里的旱烟袋跌在地上，声音里带着难以掩饰的震惊："小王爷！"

元泓心里一沉，为自己的性命着想，看来只能将小王爷这个身份演下去了。只是能演多久呢？希望陆天祈他们在自己露出破绽之前赶紧找到这里来啊！

"小王爷，您怎么会来到这里？这……"贾掌柜激动之下，语无伦次。

"你……是谁？啊……"元泓再一次使出万能的失忆逃避大法，抱着脑袋装头疼。

第九章 皇帝变王爷

贾掌柜视线果然转向贺承挽:"小王爷这是怎么了?"

"今夜我前去仙客来探察……"

"你果然去仙客来了?我不是专门叮嘱过你不能擅自行动吗?!"贾掌柜怒了。

贺承挽自觉理亏,乖乖低头:"我只是在外围探察,没有靠近他们住的地方,让米粒儿入内探察了一番。"

贺承挽肩头的黑猫温驯地"喵"了一声。

贾掌柜怒叱道:"一只猫能探察出什么来?我早就说过,陆天祈年纪轻轻武功就已臻化境,心计阴毒,手下又高手如云,此番前来灵州城必有大图谋,你这样轻举妄动,只会打草惊蛇。"

"您白天不也过去试探了一次……"贺承挽低声道,见贾掌柜怒色更盛,他连忙补充道,"要不是我这次擅自行动,也不会机缘巧合将小王爷救出来了。"

贾掌柜这才怒气稍消,追问道:"你是怎么找到小王爷的?"

贺承挽连忙将过程细说了一遍,又道:"小王爷的情况似乎不太好,极有可能是被那姓陆的狗贼用异法封住了记忆。承挽不敢耽搁,特来求救。"

贾掌柜恍然大悟:"难怪刚才小夏来报告说城内突然戒严,并全城搜捕呢。也许陆贼就是要用小王爷为饵,图谋什么……"贾掌柜捻着胡子,思索片刻,吩咐道,"官兵很快就要搜到聚香堂了。小夏,先带小王爷入内歇息。"

微微掀开窗帘一角,元泓向外望去。

璀璨的阳光映照,满园林木扶疏,几枝早开的金菊点缀在苍茫绿意之间。园中生机盎然,宁静美好,只除了那几个暗灰色的身影。

离开小客厅,元泓就被小夏带到了这座阁楼上。听着外面乍起的喧嚣恢复了平静,元泓心急火燎却无计可施,看来这贾掌柜神通广大,已经将巡查的士兵应付过去了。

之后小夏又带着两个娇俏可人的侍女进来,说要服侍她沐浴更衣,元泓更是惊得魂飞魄散。

总算以头疼疲惫的借口搪塞了过去,打发走小夏和侍女,元泓装模作样地躺在柔软的大床上,虽然一夜未睡,却感受不到丝毫疲倦。

熬到天色大亮,侧耳倾听附近没了动静,她悄悄起身,来到窗边,想要查看逃走的路线,却一眼发现了阁楼下若隐若现的身影。

贾掌柜考虑得可真周到啊!元泓苦笑着放下了窗帘。

"公子,您怎么起来了?"身后传来一声惊呼。

元泓转头望去，是昨晚安排在阁楼里的侍女之一，记得叫郁儿，正站在门口，惊讶地望向这边。

元泓干笑两声，故意试探道："刚刚听到楼下有响动，一时好奇，就起来看看。"

"外面是贾先生安排的护卫，想必是那帮粗人举动鲁莽，惊动了公子吧？"郁儿走进门，将手中的托盘放在桌上，笑道，"公子既然起来了，不如先用些饭食，听贺大人说，你们昨晚奔波了一夜，都没吃东西呢。"

托盘中是一碗碧粳米粥，几样清新可口的小菜，配着烘烤得恰到好处的松子脆饼、鹅油卷和樱桃酥，香气诱人，元泓还真觉得肚子饿了。

郁儿笑道："我服侍公子用膳吧。"她说着将饭菜布置妥当，取出银筷递给元泓。

要逃跑也得有体力才行，默默安慰自己，元泓坐下吃了起来。

喝了一口粥，又拿起松子脆饼咬下去，她动作一顿，忽然转头吩咐道："胭脂鹅肝这些东西太油腻了，可有清淡些的？"

郁儿一愣，想了想道："厨房里还有羊羔、栗粉鸡丝和水晶虾饺……"

"这些都不易消化，你去吩咐厨房弄几个豆腐皮儿的包子来。"

郁儿略一迟疑："东西倒是简单，只是需略等会儿。"

"不妨事，我等等就是了。"

郁儿去厨房了。

元泓起身凑到门边，确信她走远了，这才回到桌前，拿起刚才咬了一口的脆饼，掰成两半，一幅折叠的白绢露了出来。

刚才她一口咬下去就察觉不对劲儿。

展开白绢，里面蝇头小楷写了整面。

"吴澄，东海三寇之黑蛟王第九子，母为灵州城舞姬，貌美得宠，置豪厦养之为外室，建隆二十二年诞子……"

这一整面写的都是一个叫吴澄的少年的身世，身为黑蛟王的第九个儿子，母亲是秘密养在灵州城的外室，自幼在灵州长大，直到数月之前，随着黑蛟王的覆灭，他也身陷囹圄。

"厉横山，本为灵州扬帆船行船员，出海途中私自走私物品，事发后杀尽船中同行，落草为寇，聚众劫掠，行事残毒，天宏二年率众投靠黑蛟王，渐得重用……"反面记录的是黑蛟王的重要手下。

是谁送来的这个？元泓渐渐握紧白绢，小夏？郁儿？厨房里的某人，或者楼外的某个护卫？无论是谁，都表示在这个聚香阁里，至少有一个朝廷的人。那么陆天祈应该很

第九章 皇帝变王爷

快就会过来救自己了吧。

脑中飞快地思索着,直到"吱吱"的叫声传来,是豆沙从床头钻出,饿了一夜的小仓鼠忍耐不住,扑向桌上的食物。

元泓拎着它的耳朵来到桌前,随便塞了一块樱桃酥打发它。

这时,外面响起急促的脚步声。

是郁儿?不对,这么沉重的声音,不可能是女子。元泓迅速将绢布叠起塞进怀里。下一瞬间,门被撞开了。一个铁塔般的中年汉子冲进来,身材粗壮,浓眉倒竖,脸上横七竖八竟有十几条深浅不一的刀疤,仅存的那只铜铃大的独眼里流露出剽悍的精光。

元泓吓了一跳,这人是谁?

"真是小王爷?"那人神情震惊,猛兽般的眼神死死地盯着元泓。

同时后面传来一声高呼:"厉老二,你别冲动,老贾说了,小王爷如今记不得咱们了。你那一脸疤可别把小王爷吓着。"

声音初起时还在楼外,到最后一句时已经在独眼汉子身后了。

是个五短身材的黄脸汉子,浓眉大眼,面带煞气。

"我这不是着急嘛,汪老四。还有老贾,兄弟们都说你最精明,你可看过了,小王爷这到底是怎么回事儿?"姓厉的汉子嚷嚷着。

厉老二,汪老四!元泓惊险些跳起来,刚刚看过的绢布上明确记载着这两个名字。黑蛟王最初起家时也只是东海的一股小盗匪,他为人狠辣又狡猾,逐渐吞并拉拢其他小海盗,经过几十年打拼,发展成后来的三大寇之一。在他的势力中,核心的有四人,以他为首兄弟相称,这个厉老二就是最早投靠他的人之一——厉横山。而那个汪老四名唤汪宴,也是黑蛟王手下一员干将,很得重用。

元泓大急,这两人不仅狡诈狠毒,而且据绢布上记载,武功都是一流,万一被发现真相……她简直不敢想象。

努力回想刚才看过的内容。东海之上势力众多,兵戈凶险,黑蛟王曾有数子,或者战死沙场,或者遭人暗杀,只剩下了吴澄这根独苗。所以黑蛟王对这个硕果仅存的儿子极为看重,为使其安全,甚至没有将他留在身边,而是秘密安顿在灵州城,因此与厉横山等黑蛟王势力中的头目只见过两三面,并不熟悉。只有这个人,元泓的目光落在慢吞吞走进来的贾掌柜身上。

这个贾万春是最近几年投靠黑蛟王的,南方人,据说早年还在南朝取得过功名。南朝覆灭后弃文从商,因为很有做生意的天赋,很快得到黑蛟王的重用,执掌他们销赃的据点——聚香堂,也奉命看顾吴澄母子,算是黑蛟王埋伏在灵州城的暗桩。

"小王爷！小王爷可记得我厉二叔？当年还陪着老王爷去看过你呢。小王爷是如何落入那姓陆的狗贼之手的，又为何会与他一起出现在仙客来呢？"

"是啊，小王爷定居灵州城一事极为隐秘，连众兄弟中都没几个知晓的，竟然会被官府突然抓捕。数月之前，老王爷若不是因为这个噩耗而心神大乱，又岂会误中那陆狗贼的奸计而……"说起旧恨，汪宴愤怒地捶了墙壁一拳。

二人满含期待地盯着元泓，可惜让他们失望了，元泓的表情迷茫中带着疑惑，又呆又愣："我……"

贾掌柜无奈开了口："我已问过了，小王爷什么都记不得了，多半是被朝廷的人动了手脚。"

元泓暗暗松了一口气，脸上继续做惊疑不定状，心里却大骂，都是陆天祈泄露身份带来的后患，而陆天祈会泄露身份都是因为小鱼儿这衰马，回去就把它卖掉！

厉横山盯着元泓，神情变幻，目光渐露狐疑之色。元泓心里咯噔一声。忽然汪晏一声惊叫："银花鼠！"说着快步走到桌前，伸手捏住正在胡吃海塞的豆沙后颈，拎了起来。

"这不是年初，三哥托老贾你送给小王爷的西域雪山异种，银花鼠吗？"

贾掌柜走上前，仔细打量着豆沙，点头道："确实是银花鼠，这是三爷年初收缴南海一条快船的时候查获的，据说是西洋异种，天生灵鼻，还能寻宝。三爷知它是个稀罕玩意儿，特意托我献给了小王爷解闷。"

汪晏看着元泓，眼中隐有泪光："想不到小王爷历经沧桑，还带着它。可惜三哥他，还有老王爷都被朝廷的狗贼给……"

元泓愣住了，豆沙的来历她在宫中也打听过，是婉妃出事前不久，她赐下的宠物，而来历是……西府军进贡的战利品之一。咦？难道就是陆天祈虏获吴澄之后弄来的？还真是一波三折啊！

西洋异种，天生灵鼻，还能寻宝？它只能寻吃的吧？看着拎在汪宴手里还不放开樱桃酥的吃货仓鼠，元泓无语。

"回想数月之前，一夕天变，不仅咱们在灵州城的产业被抄灭大半，连隐居的小王爷和夫人都失去消息，老王爷还有众兄弟都日夜难眠，心如火焚啊，偏偏西府那帮狗贼官兵追剿甚急……"被豆沙勾起了满肚子的辛酸，汪晏擦了擦眼角的泪光，声音颤抖着诉说着这大半年的艰难奔波，"……最终兄弟们伤亡殆尽，连老王爷都战死沙场，二十年基业灰飞烟灭，属下我本想着索性殉了老王爷和众兄弟，想不到苍天见怜，竟然让小王爷平安返回了。"他声音突然拔高，冲上前一把握住元泓的手，"小王爷，我汪老四

虽然年迈,但还有一腔热血、一颗忠心,一定要辅佐您继承老王爷遗愿,让咱们的黑蛟旗重新在东海扬起来。"

一番表白赤胆忠心,元泓都感动得快哭了,陆天祈,你再不来救人,我就要去当海盗头子了!

心急如焚的她当然没有注意到,听完汪晏的一番话,厉横山脸色隐隐变了,他咳嗽了一声,道:"恢复咱们黑蛟旗帜固然重要,但也要徐徐图之。"

"有小王爷在,自然一切由小王爷做主。还有蛟龙令也应该交由小王爷保管才对。"汪晏斩钉截铁地道。

房内有一瞬间的寂静。

元泓再迟钝,也察觉气氛不对劲儿了。蛟龙令?记得曾听陆天祈提起过,是黑蛟王统帅部属的令牌,黑蛟王势力最盛的时候,东海还有"蛟龙令出,真龙伏诛"的说法,可谓一令既出,群寇畏服,权势滔天,威震四海。

"小王爷年纪尚轻,况且官府那帮狗贼逼迫得紧,岂能让这么危险的东西留在小王爷身边?"厉横山断然反对。

"二哥此言差矣,蛟龙令是咱们东海黑蛟一脉的王权象征,自然要留在小王爷的手中才名正言顺,咱们虽是老王爷的兄弟,但更是他的臣子,当年我老汪身受老王爷大恩,可是一时一刻都不敢忘记的。"

厉横山脸上浮现怒色:"汪晏,你这话是什么意思?难不成是说我忘恩负义?"

"二哥的忠义,当年老王爷也是亲口称赞的,做弟弟的岂敢不敬?只是,蛟龙令关系重大,二哥这次坚持要用蛟龙令参加万宝东来,原本兄弟们就不同意,如今小王爷回来了,咱们拥戴小王爷,岂不比弃了这几十年的基业,寄人篱下强?"汪晏振振有词,真看不出面目憨厚的他口才竟然不差。

厉横山面容抽搐,带动脸上疤痕如毒虫一般蠕动不已:"蛟龙令虽然在我厉横山的手里,但我可没有独吞的意思,反而和和气气来跟你和贾先生共商大计。如今咱们黑蛟一脉势力四散,朝廷的狗贼又穷追不舍,将蛟龙令出手,是保得众兄弟平安的一条路,岂不比留在手中当靶子强?"

汪晏还要开口反驳,贾掌柜突然插嘴道:"老朽以为,厉二爷说得也有道理,蛟龙令虽是黑蛟一脉王权所在,但小王爷如今病体未愈,岂能骤然担此重任?暂且留在二爷手中,也可保得万全。"说着向汪晏使了个眼色。

厉横山这才脸色稍霁。汪晏压下怒气,勉强道:"也罢,距离万宝东来会期还有两日,小王爷舟车劳顿,正该好好休养,咱们做属下的也不应多打扰。"

待三人神态各异地告退而去，元泓总算松了一口气，静下心来，刚才厉横山和汪晏一番争执，时间虽短，透露出的信息却不少，厉横山想要用蛟龙令来参加万宝东来？拍卖的显然不只是一个令牌，而是整个黑蛟王的残余势力吧？

记得告捷奏章上说过，陆天祈剿灭黑蛟王之后，还部署了数支船队兵马围剿其残余势力，以免这帮恶匪重新聚众为患。只是东海水域广阔，海贼狡诈机警，一时难以奏效。眼下看来，是终于围剿得他们受不了，想要重新寻找一个靠山？而汪晏明显是反对者。这个聚香堂，还真是暗潮涌动啊！

只是，有谁敢跟朝廷对着干，收容这批势力呢？东海三大寇里的另外两寇？

想了大半天也摸不着头绪，反而是瞌睡虫逐渐上来，两天没合过眼的元泓终于支撑不住，反正靠自己也逃不出去，索性爬到床上，呼呼睡了起来。

这一觉直睡到下午，起床用过晚膳，一整天就这么过去了。直到郁儿带着几个小丫鬟进来点亮灯烛，元泓只能感叹，救援来得比想象中还要晚呢。

很快，她发现自己感叹得太早了，尤其之后两天软禁生活还在继续，她只能面无表情地"呵呵"了。

转眼已是身陷贼窟的第三天，如果不是每顿饭的脆饼里都会发现联络的绢帕，元泓真以为自己要改行当海盗头子了。

这两天里，汪晏和贾掌柜都私下来找过她。贾掌柜关心的是她的身体和病情，专门为她诊脉，并跟她谈起黑蛟王以往的事情，试图唤醒她的记忆，可惜是白费功夫。如果说贾掌柜的谈话就当是情报收集了，而汪晏的来访就只能让她头疼了，慷慨激昂地回忆黑蛟王创业之艰难，披荆斩棘，血洒疆场，畅想着在小王爷领导下，将来如何重现昔日辉煌，在他活灵活现的描述中，元泓甚至生出了"似乎当个海盗头子也不错"的念头。

直到第三天傍晚，贾掌柜三人联袂而来，连同数日不见的贺承挽，后面还带着数名侍女捧着衣物冠冕。而当先的朱红堆漆梅花托盘上，是一张眼熟的请柬。

"小王爷，今晚便是万宝东来举办之期，咱们得早些启程。"

万宝东来？兜兜转转了一圈，竟然还是要去参加万宝东来。伸手拿起请柬，熟练地掰开珍珠鱼嘴，龙飞凤舞的金漆大字映入眼中。

恭请蛟龙脉入宴。

蛟龙脉吗？

好吧，陆天祈，郑源，你们找不到朕，就让朕去万宝东来找你们算了。

新月当空,清风吹拂,波光粼粼的水面倒映着漫天星辰。

黑蛟号就在这如梦似幻的水天一色中乘风破浪,疾驰而过。

元泓站在甲板上,扶着栏杆遥望远方。海风挟着浓重的水汽吹拂到脸上,带着微微的刺痛感。黄昏时出海,一路向东已经走了足足两个时辰,谁能料到,大名鼎鼎的万宝东来竟然是在海上一处孤岛举行的。

"吱吱——"趴在元泓的掌心,豆沙拼命团起身体,湿润的空气让它银亮柔顺的皮毛暗淡了不少。

"喵——"一团黑影轻巧地跃上船舷,幽灵般往目标扑过去。

随着元泓一抬手,毛茸茸的猫爪只来得及抓住衣袖,黑猫"喵喵"叫唤着试图抱住元泓的胳膊。

赶紧将惊恐的豆沙塞进口袋里,元泓拎着黑猫后颈,提了起来。

"米粒儿,不得无礼。"贺承挽匆匆走上甲板,喝道。

"喵呜——"黑猫委屈地叫了一声,元泓松手,黑猫轻巧地跃上贺承挽的肩头。

"它可真听话!怎么驯养的?"

"驯养它的不是我,我遇到它的时候它就这么聪明了。也许是它以前主人的功劳吧。"

"以前的主人?"

"我遇到米粒儿完全是一场巧合。"贺承挽亲昵地摸了摸黑猫的小脑袋,笑道,"那时候我还是个海边小渔村的孤儿,每天靠着乞讨过日子,偶尔干点儿不上道的活儿。记得有一次肚子太饿,去一家店里顺手牵羊,刚好遇到它也在那家店里偷鱼被逮住,结果一人一猫都被打得半死。"

"死里逃生之后,我们就结伴过日子了。我们经常一起饿肚子,直到后来被主人看中,收入营中,教导武功……"

说起往事,贺承挽感慨万千。

海面上,不时有快船与黑蛟号擦肩而过,船头悬着金红的照夜琉璃灯,璀璨的光亮如疾飞的流星。

元泓目光落在黑蛟号船头一模一样的金灯上,问道:"那些也是去参加万宝东来的船只吗?"

"没错,这照夜琉璃灯是万宝东来的标志,若没有它,到了岛上,是无人接引的。而孤心岛虽小,通道千变万化,若无人引路,就算去过几次的熟人都难以摸清地形。"

"这么说来,邀请参加万宝东来,还会提前发放琉璃灯?"

第十章 万宝东来

"当然,荣华富贵楼可不是什么人都能进入的。"

"荣华富贵楼?"元泓皱眉,"好俗气的名字啊!"

"孤心岛上只有一个建筑物,就是此楼,本来叫孤心楼,只是万宝东来所邀请的贵宾,分为四个层次,分别是荣、华、富、贵,于是大家都习惯称它荣华富贵楼了。"

元泓来了兴致:"四个层次有什么不同吗?"

"其中荣字座第七十二家,均是当世坐拥巨资,一掷万金的豪商巨富;华字座第三十六家,都是传承多年的世族名门;再有富字座第十二家,这一层的倒不分豪商巨富还是名门世家了,只有一个要求,就是传承富贵十代以上的豪门。"

元泓悚然而惊,传承富贵十代以上,说起来简单,实际上整个天下都寥寥无几,民间俗语常说富不过三代,不仅在于富贵门第常有不肖子弟,更因为朝政更迭,世事变迁。大胤立国之前,中原诸国分立,战乱不断,多少豪门贵地烟消云散,传承十代以上者凤毛麟角。

"不过这一层的十二家,至今都没有坐满呢。"贺承挽补充道。

元泓点点头,又问道:"那最后一层呢?"

贺承挽微微一笑,带着些许自豪:"最高层的贵字座第,只有四家,除了代表灵州城的临川侯府之外,剩下三家,咱们黑蛟一脉就是其中之一。"

元泓一愣,立刻明白了,贵字座第四家,就是临川侯府再加东海三大寇。

临川侯府代表主办的灵州城,位列最高也就罢了,可这三大寇的实力和座次,竟然还在大胤无数名门世家之上。一念及此,元泓竟不知道该震惊还是震怒了。

名门世家、朝廷官府,竟然与海贼匪寇同席而坐,共襄盛举。若是以前,有人写成折子递到御前,她只会怒叱一声荒唐,而如今亲身经历了,感觉匪夷所思的同时,又似乎理所应当。

她试探着问道:"这么说来,三大寇的势力和灵州城之间……"

看出她的疑惑,贺承挽解释道:"咱们与官府虽然不对付,但这万宝东来却是例外,任何势力,不论你是混在天上的、地上的,还是海上的,都不能在这里动手。若坏了规矩,各方可群起而攻之。咱们黑蛟一脉,也是主办方之一,自然应该跟临川侯府平起平坐。"说完,又满是自信地一笑,"先不说每一届买入卖出的货物,若无咱们点头,岂有如今的灵州繁华。"

元泓恍悟:若没有和三大寇的协议,万宝东来岂敢在这孤悬海外的冷僻荒岛上举行。灵州城需要一个和平的环境,而三大寇日常劫掠,也需要一个销赃的机会。双方一拍即合,这万宝东来的背景,竟比她想象的更加复杂!转而又想到,黑蛟王一脉已经被歼灭殆尽，残余势力不过昔日十之二三。还有资格保持住贵字座第吗？尤其这一次在厉横山的坚持下，要把蛟龙令拍卖出去。昔日的黑蛟王，不过是明日黄花，万宝东来的贵字座第，只怕也要易主了吧？

贺承挽还在怀念往昔的荣光："……属下有幸曾跟随老王爷参加过两次万宝东来，气度恢宏，冠盖云集，实在让人眼花缭乱……"缓声说着，他脸上浮现几分落寞："属下是被老王爷收养的孤儿，从小蒙受栽培之恩，却不能跟兄弟们一起报效王爷，战死沙场，让黑蛟一脉沦落至此……万幸有小王爷脱离虎口，将来必能重振基业，报仇雪恨，名扬东海。"

对上他满怀期待的炽热目光，元泓不禁有点儿心虚，转而又想到陆天祈曾经跟他说过的故事，那姓王的商人一家，还有许许多多受害的无辜海商和百姓，立时又硬起心肠，黑蛟王一脉在三大寇中也是最凶残的，边疆将士浴血奋战才将其歼灭，岂能容他们死灰复燃！

暗暗下了决心，元泓开口探听道："可是咱们元气大伤，将来又要寄人篱下，要恢复实力只怕……"

"小王爷只管放心。汪四爷和贾先生早有筹备，就算厉二爷将蛟龙令拍卖出去也无妨，在真正忠于老王爷的兄弟眼中，小王爷是老王爷嫡亲血脉，胜过一万只蛟龙令。"

元泓大惊，汪宴他们要和厉横山分道扬镳？这样说来，参加万宝东来只怕也只是个幌子，为了借机出海逃走。

她眼神闪烁，问道："能成功吗？"

"除了少数厉二爷嫡系，兄弟们心都是向着老王爷的。"贺承挽自信满满地透露道，"贾先生原本就替老王爷主持灵州城内事务，万宝东来这边早已打通关节，而汪四爷也联络了旧部，提早守候在五十海里之外，接应咱们，再说，老王爷与临川侯的关系也……"

"承挽！"一声呼喝打断了贺承挽的话语，贾掌柜不知何时站到了两人身后。笑眯眯地拱手道："小王爷，海上风大，还是进舱里吧。前哨发现青鳞公和白宸侯的船了，想必不久就会有人前来拜访。"

青鳞公！白宸侯！东海三大寇中的另外两位！

未及说话，一艘大船冲破白雾，进入元泓的视线，船型细长，尾部高挑儿，也不知是什么材料所建，竟然通体青光闪烁，璀璨无比，几乎掩去了船头金红的照夜琉璃灯光。配着起伏柔婉的线条，远远看去，宛如一条浮动在水面上畅游的大青鱼。

青鱼船走得飞快，眨眼已到了元泓他们船只近旁。一道白光从船体落下，利剑般冲

着元泓他们的黑蛟号驶来。

元泓趴在船舷上俯身细看，是一艘设计奇妙的小船，通体浑圆，像是一只圆溜溜的鸡蛋。

"这是青鳞公的白鱼服，封闭出口，不仅在水面上行走飞快，更能潜入水下航行。是青鳞公成名的秘密武器。"贺承挽低声介绍道，神情严肃。

"鸡蛋"顶上开了一个小洞，一个人影钻了出来。黑蛟号的水手立刻放下吊篮，将来人迎入舱内。

元泓跟着贾掌柜进了船舱，厉横山、汪宴几人早已迎了上去。

"……听闻小王爷历劫归来，我家主公欣慰不已，特命送来少许礼物，聊表心意。"来人是个轩昂矫健的年轻男子，生得高鼻深目，神采非凡，尤其一双眼睛，竟然是罕见的冰蓝色，让人一见便心生寒意，整个人宛如一匹剽悍刚劲的冰原狼。

青鳞公麾下竟然有异国之人，元泓暗暗纳罕，面上却不敢显露。

使者身边就是带来的礼物，说是薄礼，却金灿灿地堆了半个屋子。

这种场合不用元泓这个失忆的"小王爷"出面，贾掌柜笑眯眯地说："青鳞公真是好灵通的消息啊。"

"哈，这东海地界发生的事儿，岂有能瞒得过我家公爷的。"来人神情自若地收下了贾掌柜的奉承。目光一扫，落在元泓身上，露出感兴趣的光芒："这位就是小王爷吧？果然仪表非凡、龙章凤姿！"

"不敢当。"元泓应付着客气道，"还请使者代我多谢公爷盛情。"

"此番前来，不仅是为探视小王爷，也是冒昧想问一句，听闻小王爷今日光临万宝东来，是要拍卖蛟龙令？此事当真？"客套过后，使者立刻开门见山，说明来意。

这个问题对黑蛟一脉却是个刺激，明晃晃昭示出今日的落魄和别人的觊觎。汪宴首先忍不住冷"哼"一声："难不成青鳞公也对咱们的蛟龙令有兴趣？可惜啊，咱们的令牌……"

"咳……"生怕汪宴说出什么无礼的话语，贾掌柜轻咳一声，打断道，"尊使既然问了，咱们也不好隐瞒，这蛟龙令确实有在万宝东来出手的意思。"

"东海滔滔，水波万里，这地界人物虽多，但能让我家主公放在眼中的却不多，黑蛟先王算得上其一。小王爷如此果断手笔，也非凡人啊。"得到明确答复，使者笑着赞道。

厉横山几人都皱起眉头，这话语明着是捧，但仔细品味，竟像是将黑蛟王放在随意品评的地位上一般，不自觉地居高临下了。只是如今黑蛟一脉式微，青鳞公势力庞大，这点儿不满也只能忍了。

元泓应付道:"承蒙阁下称赞了。"

"小王爷不必客气,说不定将来大家有机会在一条船上共事。"

这话说得直白又张狂,连元泓都皱起眉头。

贾掌柜笑道:"尊使客气了,既然是万宝东来,当然要遵从拍卖会的规矩,价高者得之。到时候花落谁家,还是未知之数。"

"是啊,若公爷银钱不够,不如将这些金银带着,也免得到时候囊中羞涩。"元泓指着使者带来的一堆礼物,好心补充道。

厉横山和贾掌柜倒是罢了,汪晏忍不住笑出声来。

被轻轻讽刺一句,使者毫无愠色,笑道:"小王爷伶牙俐齿,倒是让人意外啊。无妨,山高水长,咱们迟早有再见面的机会。"

厉横山几人面色不好看,贾掌柜倒是依然热情有礼,直到客客气气送走了使者。

总算走了,元泓松了一口气。被那人冰蓝色的眼睛盯着,真有种被野兽盯上的感觉。只是回味他方才话中口气,青鳞公似乎对蛟龙令势在必得啊。可这次拍卖令牌,只是个幌子,若真被青鳞公买去,发现所得并非预料中丰厚,到时候……算了,操心那么多干啥,都要走人了。

"哼,青鳞公的人好大的架子。"汪晏冲着海面吐了口唾沫,"派了个毛头小子来见我们,竟然也敢在小王爷面前不跪,还有送来这些东西,是打赏奴才不成?"

"青鳞公会派人前来,只怕也是试探我等如今的实力。"贾掌柜眯起眼睛。

元泓望着逐渐远去的白鱼服,在暗夜的海面上,如一只游动的夜明珠,灵活快捷。

"这船真能潜行水下吗?"

"当然能,虽然时间不长,但在海战之上往往能攻其不备,收奇兵之效,若非依仗着它,青鳞公也不可能在短短数年内势力大涨,晋升咱们东海三强之一。当年老王爷与青鳞公开战,可是吃过此物的大亏。"贾掌柜解释道。

"哼,这些鸟卵子,老子迟早将他们都碾成粉末扔到海里喂鲨鱼。"汪晏脸色一沉,当年那一战,损失最惨的就是担任先锋的他。

难怪刚才一上船,汪晏几个就对使者没有好脸色,原来在人家手底下吃过败仗啊!元泓恍然大悟,看着远去的小船,她不禁感慨,这世界果然很大很奇妙,竟然还有这样巧夺天工的船只,也不知大胤的水军工坊能否仿制得出来。

凭栏而观,隔着越发浓厚的白雾,隐约可见一艘巨船,虽不及青鳞公的座驾光鲜华美,却更显神秘幽深,一如它的主人,三大寇之中最神秘低调的白宸侯。

第十章 万宝东来

不久，又有一艘小艇接近，这次是白宸侯的使臣，同样送了一堆金银珠宝过来。来使倒是客气，简单慰问两句就告辞了。

"白宸侯素来低调，就算真打主意，也绝不会当面宣之于口的。"对元泓的疑惑，贺承挽解释道。

两场短暂的相遇过去，元泓暗暗为两寇的实力心惊，而厉横山等人也陷入沉默。看看人家的两艘大船，再看看他们如今的黑蛟号，虽然也称得上豪华坚固，虽然也带着两艘护卫舰，但比之前者，宛如云泥之别，明晃晃昭示出两者之间巨大的实力差距。

"可惜那一战，咱们真正的黑蛟号跟着老王爷一起殉了。"汪晏喃喃道，又冲着墙壁狠狠捶了一拳，"都是那姓陆的狗贼……"

继续走了小半个时辰，黑蛟号连同两艘护卫舰终于抵达孤心岛。

望着眼前黑漆漆、光秃秃的孤岛荒山，元泓满是好奇。传说中繁华鼎盛、冠盖云集的万宝东来就是在这片荒山野岭上举行？

逼近孤岛，海风渐急，波涛汹涌，水浪扑打在船舷上澎湃作响，不时有凉凉的水花拍上甲板，带着大海的腥气扑湿了衣衫。

顺着风浪，黑蛟号速度也越来越快。

等等，前面是悬崖啊！

站在船头的元泓大惊失色，高耸入云的悬崖巨石迎着疾速行驶的黑蛟号扑面而来，带着让人窒息的压迫感。

元泓几乎尖叫出声，却见黑蛟号变戏法一般冲过巨石，挟着万顷白浪闯进了一个神奇的世界。

伸手不见五指的暗夜在一瞬间褪去，整个天地间满是华灯璀璨，明珠耀目，人声鼎沸，舟影如织。

她是闯进了神话中的云麓天宫，还是进入了传说中的海市蜃楼？

入目处是一片碧波万顷的大湖，黑蛟号，还有上百艘船只或散落在湖面上，或停靠在码头边。无尽的水波倒映着天上明月，船行水上，竟让人生出一种行在天上的错觉。

而湖的四周散布着礁石沙滩，暗夜下竟然闪烁着点点星芒，随着波浪翻涌跃动，绮丽难言，难不成真是天上的星辰落在了湖边上？来装点这壮丽难言的美景？

回首看向来处，又有数艘快船，接二连三穿过山壁，进入湖中，原来山壁上有一条隐秘的裂缝，日常被海浪白雾缭绕，肉眼难辨。通过裂缝，就进了孤心岛内这天然形成的数百顷的内湖里。

"难怪叫孤心岛,原来是一座空心岛。"元泓喃喃道。

旁边贺承挽笑出声来:"第一次来这里,属下也觉得大开眼界呢。"

贾掌柜也来到了甲板上,笑道:"这座岛的秘密还是几十年前,一艘出海打鱼的渔船遭遇风浪,贴近孤岛闪避的时候,凑巧被卷入了裂隙,这才发现这荒僻的孤岛内竟然另藏玄机。消息传开后,经常有渔民将此地当作避风的中转港,直到十多年前,灵州城十三大巨商组成的商业联合会,在官府的主持下,与东海各大势力会盟,共守和平,商贸往来,并每年举行一次万宝东来,为保公平,便将地点设在了这座孤岛上。"

说话的工夫,黑蛟号逐渐靠近码头,元泓四面观望,目不暇接。

怎样的造化天工,才能穿凿出这样神奇华美的天地美景!

岛中藏湖,湖中映月,月映船影,影中星动……"咦,那些星星会动?"元泓惊叫一声,指着岸边那不停闪动游走的蓝色星辰。

贺承挽解释道:"那是东海特产的蓝晶水母!天生发出蓝光,夜间尤其清晰,因为这岛内风平浪静,很适宜这种水母生长,就成了一道美景。"

"不仅是一道美景,更是一道美味。"贾掌柜笑眯眯地补充道,"万宝东来的冰镇蓝晶,就是以蓝晶水母为食材,味道鲜美无比,小王爷待会儿可一定要尝尝。"

元泓看了他一眼,贾掌柜圆圆的脸上满是和煦的笑意。

她转过头,视线抬高,四面环绕的宏伟山壁中透出点点光芒。

这就是荣华富贵楼!这哪里是一座楼,明明是整个一座山啊!

是岛内的山壁经风浪多年侵蚀,早已形成了中空的溶洞,再加以人工开凿装饰,终于成就了这"海上出奇楼,天然去雕饰"的奇景。

黑蛟号稳稳当当停靠在码头边,立刻有青衣侍从跃上船头,凌空将船头的照夜琉璃灯取下,依照规矩查看过名号,行礼道:"厉二爷,汪四爷,贾掌柜,诸位大驾光临,鄙楼蓬荜生辉。"

贾掌柜熟稔地笑道:"来了数次,荣华富贵楼的规矩还是这般严整啊。"

趁着贾掌柜与接引使者交接的工夫,元泓东张西望,一个意外的声音响起:"你这个狗奴才,知道我们李家是什么人家吗?岂能跟那些凡俗人家一起并列华字座第,怎么也应该是富字座第才对……"

是一艘刚刚靠岸的船只,正停在黑蛟号旁边,似乎与接引使者起了冲突。

面对宾客刁难,青衣侍从倒是一派淡然:"贵客请息怒,荣华富贵楼四大座第房间是按规矩排列,我等下人不敢妄自做主。"

"那就让能做主的人来。"话音未落,船舱中走出一个青年男子,眉目俊朗中透着

阴沉,一身墨绿云缎长袍上绣着大朵的金线菊,手里摇着一把泥金折扇,浑然不顾天气已冷,一边漫不经心地摇着,一边冷冷地看着青衣侍从:"难不成是觉得咱们津川李家不够格?"

津川李氏……元泓一怔,这个称号她格外熟悉。因为津川李氏的嫡长女,正是内定的未来大胤皇后,她未来的妻子。

管事也跟着喝骂道:"没长眼睛的狗奴才,你可知道,这一趟我们李家五爷亲自来这里,是为了谁挑选奇珍异宝?是为了我们家大小姐挑选嫁妆的!告诉你,就算临川侯爷在这里,也不敢这么怠慢我们。别说富字座第了,就算是第一等的贵字座第,我们也使得……"

正僵持着,一个中年锦衣男子快步迎了出来,还未上船,就长笑一声:"我还道是谁,原来是李五爷到了。"

"原来是窦管事,不知你们家侯爷近来可好?"李五爷摇了摇扇子,故作潇洒地问道,仿佛跟临川侯很是熟稔。

窦管事笑道:"承蒙李五爷挂念,侯爷自然是极好的。"

"我可是先说好了,我们李家在这华字座第上也有些年头儿了,也该挪挪地方了,更何况我这次是来给大侄女挑选嫁妆的,自然要看得一清二楚,可不能走了眼,挑些二流的东西带进去让人笑话啊!"一边说着,他合起折扇敲了敲窦管事的胸膛,露出一个"你懂的"的微笑,"听说今年溧川白家的位置从荣字座第升到华字座第了,唉,不过是个三等伯,再怎么论,我们李家如今的位置,也不能和这些不入流的家族并列啊。"

元泓皱起了眉头,溧川白家正是白妃的母家,年前因为捐助水利有功,太后赐下一个三等伯的爵位。这李五爷何必专门将白家拿出来讲。难不成是因为之前宫中传出白妃得宠的谣言……

"这……五爷见谅啊,咱们楼里的位置有限。"

"哎,你可别搪塞我,远的不说,谁不知道,你们楼里的富字座第空着好些间。"那李五爷得意地一笑,"而且,远的不说,最近的顾家刚刚抄灭满门,难不成还能来这万宝东来?他们家本就穷酸,竟然也敢占着富字座第,只是贻笑大方,幸而今上英明,将这帮居心叵测的奸妃乱党满门抄灭……"

元泓勃然色变,顾家正是婉妃的母家。这个李五爷先提白家,又论顾家,攀比之心昭然若揭,他津川李氏又算什么。五代之前还是商贩出身,不过当年投靠先帝,立下些微功劳,得了个二等伯的爵位,如今的族长也不过担任津川知府,兼任安北营统领,在大胤权贵中并不起眼儿,要说什么出众的,也只是他们家的贞节牌坊比别家多几块。难道母后会给自己定下李家女儿为后，就是看中了李氏女出名的温婉恭顺，知礼守节？

"小王爷，怎么了？"贺承挽察觉元泓脸色有异，问道。

"无事……"元泓摇摇头，重新打起精神。难得出宫一趟，别再想那些烦心事了。

接引侍从验明诸人身份，领着他们下了船，往岩洞走去。

元泓跟着众人加快脚步，进了山道，很快后方的声音便听不到了。

"他真的这么说？"满地珠光宝气环绕中，一个身材高大的男子扔下拳头大的夜明珠，转过身来。

气度英伟，仪表堂堂，正是孤心岛的主人，临川侯沈崇阳。他正在珍宝阁，查看即将上台的拍卖品。

"属下岂敢妄言。"窦管事恭敬地回道。

"哼，李家的一个小字辈，以前在我面前连大气都不敢喘的，不过仗着太后给他们几分好脸色，就敢这么自抬身价。一个皇后罢了。"沈崇阳接过旁边侍从递上的丝巾，擦了擦手，漫不经心的语调带着森冷的寒意。

沈崇阳少年时曾为先帝近身侍卫，后又为大将，领兵征战沙场，经历血战无数。这世袭一等侯的爵位，可是真刀实枪鏖战拼杀出来的，自然看不上这些文臣新宠。

多年征战养成的杀气，再加上这些年执掌大权的威势，一旦动怒，一种无形的压迫感四散开来，连满目奇珍异宝的光芒都暗淡了下来。珍宝阁内一众侍从纷纷低头屏息。

"侯爷息怒。"窦管事躬身劝道，长久跟随主人的他自然明白，临川侯的愤怒，不仅是因为李家坏了规矩，更是李家有意无意地将临川侯府也踩了一脚——白妃出身的溧川白家不配和李家并列，那沈充仪出身的临川侯府呢？

"罢了，跳梁小丑而已，不必理会。剩下的拍卖品你们仔细验看编号，拍卖会马上就要开始了，别出差错。"吩咐了珍宝阁内的侍从几句，沈崇阳起身向外走去，窦管事连忙跟上。

"海上的事情安排得怎么样了？"虽然阁内无一不是他的亲信，沈崇阳还是压低了声音。

窦管事心里一颤，也低声回道："都已经安排好了。"

"西府军那边还没探听到动向吗？"

"属下无能……"

"好一个陆天祈。"沈崇阳眸中闪烁一道冷光，"你不仁，就别怪我心狠了。"

天然岩洞高十余丈,整齐的青玉石级向上延伸,每隔十余步,洞顶就嵌着一盏古拙的青铜兽头灯台,火光绰约,石阶生辉,行走其中宛如进了神话中的幽深古国,似虚似幻。便是厉横山这种莽夫,脚步都不免放轻了几分。

走了片刻,石级七拐八转到了尽头,眼前是一处十余丈宽的平台,青衣侍从带着众人在一扇门前停下脚步。

那是一扇高大的金丝楠木大门,嵌在怪石嶙峋的溶洞中,赤红铜皮在火光映照下反射出晶红色的光芒。

真像是话本小说里的妖怪洞府!元泓暗暗想着。想到不久就能见到陆天祈他们了,她连日紧绷的心情也放松了不少。

"贵字座第丁字号房到了,诸位贵客请入内休息吧。"侍从将房门打开。

房内陈设绮丽奢华,脚下是轻软的波斯地毯,绣着大朵的金线牡丹,松鹤延年灯台上燃着长明的烛火,耳边传来水流叮咚声,清新水汽混着灯中燃香扑鼻而来,元泓嗅了嗅,似乎是江南贡品的百合珍珠香。宫中丽妃就格外喜欢此香。

正厅宽阔明朗,四壁上绮丽的飞天壁画是能工巧匠沿着天然石纹雕饰而成,别出心裁。只有正对面的山壁挖空了大半,镶着半人高的银白缠花护栏,护栏边陈设着红木桌椅。

透过山壁空洞远远望去,是一处巨大中空的溶洞,四面水流环绕,中间浮动一块巨石高台,倒映着燃烧的火把,静夜流光,美不胜收。

巨石之上人影绰绰,看来拍卖会就要开始了。

"厉二爷,汪四爷,诸位可下定决心,将蛟龙令拍出?"不久,一个锦衣管事来到房内,与贾掌柜几人商量蛟龙令拍卖的事情。

元泓对此全无兴趣,可身为小王爷的责任还得尽一下。厉横山三人商议片刻,一本正经地拱手道:"小王爷,众兄弟都同意出售令牌。小王爷可有异议?"

你们不是早就决定好了吗?元泓无所谓地点头道:"就依诸位叔伯前辈的意见吧。"

"诸位爽快,蛟龙令既然拍卖,就是咱们这一届万宝东来的压轴,不知烦劳哪位爷带着令牌去珍宝阁走一趟?"锦衣管事笑道。

厉横山扫了一眼,冷"哼"一声:"我一个人过去只怕几位兄弟也不放心,干脆大家一起过去算了。"

贾掌柜笑道:"拍卖就要开始了。小王爷未曾来过这里,好歹要见识一番。就让承挽服侍小王爷在此观赏,咱们三人走一趟珍宝阁吧。"

元泓连连点头,她还等着这三尊大神离开后,找机会溜走去找陆天祈呢。只剩下贺

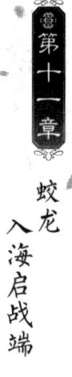

承挽一个人，好对付多了。

眼见众人都无异议，锦衣管事带着三人离开了。

巨石上"啪"的一声响动，一枚火星蹿上天空，猛地炸开，散落无数星子，明灭闪烁，飘摇落下。

万宝东来终于开始了！

元泓坐到桌前，兴致勃勃地看向巨石高台。

一个身穿金丝绣百蝶穿花大红长裙的美貌女子跃上高台，紧身长裙勾勒出火辣诱人的身材，袒露的手臂和若隐若现的小腿如雪玉般诱人。

从她一跃而上的动作，元泓就知道此女必然武功上佳。也不知临川侯从哪里寻来了这种才貌双全的尤物。

红衣女子的声音柔媚而极具穿透力，简短的开场白之后，拍卖会正式开始。青衣侍从捧着托盘走上高台。红衣女子将托盘上的玉匣打开，朦胧的珠光逸散开来。

夜明珠吗？不对，夜明珠没有这样雾蒙蒙的光亮。

"这是产自东海的洄梦珠，由蜃贝孕育百年以上，方能得此一颗。传说中只要将此珠放置床头，便可以做最甜美的梦，可以在梦中实现任何心愿……"

"真的假的？"元泓忍不住道。

"这种珠子很罕见，只怕也没人尝试过。"侍立在身后的贺承挽道，"不过无论真假，都只是梦幻而已，有什么用处呢？中看不中用罢了。"

元泓摇头道："梦境从来都是人力难以操纵的，更何况，有些梦想，穷尽一生一世也难完成，若真有此物，也算聊以安慰了。"

贺承挽笑道："小王爷若是喜欢，就出价好了，留着日后玩赏也不错。"

瘦死的骆驼比马大啊，看来黑蛟王一系还留着不少家底。可惜她人都要走了，哪里会去买什么珠子。"算了，又没有大用处。"元泓摆手道。

石台上，红衣女子介绍完货物，各方来客开始出价。

万宝东来的出价不同于普通拍卖会的喧嚣叫嚷，格外古典别致。看中货物的买家，将自己开出的价格写在白绢上，放入早已备好的莲花灯内。岩洞内四层高楼，上百间客房，都有水道通往高台。只要把莲花灯盏放入水道，就会自动沿着溪流涓涓漂到高台前。

不久，十几盏莲花灯从不同的房间水道漂出，水雾缭绕，如梦似幻。

元泓看得大为赞叹，一场市侩的拍卖会，竟大有古人曲水流觞之古雅情趣。

石台边早有手脚麻利的青衣侍从将莲花灯打捞收齐，交给锦衣管事逐一打开。

最终红衣女子高声宣布："泂梦珠，贵字层乙号客房。"

一锤定音，泂梦珠被端了下去，同时第二件拍卖品送上高台。红衣女子清丽的声音继续响起："南洋异宝，丹晶屏风，此屏风由南洋吞火国工匠大师用一整块丹晶精心雕琢，纹理天然……"

元泓目光投向左侧，贵字层乙号客房？若是别的楼层尚且分不清楚，但贵字层只有四家而已，出手的是临川侯、青鳞公，还是那东海三大寇之中最神秘的白宸侯？

陆天祈他们应该在临川侯那一间吧？进门前元泓特意看过路径，贵字层的四处客房应该相隔不远。怎么支开贺承挽，去找他们会合呢？又如何避开门外的侍卫？

正思量着，大门打开，一队眉目娟秀的侍女手捧托盘，鱼贯而入。

这个女孩……元泓眼前一亮，死死盯着走在最前面的女孩。

侍女将饭菜放下，纷纷退了出去，只留下领头的那个女孩摆放佳肴美酒，一边柔声介绍道："这是楼内特制的海鲜菜肴和葡萄美酒，请贵客品尝。"

看着她忙碌的背影，一个大胆的想法瞬间蹿入脑海。元泓转头道："承挽，你去珍宝阁，请汪四叔和贾先生来一趟。"

"啊？"贺承挽一愣。

"我有重要的事情想要跟贾先生他们商议。"她一本正经地道，"咱们的令牌是排在最后拍卖，耽搁不了多少时间。"

难道是小王爷改变了主意，不想拍卖令牌了？贺承挽诧异，但见元泓神色郑重，时间紧迫，也来不及多想，连忙道："属下遵命。"

待他离开，元泓神情松懈下来，对着侍女笑道："久闻东海奇珍，味道鲜美，不知道哪样最好吃，不如姐姐来替我介绍一下。"

侍女十五六岁年纪，容貌甜美娇俏，婉转一笑，便指着一盘盘珍馐开口道："这是东海的霸王乌贼丸，配着南方的星萝果熬制，汤味鲜美十足；这是冰镇蓝晶，就是用咱们孤心岛特产的蓝晶水母配合沙冰制成，鲜嫩爽口；这一道……"见元泓神色温和，她也越发热情起来，介绍完菜品，又端起酒壶，替元泓倒了一杯酒，递到面前，娇笑道："这是西域运来的三十年分的葡萄佳酿，是王廷特供，早已冰镇好了的。纵然贵人出身不凡，只怕在外面等闲也品尝不到呢。"

元泓含笑欲接，却在侍女满含期待的目光中，手一颤，"哐啷"一声，酒洒了。

殷红的葡萄酒浸染了华服下襟，连同华美的银皮短靴都染红了一大片。

元泓顿时变了脸色，站起来跺脚怒喝道："蠢货，连个杯子都拿不稳。"

侍女惶恐颤抖，连忙跪下："是奴婢不慎，请公子恕罪。容奴婢再为公子斟一杯……"

第十一章 蛟龙入海启战端

"先给我擦干净！"

侍女连忙取出绢帕，跪在地上，为元泓擦鞋子。正擦得入神，忽觉头上一阵剧痛传来，眼前一黑，就不省人事了。

眼看侍女歪倒在地上，元泓松了一口气，将顺手摸来的花瓶轻轻放回旁边花架上。

岩洞甚是宽大，后方还用屏风隔开了一个休息室，陈着香木榻，悬着琉璃镜。

将晕倒的侍女拖到屏风后面，元泓立刻动手，三下五除二脱掉了侍女的粉红长裙，换了上去。

撕下易容面具，对着镜子，看着自己多日未见的脸庞，果然没错，刚刚小侍女一进门她就注意到了，不仅身形，连容貌都与自己有三四分相似。

以最快的速度将衣服换好，束上金珠发冠，眼看着仪容没什么破绽了。元泓将面具塞进怀里，准备离开。

看着躺在地上的小侍女，这样让一个小姑娘半赤裸地躺在地上似乎不太好啊。元泓又七手八脚地将自己的衣服给她穿上。贺承挽他们一检查就知道是被打晕了，想必不会多为难她。

一切收拾整齐，元泓快步来到桌旁，将剩下的半壶酒放到托盘上。

"下面是第十三件拍卖品，西域特产的天魔惑心香，此香是西域车世国皇室特用的……"

外面的拍卖会还在继续，元泓深吸一口气，托着酒壶向外走去。这还是在宫中假扮小栗子得来的经验，只要应付过门外的侍卫，找到另外三间贵字房，以送酒的名义入内探查，必能见到陆天祈他们。只是不知自己这样一身装扮出现在陆天祈面前，他会是什么表情？

走到门口正要推门，门突然开了！

不是吧！贺承挽这么快就回来了？元泓大惊，继而一愣，出现在门口的不是贺承挽，也不是汪宴和贾掌柜，竟然是厉横山。

这家伙回来干什么？

闪身进了房内，厉横山目光一扫，落在元泓手中的酒壶上。

元泓心虚地后退一步，糟了！小侍女还躺在屏风后面呢。转头望去，锦鲤戏水的湘绣屏风后，正露出半条小腿。

元泓顿时惊得魂飞魄散，脑海"嗡"的一声，空白一片，这下怎么解释？

"任务完成了？干得好。"厉横山却面露喜色，大为称赞。

咦？这是什么情况？元泓只觉得自己脑筋反应不过来了。

厉横山没有注意她的纠结，快步走到屏风后，看着趴在地上的小侍女，他冷笑一声："婊子养出的小畜生，死在官府手里也就罢了，竟然还敢来坏我的好事。少不得送你去跟你那倒霉短命的爹相会了。"

轰天巨雷劈下来，元泓瞬间醒悟，他要杀自己！

现在他好像把小侍女当成自己了？毕竟换了衣服，小侍女又脸面朝下，黑发披散。

回想起刚才厉横山落在酒壶上的那一眼，元泓盯着手中的酒壶，难道，这酒……有毒？

难道他一开始就买通了这荣华富贵楼的侍女，要给小王爷下毒？

可是他为什么没有认出自己是个冒牌货？自己与这侍女虽有三分相似，但完全是两个人啊！

"汪老四那废物，还想着带着你逃去东海，自立门户，做梦吧，也不想想自己手底下还有几条船，几个人！"厉横山嘴里骂骂咧咧，一边从怀中掏出一个小瓷瓶，拔出瓶塞，往下一倒。

银丝般的水线落到小侍女后背上，"刺刺刺！"刺耳的声音响起，元泓看到了只会在噩梦中出现的恐怖情景。

从后背开始，小侍女整个人就像是夏天烈日下的冰雕般迅速融化了。元泓只觉胃里一片翻涌，连忙转过脸去，依然有焦臭的气味萦绕在鼻端，她只能竭力把注意力放到外面拍卖会的声音上，才压住了呕吐的冲动。

"……下面是第十六件拍卖品，雪玉冰洁扇，由江南观世坊大匠师所制作，扇面用雪蚕丝织就十二朵国色天香，内中镶嵌十二枚冰晶。夏日酷暑，微微扇动，凉风自起，随身携带，不生汗津……"

"还愣着干什么？过来把这里弄干净！"直到一声呼喝唤回了元泓的注意力。

是厉横山正冷冷看着她，指着地上一摊黄水吩咐道。

不过片刻时间，一个如花似玉的女孩子就彻底从这个世界消失了。元泓浑身一颤，在威逼的目光中，也只能拿起墙角的工具，缓慢清扫起来。

就在为怎么脱身而绞尽脑汁的时候，门又一次开了。

一个穿深褐色长衫的中年男子进了房内，目光落在屏风后。隔着一层半透明的屏风，他看不清楚元泓的容貌，却依稀能分辨出收拾清扫的动作，不禁大笑道："恭喜厉二爷，扫除了心腹大患。"

厉横山快步迎上去，语气出乎预料地恭敬："哈，窦管事说笑了，都是托侯爷的洪福啊。"

那窦管事又笑道："玉奴，你又立了一功，回去禀报侯爷给你赏赐。"

元泓一愣。这句话是对她说的，玉奴，是这个女孩的名字吗？

"原来此女就是怜香惜玉四奴之一。早就听说侯爷身边四奴都是绝色，且精通易容、毒药等各种绝技。"厉横山口气满是欣羡。

"侯爷闲来无事，调教的小玩意儿罢了。"窦管事笑道。

好在两人并未继续谈论玉奴，也没有绕过屏风，就在厅内攀谈起来。

"厉二爷想必也知道，我们侯爷一直很欣赏你。之前就说过，这些年，吴海生办事越来越嚣张跋扈，不知深浅，反而是二爷你识时务、懂大局，是有大前途的人。如今果然应验了。"

元泓从屏风缝隙偷眼瞧着，这窦管事不就是刚才在港口安抚李家的那人吗？似乎是这荣华富贵楼的管事。他口中说的侯爷……是临川侯？！元泓心脏狂跳，好像听到了不得了的事情。

厉横山恭维道："侯爷栽培之恩，属下可是一直铭感五内啊。从今年起，黑蛟船队和临川侯府的盟约不变，海上的生意，依然是五五分账。只要侯爷肯继续支持咱们黑蛟家……"

窦管事却竖起一根指头摇了摇，笑眯眯地道："五五分账那可是老皇历了。当年吴海生合作会盟，才有了五五分账的协议，如今东海的局势一日千变，侯爷的压力也很大啊。"

厉横山脸色变了："这……窦管事明鉴啊，如今我们船队折损严重，十不存一，招募人手，打造新船，都需钱财。五五分账已经是极限了啊。"他面上恭谨，心中不禁暗骂，临川侯的势力只不过是提供一些船队肥羊的航路情报，再就是协助销赃而已，以临川侯在灵州城的权势，不过举手之劳，就能平白拿走他们拼杀流血换来的战利品的一半。更别说，借着他们黑蛟王一脉的黑手，这些年临川侯铲除了多少生意上的竞争对手，这些潜在的利益就非金银现货可比。

窦管事摸了摸小胡子，冷"哼"一声："别忘了你们如今可是朝廷的通缉要犯，朝中军中都风声正紧，保下你们，咱们侯爷也是担了大风险的。唉，这都是吴海生这厮不知收敛，行事歹毒引起的，也难怪朝廷要赶尽杀绝。"

厉横山额头青筋暴起，黑蛟王一系劫掠海上一向赶尽杀绝，不留活口，一半是因为自己贪婪，另一半还不是为了他临川侯剪除异己，如今反倒都成了他们的罪责了。

眼见厉横山脸色铁青，窦管事忽然话锋一转，叹道："不过对于厉二爷你们如今的处境，我们侯爷也是心知肚明，甚至感同身受啊。"

厉横山一愣。

窦管事继续叹道："唉，厉二爷，你们只道在海上风浪凶险，杀劫重重，却不知侯爷在朝中的步履维艰，说实话吧，这几年来，朝中弹劾侯爷的可着实不少。全仗着太后和皇上英明神武，皇恩浩荡，没有听信那些奸佞之辈的非议，可小人说得多了，纵然太后和皇上圣明，只怕也要……"

厉横山脸色变幻："侯爷权倾朝野，又手腕了得，些许宵小之辈岂能撼动侯爷的地位。"

"这灵州地界没有，可不代表咱大胤朝没有。日前，西府振威将军陆天祈来到灵州的事儿，想必你们也知道。"

厉横山目露凶光："陆天祈是我黑蛟一脉的生死血仇，哼，要不是事态紧急，老子恨不得将他一刀两断。"

"那他来此的目的，你们可知道？"

"这……请先生赐教。"

"陆将军微服来到灵州城，行事低调，却在当夜突然闯入官府，调动了守备兵马，全城戒严，至今五千精锐守军，都还掌握在他手中，"窦管事声音沉稳有力，"而就在昨天，根据侯爷埋伏在梧州的秘密探子回报，西府军水军大营有三十艘战船趁夜出发，目的似乎就是咱们灵州城。唉，少年英才，动如猛虎搏兔，不可不防啊。"

这一连串的消息让厉横山心神俱震，方寸大乱："难道说……他是要……"

"当初，是侯爷提供了假的路线海图给西府军，才保下你厉二爷手中的大半兵力，此事虽然隐秘，但也不是完全不露痕迹，如今陆天祈在东海的势力扩张迅速，只怕……"窦管事摇头叹息，"你们都是朝廷捉拿的要犯，现在却齐聚万宝东来，虽然咱们之间有协议，有交情，不会泄露你们的行踪，但……"

两个未出口的转折，将双方的利益拴在一起。厉横山心念陡转，迅速算计着其中的得失。窦管事话中的意思他完全明白，然而陆天祈为朝廷要员，若出手击杀，必会引来朝廷赶尽杀绝，岂非得不偿失。更何况，他也没有表面上那么仇恨陆天祈，他早有反意，只是碍于黑蛟王权威，不敢妄动，西府军剿灭黑蛟王，反而给了他自立门户的机会。

见厉横山游移不定，窦管事索性直接提醒道："听说汪四爷，还有贺承挽等人，对陆天祈恨之入骨，数次提出要行刺他。"

"侯爷的意思是……"厉横山眼睛一亮。

"陆将军天纵英才，可惜太过轻敌，孤身出海刺探敌情，不幸遇到流窜在外的黑蛟王残党，血战一场，不幸牺牲。闻讯赶来支援的临川侯只来得及将黑蛟王残党彻底剿灭，却终究晚了一步啊。"窦管事神情黯然，叹息道，"从此东海之上，再也没有了黑蛟王的旗号，我大胤也折了一个名将奇才。"

"这……"事情太过重大，饶是厉横山一辈子杀伐决断，一时也难下决心。

见他还在犹豫，窦管事再下一剂猛药："外面已经备好船只，万宝东来之后，陆天祈就要出发，名为返航，实则是要北上会合西府水军。一旦让蛟龙入海，得其势力，你我只怕都要成为这风雨之下的祭品了。厉二爷觉得，他是会先剿灭黑蛟王的残党，还是会先彻查这灵州城的底细呢？"

厉横山脸色变了，他担忧刺杀陆天祈会不会引来朝廷的追杀，可代表朝廷的陆天祈却没有这些顾忌，对黑蛟王残党，他是必定赶尽杀绝的。

"陆天祈孤身在此，西府水军尚在千里之外，正是千载难逢的时机。只有保得灵州城风雨太平，咱们两家合作的生意才能长久啊！"窦管事刻意压低了声音，"若这次能成功，按照和赤胆海蛇的新规矩，侯爷愿意再让两成利给厉二爷，咱们三七分账。"

赤胆海蛇是厉横山没有归顺黑蛟王之前自立的名号。乍闻旧称，厉横山心神颤动，若能借着汪晏的手除去陆天祈，等于同时除掉了心腹之患和头顶大敌，没了黑蛟王的名号，大不了再立个新旗帜啊！综合了利益与风险，他终于咬牙道："陆天祈是黑蛟一脉的生死大敌，侯爷的恩德岂能不报。只是此事关系太大，属下要亲自与侯爷一谈！"

这个要求也在情理之中，窦管事点头应允："好，侯爷早已在珍宝阁等你了。"

两人离开房间。

扔下手里的抹布，元泓虚脱一般松了口气，旋即又紧张起来。

该死的临川侯，竟然胆敢勾结盗匪，劫掠海上，还伪造线索，谎报军情，如今又要行刺朝廷命官。每一条可都是杀头灭族的大罪！

原本还想着找到陆天祈就可以脱险了，可事态急转直下，不仅自己，连陆天祈竟然也在危险之中，这下子怎么办？听那个窦管事的说法，他马上要整装出发，接应西府水军了。

临川侯是想要利用外围黑蛟王的船队伏击陆天祈，记得贺承挽说过，这些船队是接应自己这个小王爷的。

那么……元泓咬咬牙，捡起了跌落在地上的白玉冠冕，换下了刚刚戴上的金珠花冠。又掏出易容面具，小心翼翼地粘在脸上。

可是衣服怎么办？镜子中倒映出穿着一身俏丽女装的小王爷，元泓犯了愁。外套已经跟着刚才倒霉的小侍女一起化成黄水了，只剩下搭在衣架上的白狐披风还完好无损。

元泓用披风裹住身体，因为海上风大，这件披风倒是颇为厚实，希望能遮掩得过去。

不久，房门推开，贺承挽快步走了进来："小王爷，贾掌柜和汪四爷回来了。"见到衣架旁紧紧裹着披风的元泓，三人齐齐愣住了。

"小王爷，这是要……走？"汪晏诧异地问道。

元泓竭力安定心神，郑重点头："没错，咱们立刻离开。"

"可是万宝东来尚未结束。"

"反正咱们也不买什么东西，而蛟龙令拍卖，是厉横山一手把持，无须咱们插手。"

三人还在犹豫，元泓继续道："刚才我发现，送上来的葡萄酒里有毒。"

"什么？！"三人大惊失色，贾掌柜一步抢到桌前，将壶中的葡萄酒倒了半杯，仔细闻了闻，又用手指碾磨片刻，惊道，"是断息剧毒，喝下一口就会七窍流血而亡。"

"这酒菜可都是荣华富贵楼提供的，难道说是临川侯想要破坏万宝东来的规矩，在楼里动手？"

"这么说来……今年楼内的侍卫确实比往年要多。"贺承挽说道。

"他们是官，我们是贼，更何况咱们黑蛟一系如今是龙困浅滩，虎落平阳，反正早已决定离开，何必冒着风险在这里参加一场无所谓的拍卖会呢？"元泓斩钉截铁道。

"可是厉二爷那边，不打声招呼不好吧？"贺承挽犹豫。

"你们在珍宝阁等待拍卖的时候，厉横山可是和你们在一起？"元泓旁敲侧击地提醒道。

三人愣住了。

贾掌柜开口道："厉二爷一心要拍卖蛟龙令，怎么舍得让蛟龙令离开他的视线呢？为何从刚才就不见他人影，难不成……"

三人都是机警之人，不免深思起来，终于，汪晏决断道："反正二哥他是铁了心要把蛟龙令卖出去，既然如此，跟咱们就不是一路人了，只盼着他能把蛟龙令和自己卖个好价钱吧。"

"既然小王爷决断，那咱们这就走。"贺承挽也赞同道。

四人毫不迟疑，立刻开门离开，贺承挽在前探查，避开巡逻的侍卫，实在避不开的，贾掌柜笑称回船上取银两，拍看中的宝物，有惊无险地出了岩洞。

上了船，船上水手虽然惊讶，也不敢违抗命令，立刻开船，掉头离开。

黑蛟号刚刚驶出孤心岛，岩洞内蹿出数条气急败坏的人影，领头的正是厉横山。

第十一章 蛟龙入海启战端

他一把攥住水手衣襟："怎么回事？黑蛟号呢？"

"刚刚小王爷，还有四爷他们匆匆上了黑蛟号，说事情紧急，要先走一步，我们两艘护卫舰就留给二爷。"

"小王爷？哪个小王爷？"厉横山瞪大了眼睛。

"就是小王爷啊。"护卫舰水手结巴道。暗暗腹诽，还能有哪个小王爷？一个时辰前，二爷您刚刚跟着小王爷一起来的，怎么转眼就不认得了？

厉横山整个人都惊呆了，旁边窦管事也跃上船，脸色煞白："怎么回事？"

"是窦管事你派人送的毒酒吧，怎么会出错？"

"尸首是二爷你亲自验看销毁的吧？纵然我毒酒送错了，难道你自己还会认错？"

"我……"厉横山语气一滞，忽然想起自己销毁尸首的时候并未看脸，可是当时房内并无第二人在，除了那个侍女。小王爷会去哪里？真的诈死逃脱了，难道汪晏他们一开始就识破了自己的计划，所以……一时间心乱如麻。

"别多想了，眼下必须将黑蛟号追回来，如果追不回来，就……"窦管事做了个斩草除根的动作。

厉横山猛地清醒过来，对了，黑蛟号离开，他们必是去跟外围接应的船队会合了，那可是黑蛟王一系剩余的大半力量，一旦被他们带着离开，自己还有什么筹码？

他刚才可是在侯爷面前信誓旦旦保证过了，用这些力量剿灭陆天祈，再拿汪晏他们做替死鬼，从此改头换面，重组船队。有临川侯在背后当靠山，眼看着未来的海上霸业就要展开，岂能在这时候折翼。

"请窦管事再加派几条船给我，我这就出发，一定要将人拦下来。"厉横山恶狠狠地说道。

黑蛟号正在全速前进。

激烈的水浪拍打着船舷，急剧的风声掠过耳畔，水上渐渐弥漫起白雾，几乎辨不清楚方向，正如元泓此刻的心情。

黑蛟号马上就要与接应的人员碰头了，四十八艘海盗船，七千余名刀口舔血的精壮海盗，这就是黑蛟一系中还愿意忠于小王爷的全部人马了。汪晏、贺承挽他们满是欢喜和期盼。而元泓却越来越恐惧，临川侯的威胁渐渐甩在身后，可她却从一个困局落入另一个困局。

谎言和骗局如同这件薄薄的斗篷，只要被风吹开，单薄的女装，纤细的身姿都会立

刻昭示出不堪入目的事实。

她该怎么办？

正紧张着，一道流星划过天空，轰然一声巨响。

整个船身剧烈摇晃起来，舱内的元泓直接摔倒在地上。

挣扎着爬起来，门被撞开了，贺承挽冲了进来："小王爷，不好了，后面有船追上来了！"

元泓裹紧斗篷，跟着贺承挽匆匆上了甲板，就看到接二连三的流星划过头顶，落在船体四周。

巨大的爆炸声伴着惊涛骇浪，黑蛟号像是一片飘零的落叶，随着水势翻涌起伏。久经风浪的水手都在船上滚成一团，元泓更加不堪，死死扳住栏杆，又有贺承挽相扶，才勉强维持住身形。

又是一道火光，汪晏操纵黑蛟号调动方向，勉强避过，气得破口大骂："王八蛋，龟儿子，老子砍死你！"

黑蛟号后方，数条船只黑影破雾而出，紧追不舍。同时传来熟悉的喊声："四弟，贾先生，何故突然离去，连兄弟也不通知一声？"是厉横山贯注内力呼喝，声传数里。

汪晏操纵着船只全速前进，一边提气高声骂道："厉老二，你这是什么意思？真想要兄弟们的性命不成？"

"我只要四弟你们跟着我回去就好。待万宝东来结束，咱们兄弟再一起从长计议！"

"去你的万宝东来，临川侯这过河拆桥的狗娘养的小人想要小王爷的命，还想要把我们一网打尽，去讨好那狗皇帝，也不想想他靠着咱们黑蛟一系吃下了东海多少生意，每年光咱们分给他们的财货……"

"够了！不必劝降，立刻瞄准开炮。"同在船上的窦管事脸色发黑，果断地催促道。

厉横山无奈，暗骂汪晏大嘴巴，同时命令手下装填火炮。他的亲信部属也已经暗中潜伏在附近海域，再加上背后有临川侯相助，自信能留下汪晏一行人。

数道火光打出，从前后左右彻底封死了黑蛟号的挪移空间，纵然汪晏和众水手技术再高，也无法全部避开，船尾"轰"的一声巨响，结结实实地中了一炮。

整条船剧烈摇晃起来，元泓直接滚倒在甲板上，贺承挽连忙扑上去抱住她。

"小王爷，您没事……啊！"

"我没事。"元泓狼狈地抬起头，却对上一张满是震惊的脸孔。

第十一章 蛟龙入海启战端

糟糕！低头看去，果然斗篷敞开了，万宝东来的侍女衣装实在太俏丽也太清凉，粉红色的薄纱上绣着精致的金纹，将羊脂玉般的肌肤半遮半掩，只要不是瞎子，都能看得出穿衣的人是货真价实的女子。

而贺承挽显然不是瞎子！

趁他震惊失神的工夫，元泓火速推开他的扶持，攀上船舷。

贺承挽仓皇地抬起头，震惊茫然："小王爷……你……"

元泓叹息一声，心头骤然涌上一股酸涩，终于到真相大白的时刻了。这些日子的相处，贺承挽始终无微不至地保护她，帮助她，纵然这份关怀是搭建在一张薄薄的面具假象之上，事到如今，她也不免有几分歉疚。

"你不是小王爷！"贺承挽终于反应过来，脸色煞白，"你是谁？"

他按住剑柄，站起身来，想要往元泓的方向逼近，却看到元泓脸色忽然变化，满是震惊地盯着他身后。尚未来得及反应，忽然一阵凉意从背后透入。

他低下头，看着从胸口透出的半截剑刃，那一抹浓艳的红刺痛了双眼。

是谁？

"喵呜！"伴着一声凄厉的猫叫，一只黑猫猛地从黑影中蹿出，扑向背后的暗杀者。

暗杀者踉跄后退，摔进了舱内。

顾不得查看凶手，生命在迅速地流逝，贺承挽聚集最后的力气，扑上船舷，擒住元泓手腕。

剧烈的动作牵动胸前的伤口，鲜血涌出，霎时染红了青灰色的前襟："你到底是谁？"生命的最后一刻，只余下这一个执念。

那眼神让元泓心神颤抖，完全无法说谎，她只能摇着头，说了一句："对不起……"

"轰"的一声巨响，一颗火炮正中船身，船体剧烈摇动起来，将这一声浅淡的歉意淹没在一片惊涛骇浪之中。

黑蛟号再也支撑不住，整个儿向左侧倾倒，船上水手下饺子般惨叫着跌落水中。

贺承挽的手腕也渐渐无力地松开，沿着倾倒的船体，缓缓滑入海中。

"喵！"一声猫叫，米粒儿从舱内冲出，扑向船舷。

元泓正想攀爬上去，黑猫迎面猛扑了上来，好似被一个重重的沙袋打中，元泓苦苦维持的平衡彻底失去，随着黑猫一起跌落大海。

漆黑冰冷的海水涌上来，让人窒息，元泓拼命摆动手脚，想要浮上水面，可面对一重重巨浪，她在皇宫浴池里学会的那点儿游泳技术完全成了笑话。

无尽的巨浪劈头盖脸扑下来,手脚冰冷得几乎不属于自己,身体不受控制地开始下沉。

她要死了吗?莫名其妙地死在这个地方!

天地变成冰蓝色一片,光亮逐渐遥远,模糊的意识中,似乎有什么东西在向自己靠近,将她托举向上?

好温暖又温柔的感觉,是谁?

最后的念头闪过,元泓终于昏了过去。

仿佛一个轮回那么漫长，意识渐渐从黑暗中醒来。

冰冷的海水变成了一片温暖的花海，和煦的阳光温柔地洒在身上，整个人仿佛正躺在柔软清新的草坪上，悠闲而惬意。

呻吟了一声，元泓缓缓睁开眼睛，柔和的光线霎时充满了视线。

这是在哪儿？

她不是跌落海中了吗？得救了？

奇妙的香气萦绕在鼻端，清淡而深远，让人不由得想起梦中的花海。

竭力移动视线，目光沿着米色的天花板向下，落到绘着青松覆雪的拉门上，她是在哪里？

眼前的房间非常开阔，却似乎是东瀛的风格。

白鹤青松的屏风上垂着成簇的金色小铃铛，前面是一张矮桌，一盏孤灯，灯旁坐着一个人。

因为逆着光，看不清楚容貌，只能依稀分辨出清瘦的身形，披着一件素色常服，正跪坐桌前，摆弄着一套茶具。

他端起青玉色的茶盏，水雾缭绕中，用乌木勺缓缓点着汤水，动作娴雅悠然，如诗如画。

元泓一时看得痴了。

宫中也有擅长茶道的妃嫔，还有专职的司茶女官，却无一人一举一动都这般让人目不转睛。

他的手干净修长，玉色的指尖衬着黑曜石镶嵌的茶柄，构成一种惊心动魄的美，若不是亲眼所见，元泓真不会相信世上有这样完美的一双手。

清润的香气渐渐从茶盏中溢出，元泓恍然发现，这不就是自己梦中闻到的香气吗？

让人仿佛置身温暖的花田之上。

正出神，那人突然开了口："茶好了，不喝一杯吗？"

声音一如想象中清润动人，而且说的是汉语！不是东瀛人吗？

元泓勉力起身，搭在身上的薄毯掉下来，这才发现自己身上已经换了一身素白的寝衣。

咦咦咦！谁给自己换的衣服？

元泓连忙摸了摸脸颊，面具也不见了！

来不及发问，那人已将茶倒好，纤长的手指在杯身上轻轻一弹，"嗡"的一声，青瓷茶杯如同长了翅膀，向着元泓缓缓飞过来。

第十二章 梦里不知身是客

方向角度丝毫不差，而且，飞得极慢！

元泓震惊地看着浮在半空的杯子，咽了一口唾沫，武学一道的常识，她也略知一二，要让杯子飞得够快，只要内力够强就能够做到，但想让它要飞得这么慢，却不是一件容易的事。

这一弹指之间，融合了精细入微的眼力，柔至极点的手法，和妙至巅峰的内力，才能让它稳稳当当向自己飞过来。

一个简单的动作，昭示出眼前之人惊世骇俗的武功修为。

瓷杯已到眼前，元泓伸出手，瓷杯像是一颗熟透了的果实，稳稳落入掌心，浅碧的茶汤纹丝不乱，如一泓凝结的青玉，元泓心情复杂，同时涌起的是更多的好奇，这个人是谁？

持着茶杯，她起身上前，一尘不染的白色棉袜踏在光可鉴人的木地板上，微带凉意的触感让她逐渐冷静。

一直走到桌案前，透过半敞开的拉门，外面的景致映入眼中。

是一片宁静清澈的水色，迎着清丽的月光，叮咚流淌过白石玲珑的假山，几株藤萝花树生机勃勃地攀着山势蜿蜒而上，浓翠欲滴地悬在空中，可爱又雅致。

元泓骤然睁大了眼睛，纵然夜色朦胧，她还是一眼认出，那不是生长在江南的玉藤萝吗？

记得母后宫中的暖室里也栽种了不少，她这是来到了江南水乡吗？从碧波万顷、杀机四伏的东海，来到了万里之外的江南？

"这里是哪里？"她再也忍耐不住，开口问道。

那人转身将灯盏移到桌案上，荧荧光华从水晶灯罩中散出。

元泓终于看清楚他的容貌，脑中"轰"的一声，只觉得天地都失去了颜色，纵然平生见惯诸般绝色，也没想过会有这样惊艳的容貌。

仿佛一幅清淡到极点的水墨山水，用最淡雅的笔调勾勒而成，却凝聚成惊心动魄的浓艳色彩。

他将茶水推到元泓面前，微微一笑，目光中似有光华流转。

元泓机械式地接过茶盏，对他回答了什么完全充耳不闻。

那人似是感觉好笑，低头咳嗽了一声。

元泓这才醒悟过来，惊觉自己的失礼。连忙接过茶盏，掩饰地喝了一口，一边忍不住偷眼瞧着。

他继续低头调和茶水，一缕散发落到鬓侧，元泓突然发现他乌黑的发中带着冰雪般的白。

骤然惊觉，眼前之人年龄似乎已经不轻了，偏偏容貌丝毫不显老态，听说这世上有些人天赋异禀，容貌不会老去，还听说有些绝世高手驻颜有道，不知他是哪一种……

胡思乱想着，沁人心脾的香气弥散在舌尖上，元泓渐渐放松下来，问道："你是东瀛人吗？"

"不是。房中陈设，不过因为早年些许习惯罢了，倒让贵客见笑了。"他淡然一笑，眉目带着似曾相识的温暖。

元泓仔细打量，越是细看，越觉得眼前之人眼熟。好像……

"你好像我的一个熟人！"

"哦，谁呢？"

"我的一个妃……呃，不……一个爱妾。"

话一出口，元泓立刻后悔了，好像太失礼了。不过细看他的容貌，还真有点儿像白妃。

想要说什么补救，却猛地一阵凉意掠过后颈，仿佛有人把冰块塞进了衣服里，悚然颤抖，不能言语。

是杀气！

记得以前看话本小说，常说高手杀气凌人，使人如坠冰窟，想不到是真的。

"无礼！退下！"那人抬手，声音轻缓，却带着不容置疑的权威性。

杀气瞬间消失了，连同陌生的存在感。

元泓松了一口气，抬头看向房梁角落，似乎就是在这里。无声无息地出现，无声无息地消失，这种风格的武者。难道……"那就是传说中的东瀛忍者吗？"她忍不住好奇地问道。

那人低笑一声："皇上虽然武功不高，但对气机格外敏感呢。"

"过奖了！呃，等等，你叫我什么？"元泓睁大了眼睛。

"皇上很意外？"

"你知道朕的身份？"

"在下受人所托，本想在荣华富贵楼接应皇上离开，不想皇上先走一步，驱船入海。得闻消息，在下便带人追赶，幸而及时赶到，正逢皇上落水，只好暂请圣驾在此稍作歇息，皇上昏睡了大约一个时辰……"

元泓目瞪口呆："受人所托？受谁所托？"

第十二章 梦里不知身是客

"自然是最关心皇上安危的人了。"那人提起茶壶为元泓续水,悠然道,"放心吧,皇上马上就能见到他了。"

话音未落,外面轰然一声巨响,元泓条件反射地一哆嗦,这声音太熟悉了,不是火炮打在水面上的声音吗?难道……

她跳起来,三步并作两步冲到门前,整个人顿时愣住了。

她不是在梦境中的江南水乡田园中,甚至不是在陆地上,入目处还是浩浩荡荡、无穷无尽的海洋,她还是在东海上,准确地说,是东海的一条大船上。

而这条船有多大呢?大到足够让人在最高的三层阁楼上挖出一个宽阔的池塘,堆积着假山流水,栽培着花木扶疏,用人力塑造出一派山水明净的江南情趣。

这样的景致出现在御花园不稀奇,出现在豪门内宅不意外,可出现在一艘船上就很令人惊奇了,而且还是一艘船的顶楼,这是怎样豪奢的举动啊!

出了房间,沿着挂满银铃的回廊一直走到尽头,借着天边泛起的鱼肚白,可见无数黑甲武士正在下方数层的甲板上来回走动巡逻,厉兵秣马。

这是一艘什么船?

而那个与自己对坐品茗的男人又是什么人?

脑中闪过一道灵光,她回了房间,目光落到茶案上,水晶灯盏内的光亮闪烁,耀人眼目。

那不是火烛,而是一颗夜明珠,迷雾般的色彩格外熟悉。

洄梦珠!

在万宝东来拍卖会上第一个露面的珍宝,被贵字层乙字客房的人拍走,贵字层只有四个客人而已。

"你是青鳞公,还是白宸侯?"

"敝姓白,草字天枢。"

竟然这么爽快地承认了?东海三大寇之中,最神秘莫测的白宸侯!

东海三大寇,虽然分别号称王、公、侯,但并不代表各自的势力等级,甚至很多人认为,三人中行事最低调的白宸侯,可能是三寇中坐拥势力最强的一位。

东海三寇,黑蛟王行事最为嚣张霸道,劫掠海商,无恶不作,令人闻风丧胆。

青鳞公海域势力偏北,平素在海上依照规矩抽取金银,只要客商乖乖按时上供,不仅不会打劫,还会确保海域安全。

而三寇中最神秘的白宸侯，盘踞南海，不仅占据庞大水域，更把持着与东瀛、高丽、南洋、甚至西域波斯诸国的海贸，坐拥重兵，极少出手。

据说白宸侯仅凭着南洋海贸就日进万金，所以是三寇中最少对海商动手的一个，行事也最为低调神秘。

东海三寇之所以并称，还是因为黑蛟王势力坐大，野心膨胀，想要吞并四海，曾经先对北部的青鳞公出手，被青鳞公依仗白鱼服潜水便利，攻其不备而击溃，损失了近百条船之后，黑蛟王不得不与之议和。

三年后贼心不死的他又觊觎起白宸侯的商贸线路，派出精锐海船埋伏打劫，却比上一次挑衅更离奇，数次派出的精锐船队都无声无息地消失了，吃过几次教训之后，他从此不敢轻易对这个南方的邻居动手。

谁能料到，东海三大寇之一的白宸侯，竟然会是这么……看着眼前淡然优雅的身姿，元泓绞尽脑汁也无法将这个人与海贼联系起来。

元泓的神情各种纠结，白宸侯忍不住笑起来："皇上看起来很意外。"

"当然很意外。"

"所有的意外很快就会有人解答。"他站起身来，"天快亮了，真正的战事要开始了。请皇上更换战袍吧。"

真正的战斗？

仿佛为了验证他的话语，轰天巨响接二连三在船外炸开。饶是脚下大船坚固，也开始晃动起来。

"看来前方已经接战。黑蛟王的残党势力依然不容小觑。"聆听片刻，白宸侯沉声道。

"你要剿灭黑蛟王残党？"元泓惊讶，东海三寇之间矛盾重重，白宸侯选择在这个时候棒打落水狗似乎也合理。

白宸侯摇摇头："东海三寇之间互有协议，本侯岂能言而无信？"

"那是……"

"自然是皇上御驾亲征，率领大军剿灭了黑蛟王残党。"白宸侯似笑非笑地看着她。

元泓瞪大了眼睛，御驾亲征？

白宸侯却不再多解释，走向衣架，将袍服取下："还是请皇上尽快更换战袍吧。"

黑底的武士劲装上，金线绣成的五爪飞龙腾云驾雾，熠熠生辉，外面缀着纯金打造的鳞片甲胄。

第十二章 梦里不知身是客

确实是御驾的亲征时候才能使用的战袍,准备得这么周到?

"需要在下服侍吗?"他含笑问道,仿佛再自然不过。

元泓唰脸"唰"地红了,勉强保持镇静:"朕自己来就好,不必劳烦侯爷了。"

白宸侯点点头,转身离开了屋子。

对了,好像跑远洋外海的船上不能有女人,所以肯定没有侍女,等等,一开始的衣服是谁给自己换上的!这个问题再一次浮上心头,元泓脱衣服的动作一顿。

发愣的时候,衣服却自己动了起来。感觉后背的金链被提起扣上,元泓惊得跳起来,猛地回身。

"天祈!"

出现在身后的,赫然是再也熟悉不过的俊逸容颜。幽深的眼眸恍如深不见底的水潭,清晰地倒映出自己似哭似笑的表情。

看着熟悉的温煦眼神,一种酸涩的委屈感涌上来,元泓抽了抽鼻子:"你怎么才来啊!"

身体不由自主地前倾,是陆天祈将她揽进怀中:"是臣护驾不力,让皇上受惊了。"

元泓紧紧抱住他,明明只离别了短短三天,却像是经历了一个漫长的轮回,而这三天曲折离奇的遭遇更加深了这份思念,也更增加了怨念。

她使劲捶打着他的肩膀:"你到哪里去了?朕这三天,这三天……"要对这三天的经历说什么,话到了嘴边,一切委屈却都被重逢的喜悦冲淡。

陆天祈手脚麻利地帮她穿好战袍。然后拿起早已备好的冠冕,为她绾起长发,戴在头上。

垂下的珠玉璎珞掩住了大半面容。元泓有点儿不舒服地摇摇头:"戴这个东西干吗?"

"记得之前皇上说要亲自来东海剿灭盗匪,如今机会来了。"

"可是……"元泓还有满肚子的疑惑要问他,却被他拉着不由自主地向外走去。

映入眼帘的是比太阳更璀璨的火光,接二连三划过天空,重重砸在密集的船只上,炸开的瞬间,带起哀号遍地。

狂野的喊杀声和凄厉的尖叫声糅杂在一起,构成这个血与火的世界。

无数次在战报上,乃至话本小说中看到过的场景,第一次赤裸裸地展现在眼前。

一时间，骇人的气势逼得元泓无法呼吸。

通过小艇，上了早已备好的庞大旗舰。

满船的黑甲武士齐齐跪倒在地，高声呼喊："恭迎圣驾！"年轻的声音充满了阳刚锐意，让人心神颤抖。

元泓有些愣神儿，四面无一不是低伏的头颅，这样的场景只是十余天没有见过，竟然会如此陌生。

"圣上御驾亲征，与众将士协同作战，剿灭海寇……"陆天祈以内力呼喊而出的声音，霎时传遍了整个战场海域。

战船上旋即响起剧烈的欢呼声，几乎盖过了汹涌的波涛声和残酷的杀伐声。

无数士兵满含期待地望向旗舰，仿佛那个金色的身影真带着某种不可思议的魔力，让人充满了力量和希望。

身为至高无上的天子，她也曾经经历过万人齐聚的朝会祭典，却都从未感受过这样的压力，没有任何时候，像此时此刻，她感受到生杀予夺的无上权柄，也感受到一言九鼎的庞大威势。

她身形颤动，几乎忍不住后退，却有一只手固执地揽在她身后，传递着力量。

元泓有些恍惚，身边的陆天祈正指挥若定地排布着战场，聆听各方战报，紧蹙的眉头带着陌生的威仪，听着他言简意赅地吩咐着传令兵战队转调包围，包围敌人。

这样的情景，似乎只在梦中出现过。

随着他的指挥，近百条战船变换队形，在海洋这个广阔的猎场上追逐着敌人，用血肉和厮杀谱写着宏大的战歌。

"皇上劳累了吧，这里风大，先入仓休息吧，这一场仗要结束，只怕还要三四个时辰。"

"高处不胜寒！"元泓喃喃说道。

"什么？"

"没什么，需要这么久吗？"

"黑蛟王的残余势力以汪宴部属和厉横山部属为主，尚有上百艘战船，都是久经战场的惯犯。是一场硬仗，好在臣已经调动西府水军后援，又有灵州水师助阵，目前的战略是先拖住他们，以消耗其火药兵器，待敌人疲惫，再一鼓作气全部剿灭。"

"全部剿灭吗？"

"当然，这些海贼凶狠残毒，若流窜出去，必然祸害地方，到时候海阔凭鱼跃，想要再剿灭就难了,趁着他们难得聚集,必须一网打尽,永绝后患。"

"难得聚集?"

一道灵光在脑海中闪过,像是一条长线,霎时间贯通了很多疑惑。

"你……这三天是故意以我为饵的吧?"

"皇上……"陆天祈一愣,刚刚还指挥若定的脸上浮现出失措的神情。

越发肯定了自己的猜测,略一深思,她马上又否定道:"不是,预料中的鱼饵不是我,是郑源?对了,我明白了。郑源会戴着那张面具,当然不是巧合,他其实早有预谋,想要伪装成黑蛟王之子,潜入其中,结果机缘巧合,被我戴上面具取代了他的行程。"

屏退四周护卫,陆天祈拉着她回了舱内:"皇上……"

元泓盯着他:"你是什么时候知道郑源的计划的?"

"一开始就知道。"陆天祈无奈地坦白道,"还记得天龙寺祭祀的时候,黑蛟王之子曾经冲破囚牢,趁机行刺你吗?臣当时就疑惑,他手中的小刀是哪里来的?要知道,所有俘虏都受过最严格的搜身,绝不可能有遗漏,臣为此彻查了押送人员,结果发现了一件有趣的事。就在祭祀前夜,押送俘虏的车队曾遇到过皇上身边的内侍栗公公。"

"小栗子?"元泓睁大了眼睛,她有点儿明白事情的经过了。

"据护卫说,当时的栗公公因为好奇,贴近囚笼,查看了这些可怜的俘虏,还讲了几句话。因为他是皇上身边的红人,众人也并未阻拦。"

"这个小栗子,是郑源假扮的?"元泓咬牙道。

"他们的接触也许不止这一次,总之,郑源用一把小刀换来了详细的情报,并通过近身观察容貌,制作了几近乱真的面具。这一切,都为他的东海之行做准备。"

说着,陆天祈叹了一口气:"此人的心智手腕无一不是绝顶,燕国公座下真是人才济济。"尤其他动用了灵州官方和隐藏势力,都找不到他的踪迹,更加深了这种感叹。

再绝顶还不是在你的掌握之中。元泓腹诽,旋即追问道:"只是他没有想到,朕会跟着他跑路吧?"

"皇上出人意料的计划是一大变数,而第二个变数,便是臣也跟了上去。两个变数的叠加,终于让他的计划偏向不可思议的角度——机缘巧合之下,皇上戴上了他预备好的面具,而更巧的是,那一晚竟然会有黑蛟王的手下夜探丹枫阁。皇上误入贼手……此事是臣的失职。"

"所以那一夜你不在,是去拜会临川侯,也是故意留给郑源机会,让他与黑蛟王残党会合。"

"黑蛟王伏诛之后,其残党散落各地,互有纷争,小王爷的出现,必然让他们重新聚集在一起。然后你就有机会将其一网打尽?这就是你的全部计划?"

"皇上……"

"回来之后发现落入贼手的人是我,你其实有机会将我救出,可这样一来,后续计划将全部落空。失去了这个唯一聚拢黑蛟王残党的机会,这些残余海寇将继续流窜作恶,掳掠地方,荼毒百姓,甚至有可能在数年后,重新壮大实力,成就另一个黑蛟王。所以你选择了继续执行计划,只是原定的鱼饵换成了我。"

陆天祈终于单膝跪倒在地:"臣知罪。"

这一刻,两人之间只有帝王臣子的立场分明,仿佛一个时辰前,相互依偎的甜蜜只是错觉。

"好了,朕不追究你。"元泓摆摆手,这毕竟只是巧合。

陆天祈却没有起身,继续重复着:"臣有罪。让皇上身陷险境,是罪一,救驾不力,是罪二,隐瞒……"

"够了,"元泓打断道,"朕知道,你让朕留在黑蛟王势力手中,是认为你有绝对的信心能够保证我的安全,贾掌柜是你的人吧?"

陆天祈动作一顿。

"所以一开始朕就拿到了那张绢布,写满了厉横山等人的所有资料,让朕在毫无准备之下,能将小王爷这个角色演得毫无破绽,就算有稍许破绽,也被贾掌柜遮掩了过去。"元泓继续说着,真相看似复杂,其实却很简单,在这个东海剿匪的局里,她是最惊险的诱饵,也是最辉煌的成功者,御驾亲征的荣耀吗?

"是臣之罪。"陆天祈第三次重复道。

元泓深深叹了口气:"因为万宝东来上的那一壶酒吗?"还记得听到毒酒一事的时候,一贯淡然的贾掌柜脸色剧变,反应比贺承换他们都激烈。

就是在那个时候,元泓彻底肯定了贾掌柜与贺承换他们不同。

而刚才在船上,贾掌柜出手暗杀贺承换,也印证了这一点。

"那只是意外,你不必愧疚。"

陆天祈身形一颤:"是臣之罪,臣早该想到,无论多么周密的计划都会有意外。一开始,就不应该让皇上涉险……"

元泓却摇摇头:"多年以来海寇泛滥,沿岸百姓屡遭荼毒,军中将士浴血沙场,朕贵为天子,享四海供奉,万民拥戴,却只是高举庙堂,安享荣华。"元泓微微偏着头,窗外的阳光透进来，照在那华美的金色铠甲之上，泛起灿烂的光芒，"无论如何，能真正身体力行，为这万里江山、万千百姓做点儿什么，也算不虚此行了。"

"所以……"她拍了拍陆天祈的肩膀，郑重道，"朕恕你无罪。"

"更何况，离开皇宫，去见识更多的景物，去经历更多的人事，一直是我的理想。"

陆天祈一阵恍惚，欣慰，却又有种苦涩涌上来，他所痛苦和悔恨的，不仅是让她涉险，这种失去控制又无力保护的感觉，连一瞬间都难以容忍。

"那个贾掌柜，是什么时候被我们买通的？"不想看他继续纠结，元泓转换话题问道。

将复杂的感情压下，陆天祈解释道："皇上还记得在天龙寺祭祀的时候，问起过东海黑蛟王的战事，臣曾经说过一个姓王的商人的故事吗？"

"那个投缳自尽的商人吗？"元泓立刻想到。

"其实那个故事还有后续，商人自尽，却没有死成，很快一个意料之外的势力找上了他，给了他一个报仇的机会。他是个出色的人才，尤其在商贸上，早年白手起家，攒下偌大家业。黑蛟王在灵州经营着数家大商号，用于销赃周转，这个商人带着天衣无缝的身份加入其中，依仗着他的才华，在数年之内就成了其中一家名为聚香堂的商号的大掌柜，成了黑蛟王得力的亲信之一。"

元泓惊讶地听着，那个看起来满脸笑意的贾掌柜，想不到背后还有这样的故事。

急促的脚步声停在门口，传令兵的声音响起："启禀皇上、陆将军，海寇已驱至骨礁岛东南，火力渐弱，是否开始反攻？"

"军情紧急，你先去处理吧。朕在这里休息片刻。"元泓转头道。

陆天祈点头离开。

元泓坐到木椅上，绣着金线鱼纹的锦绣软垫让身体渐渐松懈，桌案上摆着精致的果品点心，脚下的波斯地毯柔软干净，一旁紫铜香炉里浮动着袅袅香雾，正是她喜欢用的梅华香。

天祈总是很周到，连这个仓促迎驾的房间都布置得格外精细，一切器皿都按照她的习惯，摆放在她最习惯的地方，甚至连墙上悬着的字画，都是她喜欢的天居客兰花图。

窗外是惊涛骇浪的浩瀚海洋，房内却是一片寂静安闲的小池塘，元泓入神地凝视着窗前一缕阳光，刚才的那番话他真的明白了吗？

她是真的很高兴，这惊险的三天，虽然也曾担惊受怕，也曾惊慌失措，但这样珍贵的经历和生活，正是久困深宫的她所渴望的，她不希望自己只是那个被铜墙铁壁保护着的金丝雀……

第十二章　梦里不知身是客

正想得入神，桌案上一个银锁木匣子里传来熟悉的吱吱声。

这声音……

连忙打开木匣，元泓吃惊地看着躺在角落的银绒火耳的小仓鼠。

"豆沙？"

这几天豆沙一直睡在她的口袋里，因为害怕贺承挽的那只黑猫，都不敢冒头，让元泓都几乎忘了它的存在，直到昨晚跌入海中的时候一起掉落下去，本以为豆沙从此与自己永别了，怎么会出现在船上？难不成是白宸侯救自己的时候连这个小东西都一起打捞了上来？

那贺承挽呢？

木匣里铺了一层软软的白棉花，陆天祈还体贴地放了几颗松子，豆沙正舒服地躺在其中，抱着松子啃着。

嫉妒地戳了戳豆沙圆嘟嘟、白绒绒的小肚皮，这么惊险的一夜你都平安无事地挺过来了，还能好吃好喝，真是没心没肺的小东西。

"吱吱……"弱弱地抗议了两声，豆沙往棉绒垫子里缩了缩。

"要是朕跟你一样没心没肺就好了。"托着下巴，元泓痴痴地想着。

"是白宸侯把你捞上来的吗？"

他为什么会帮助天祈，因为眼见黑蛟王被灭，所以投靠朝廷了？那个男人是这么简单的人物吗？还有，自始至终，陆天祈都没有提到郑源去了哪里。

久别重逢的欣喜中，也有着挥之不去的怅然啊。

海上的战火一直续到黄昏,一场仗最终以西府水军大获全胜而告终。

击沉海寇船七十八余艘,俘获五十二艘,仅有几艘突围逃窜的,也安排水军快艇前去追击了。万余名海贼或死或被俘,敌寇匪首厉横山、汪晏等人都战死海上。至此,名震东海的黑蛟王势力算是彻底烟消云散了。而西府水军只折损了十余条战船而已。

这样震惊天下的一战,竟然是尚未亲政的年轻天子御驾亲征。不仅满朝震惊,传入民间引发的轰动也可想而知,只怕不久的将来,还会演化成各种话本小说流传于世吧。作为一个文武双全的英明天子而被众臣和百姓期盼着,而这份荣耀有多少水分,恐怕只有元泓自己心里有数了。

御驾返回灵州的时候已经入夜了,码头上却是一片灯火辉煌,宛如白昼。

偌大的港口里,林林总总挤满了人,却无一丝喧嚣,灵州城内的全部文武官员和勋贵世家都在翘首以盼。

直到御驾返回,元泓在一众将士的簇拥中下了船。

整齐的万岁声响彻耳际,跪伏在地的人群恭迎着出征归来的天子。

码头宽阔而整洁,白天来往的船只都被清理了出去,大红的锦绣地毯铺陈在脚下,旁边的护栏到地板都被精细地修整过。时已深秋,秋日的风呼啸而过,从他们的脸色上,元泓看得出,已经至少等候了两三个时辰。

"临川侯还真是辛苦了。"缓步走到众臣面前,元泓停住了脚步。

率领众官员迎接的自然是城内品级最高的临川侯。不知是否为了迎合今夜的场景,临川侯没有着一等侯的袍服,而是身披武将铠甲,更衬得整个人英武非凡。

听闻元泓的声音,他立刻低下头颅:"迎候皇上,是微臣荣耀,岂敢称苦。皇上亲率将士,征战沙场,平寇灭匪,造福万民,才是真正辛苦了。"

"非也,听说灵州城内有一拍卖会,名唤万宝东来,各方权贵云集,正是昨夜举行,身为地主,朕还以为爱卿必然参加去了,想不到还有时间来此筹备接驾事宜,一切打点妥当,也够辛苦。"

瞬时冷汗涔涔,沈崇阳心念电转,赶紧笑道:"那是灵州城内的商会联盟互通有无罢了,取了'万宝东来'这等夸夸其谈的名号,实在让皇上见笑了。臣昨晚是过去看了一眼,唯恐有不法之徒作乱,见秩序井然,就回来了。"

"不法之徒,是了,听说这万宝东来之上,不仅权贵云集,连海寇也会参加。沈爱卿,可有此事?"

"这……皇上英明,商贸海会之上,鱼龙混杂,也许真有海贼之流趁机混入,臣一定彻查此事。"

第十三章 你方唱罢我登场

元泓冷笑一声，还想再说，却有人拉住她的手臂，是陆天祈微微摇头，温声劝谏道："天色已晚，皇上征战辛苦，不如先回去休息，海寇作乱东海，已是多年旧患，清查也不必急于一时。"

"正是如此。行宫已经布置好了。"站在临川侯身后的灵州知府黄德安上前一步，恭声道。

元泓略一犹豫，转头道："也罢，今日众将士血战沙场，辛苦一日，早些安排休息。众卿也平身吧。"

"臣遵旨！"众人齐声高呼，恭送圣驾。

待元泓一行人彻底走远，临川侯站起身来，恭敬的神情不变，眼中却浮动起异样的光彩。

御驾莅临灵州，是百年难得一见的盛事，整个灵州城都沸腾起来。

御辇走过的道路灯火辉煌，两侧守军紧张地维持秩序，清理街道，却依然能看到无数居民争先恐后地从远处眺望那盘龙雕凤的御辇车驾。

"灵州知府虽然下了入夜闭门锁户的指令，但好像完全没用啊！"隔着珠帘望着远处人头攒动的盛况，元泓不禁笑道。

旁边骑在马上的陆天祈皱眉道："灵州民风本就开放，又鱼龙混杂，百姓多有不听号令者，若有机会，也该整治一番。"

也是因为灵州知府本来就没什么威望吧。元泓暗暗想着，灵州城多年都是临川侯说了算，灵州知府虽是肥差，在权力上却处于半架空状态。

"刚才为什么不让朕说下去？"

"皇上打算当街将临川侯治罪吗？"

"有何不可？"万宝东来的那段经历，尤其厉横山与窦管事的交易，元泓都细细向陆天祈说了。

"临川侯是国之重臣，又经营灵州城多年，岂能一言杀之。"

"再高的功劳也是臣子，谎报军情，再加妄图弑君，这两条无一不是诛灭九族之罪。"

陆天祈叹了一口气，道："他毕竟是太后的亲信，贸然动他，只怕太后那里会生气。"

元泓噘起嘴，这才是真正的原因吧。忽然又想到："临川侯和黑蛟王势力勾结，你早就知道吧？"

"没有。"

"说谎吧?"

"哈,臣又不是无所不知,不过确实有所怀疑。"

行宫是由位于城北的一处灵州官府名下的庄园改建而成,虽然时间仓促,却依然布设得华丽大气,颇有几分天家气派。

进了房内,屏退侍女,没有了蕊安这些亲信的服侍,元泓自力更生地脱了衣服,舒舒服服地泡在热水里。

经历了这几天的劳顿,又在海上漂泊整日,就算她精力充沛,此时也觉得疲惫不堪。

手脚麻利地梳洗干净,穿上寝衣回了房间。

"皇上,先喝药吧。"端着药进来的是陆天祈,为免外人发现元泓女儿身的秘密,他只能劳心劳力充当起丫鬟的角色。

药?对了,她还要日日服药,祛除体内的余毒。

无奈地接过药碗,元泓捏着鼻子一口气灌了下去。几天没喝,这味道好像更苦了!

喝完药,元泓感到困意一重重袭来,她打了个哈欠,待陆天祈离开,乖乖钻进被窝儿,进入幸福的梦乡。

离开元泓的房间,陆天祈快步走下台阶。门外,亲兵早已准备好马匹。

牵过马缰,陆天祈拍了拍小鱼儿的脖子,转头吩咐道:"我一个时辰之后就返回,都警惕着点儿,皇上的寝殿任何人不准靠近。"

属下齐齐领命。

陆天祈翻身上马,策马离开。

寂静的暗夜里,小鱼儿的马蹄声轻灵快捷,一路向北,经过数个街坊,在一栋花木掩映的精致小楼前停了下来。

走到门前,尚未敲门,一个清越的声音遥遥传入耳中:"既然来了,就进来吧。"

陆天祈微微一笑,同样以内力回道:"师尊好耳力。"说罢,推门拾级而上。

这是一间东瀛风格的和室,与元泓醒来时所见的房间风格相似,而主人也是同一人。

夜风正凉,他随意披着一件素白的外袍,淡紫色的琼花穗子垂在腰侧,宛如不食人间烟火的谪仙人。手中把玩着的,却是一柄寒气逼人的利刃。温雅的气质与危险的兵器,构成了一幅矛盾又绮丽的画面。

第十三章 你方唱罢我登场

殷红烛火爆开了一个灯花。白天枢微微一弹指，清越的声音回荡在室内。

陆天祈停下脚步："恭喜师尊又得名刀。"

"这是东瀛西乡大名送来的，说是六世相传的名刀秋水丸。"

"师尊的势力已经延伸至东瀛南岛了，更掌握了东瀛一半以上的外海贸易，难怪这西乡大名肯将家传的宝刀献上来了。"

"常年不经血染的刀，再怎么锋利也失了杀气，不过一把玩物而已。"白天枢将刀搁到架上，转过身来。

有身穿黑衣的侍从将茶水奉上，悄无声息地退了出去。

两人对坐在案前。

"你的那位皇上歇下了？"

"已经睡下了，这几日太过辛苦。"

"可不要像前几天一样，只离开一会儿，人就没了。"

面对师尊的调侃，陆天祈有些尴尬，惭愧道："师尊教导过，同样的错误，弟子不会再犯第二次。"

"是吗？离开片刻又骤然返回求助，我已经多少年没有在你脸上看过那样慌张的表情了。"

"师尊取笑了。"陆天祈苦笑。

端起茶盏，微微抿了一口，白天枢不再继续调戏弟子，转过话题。

"御驾亲征，一战功成的荣耀足够让年轻人心潮澎湃很久，我还以为那位年少的天子会像你第一次上战场一样，兴奋得整夜睡不着觉呢。"

接二连三被人提起旧事，陆天祈脸颊发红，旋即压下，笑道："她对这些并无兴趣，自然也不会为之兴奋激动。"

"为君王者，连建功立业都兴趣缺失，只怕未必是明君。"

"如今是太平盛世，需要的不是雄心霸主，守成之君更能得民心。"

"这就是你想要的吗？"抓住他话中流露的意思，白天枢盯着他，问道，"那么你想过将来可能遭遇的阻力吗？"

"弟子明白。"陆天祈正色道。

"你不明白。"看了他片刻，白天枢却摇摇头，"她的资质，世俗的阻力，一切有太多的变数。世代女子万千，能坐稳那个位置的，也不过旷古烁今的那一位而已。"

"也许未来不可预测，但弟子只想做自己想做的事情。这样便是不成功，以期将来也不会后悔。"陆天祈神情坦然。这次前来拜望师尊，也是为了表白心迹。

白天枢凝视着他，片刻，方缓缓道："是吗？这就是你的想法。你长大了，开始有自己的主意了。我也罢，她也罢，终究都束缚不了你。"

语调中隐有惆怅，尤其提到那个"她"。

陆天祈身形一颤，俯身道："师尊幼年授业之恩，战乱维护之情，天祈此生不敢忘却分毫。"纵然世事偏移，眼前之人永远是他最崇敬的人。

掩去那片刻的惆怅，目光落到眼前的弟子身上，他终于叹道："随你的想法做吧，无论如何，东海都是你的退路。"

轻松的语调却宣示着郑重的许诺。陆天祈感觉眼眶有些发热，垂下视线，掩去这一丝失态。

"其实哪怕不需要我，你的西府水军也已经取代了黑蛟王的空白，有了这几条商道，再建一个西府大营都绰绰有余。"

"多亏了师尊的扶持。"陆天祈衷心说道，"若无师尊牵制青鳞公那边，我也无法这么轻易剿灭黑蛟王势力。"

两人都是务实之人，情感流露之后，话题立刻转入现实。

"只是你托我找的人，至今没有消息。"

"他精通易容之术，武功也不逊于我，临机应变犹胜于我，若有可能，一定要将其留在灵州地界，否则任其返回北疆，将来必定后患无穷。"陆天祈神情郑重。

"竟有人能被你如此看重！"白天枢动容，语调浮起几分兴致，"我会交代人继续注意海陆两道，若此人要离开灵州，势必逃不出眼线。"

茶水渐冷，细微香气弥漫在两人之间，白天枢忽然开口问道："这么多年不见，她还好吗？"

陆天祈愣了愣，才回道："人后身体安康，她也一直挂念师尊。"略一迟疑，又问道，"师尊这些年也有空闲了，何不抽空入京，一见故人呢？"

短暂的沉静之后，他摇摇头："不必了，知道她安好就好。"

陆天祈来不及琢磨那细微的表情变化代表着什么，他已经站起身来："时间不早了，你回去吧。"

一觉醒来，疲惫全消，元泓在被窝儿里打了个滚，舒服得仿佛躺在云端。果然，舟车劳顿之后一个美美的懒觉是人间至乐啊！

更衣梳洗之后，用过早膳，元泓来到书房。

大战之后还要收缴战利品，处置俘虏，犒赏有功将士等诸多后续事宜，就算这些都有专人负责，不需要她这个皇帝亲力亲为，但既然是御驾亲征，总要关心一下。

海上决战的战报，西府水军的文书官已经连夜拟好，摆在书案上。元泓拿起细细看过，一贯的简洁明了，只是不知这份战报呈到太后面前会是什么反应。趁着祭祀从天龙山跑路不说，还弄出这么大的声势，虽然一个御驾亲征的借口让所有行为都有了一个合理的借口，可是……只怕不能平息太后的怒气啊！

想到回宫之后的日子，元泓犯了愁。

"真不想回去啊，还是灵州城好。"

情不自禁叹息出声，却听闻"扑哧"一声轻笑从背后传来。

"什么人？"她转身看去。

是书房门旁站立的两个侍女，左边那个正低头含笑，对上元泓的目光，她吓了一跳，连掩唇的手都来不及放下，"扑通"一声跪下："奴婢失礼。"另外一个侍女愣了愣，也跟着跪倒在地。

确实够失礼的，元泓摇摇头，这么胆大妄为的宫女要是出现在宫里，不仅本身要论罪，连负责教习的嬷嬷都要连累。当然，宫中久经训练的宫女太监也不可能犯这种低级错误。

"平身吧。朕不怪罪。"元泓无所谓地道。行宫之地，并无那么森严的规矩，她也不可能为这点儿小事动怒。

闯祸的侍女抬起头，怯怯地道："多谢皇上开恩。"

一双潋滟生辉的秋水明眸映入眼中，元泓一愣，好漂亮啊！纵然看遍宫中诸多美人，眼前侍女这张微带轻愁的绝美容颜还是让人惊艳，略显苍白的脸颊，平添了几分楚楚之姿。因为跪倒在地，裙裾散开，如一朵盛开的水仙花，带着清新淡雅的芬芳。就算在一众宫妃中，也绝对能排入前三了。而这份容颜更带着隐隐的熟悉感，元泓脱口问道："你……可认识沈月琴？"沈月琴正是沈充仪的闺名。

"皇上还记得奴婢的姐姐。"侍女惊喜地道，旋即掩住口，"啊，是奴婢失言了，姐姐是皇上妃嫔，怎么会记不得呢？"

"你果然是沈充仪的妹妹。记得她有好几个姐妹的。"

"奴婢是临川侯府第三女，小字瑶君。"小侍女低头道，淡淡的绯色浮上脸颊，艳光惊人。

"朕记得听人说过，你身体不好？"元泓盯着她，临川侯似乎有四五个女儿，入宫的沈充仪虽是长女，却是庶出，只有第三女是嫡出，当初甄选妃嫔入宫，临川侯为三女报了体弱有疾，如今怎么又舍得出来服侍人了？

"臣女之疾,经过这两年调养,已渐痊愈,故而前来侍奉皇上。"

"话虽如此,但侯府贵女,怎可操持贱役。"元泓淡淡地道。

"皇上九五之尊,服侍皇上是天下臣民的荣幸,岂能等同贱役。"她低下头,柔婉的姿态让人望之生怜。

元泓却觉得又好气又好笑。送女儿来服侍自己,还是这样的绝色,其中隐含的意思昭然若揭,只怕是昨夜码头边上的一场质问,让临川侯起了疑心,急于挽回形象。

他把朕当成什么了?色欲熏心的昏君?元泓心里有点儿不舒坦,而这点儿不舒服,在不久之后,沈瑶君奉茶的时候达到了顶点。

清淡的香气萦绕在鼻端,却无端引得人心烦气躁。

元泓揉了揉额头,不去看那双含情脉脉的眼睛,吩咐她退下,然后叫来行宫的管事。

"全部换掉?"管事惊讶得嘴巴都合不拢。

"没错,朕是来征战沙场的,海战之事尤忌女色,将一众服侍的宫女全部换掉。"元泓义正词严。

"可……行宫里并无那么多太监,临时采选只怕……"

"不必太监,行事伶俐的小厮即可。"

"这……臣遵旨。"

管事的办事速度很快,当晚侍女就全部换成了眉目清秀的男性仆役。元泓松了一口气。剩下的几天,总算能消停了吧。

"你说什么,皇上完全没有看上你?这不可能!"

"爹爹,女儿还会说谎不成?"沈瑶君恨恨地跺了跺脚,一边将颈上的项链撕扯下来,扔在一边,"这劳什子天华香,根本半点儿用处都没有。"

"不可能!这天香惑心蛊是这次万宝东来的压轴珍品,出自西洋一个封闭的岛国,分为一香一蛊,其中的天华香女子用之,可令男子为其目眩神迷,情不自禁,而且不落痕迹。配合种在你体内的惑心蛊,能让男子从此意乱情迷,一生一世只钟情于你一人,痴心不改,九死无悔……"

沈瑶君终究是闺阁女儿,纵然早有心理准备,还是不免脸红,揉捏着衣角道:"也许是那个海商骗人的。"

"哼,在这灵州城的地界,敢骗你爹的海商还没出生呢!"临川侯冷冷道。

沈瑶君又问道:"爹爹,这次没有成功,那个惑心蛊留在体内不会有事吧?"

第十二章 你方唱罢我登场

"放心吧,这惑心蛊对人体全然无害。"叹了一口气,他又继续交代道,"我会再替你找机会接近皇上,你要把握时机啊。"

"什么,还要继续啊?"沈瑶君吓了一跳。

"当然,皇上此次御驾亲征来得太奇怪,悄无声息地进了灵州城,海战现身仿佛凭空出现一般,只怕是对我起了疑心。"

"可是太后对父亲一直很信任。"

"愚蠢,太后再信任,这天下还不是迟早要交到皇上手里。当年选妃,我为你'报'病,因为那只是选妃,以你的资质,岂能只是一个区区妃嫔?"

"可就算这次入宫,皇后人选已定,女儿也只是个妃嫔而已啊。"

"有了惑心蛊,想立谁为后,还不是皇上一句话的事儿。别说李家的女儿尚未入宫,就算真立了,历朝历代,废后改立之事也是平常。"临川侯自信满满地道,"瑶君,你天生丽质,犹在月琴之上,只怕比之宫中得宠的婉妃、白妃等人也毫不逊色。再加上天华香之力,怎么可能有男人不心动!"

沈瑶君低声嘟囔着:"可皇上就是没有看中,他看女儿的眼神也根本不像男人……"

"你说什么?"临川侯身形一颤,霎时有灵光一闪而过,天华香的效力绝不会错,除非他不是男人……他脑海中不由自主地浮现出昨夜元泓谈话时候的声音体态,那种若有若无的感觉……

屏退了四周的侍从,元泓脱下衣服,躺进了温热的浴池中,发出一声舒服的呻吟。

躺了一会儿,她起身掬着水花洒在自己身上。晶莹剔透的水珠沿着白玉般的肌肤滚落下来。

白天那个沈瑶君的皮肤真是好,像个精致的瓷娃娃,不过朕好像也不差啊!低头打量着自己,元泓偷偷想着。

果然是瞒不住吧?想到明年的亲政,该怎么办呢?元泓又头疼起来。

"还是别回宫算了。"踢打着水花,元泓嘟囔着。寂静的浴池里,声音格外清亮。

咦?说起来,在灵州城的这些日子,不仅身材变好了,连自己的声音似乎也变细了。真是这地方的水土太养人了吧?

好像也有道理,不仅诸般美食,连水果都这么丰盛。

玉盘盛着鲜艳清甜的诸般果品,摆在池台上,很多都是南方、东洋出产的奇珍异果。

拿起一只殷红色的果子，元泓咬了一口，好甜啊！也不知是什么品种，待会儿问问，派人往宫里送些。旋即又想到，灵州城海贸发达，通过快船运输，这些南洋果子才能保持新鲜，要是运到京城说不定早都烂掉了。

果然还是灵州城的日子舒服。又吃了两只果子，澡也泡得差不多了，元泓起身走向屏风，准备拿寝衣换上，走了两步，忽觉腹中剧痛。

疼痛来得那样突然，她低呼一声，摔倒在地，只觉眼前发黑，全身无力。

是中毒了吗？

谁下的手？！

她想要呼叫出声，却想到自己如今还赤裸着身体，挣扎着想爬起来拿衣服，轻微的动作却牵动腹部痛如刀绞，冷汗涔涔。

手无力地按在屏风上，"哐啷"一声巨响，屏风被推倒在地。

元泓摔在地上，半昏迷之中，有人闯了进来，将她扶起。

模糊的视线已经分辨不清来人，但熟悉的感觉渐渐安抚了慌乱的心情。

"是天祈吗？这个样子好尴尬啊！"

昏过去之前，元泓最后一个念头是，以后绝不在洗澡的时候吃东西了！

意识渐渐恢复，温暖又柔软的感觉传来，似乎正躺在床上。自己昏迷了多久？是中毒了吗？远离了皇宫，还是摆脱不了毒药的危害，难不成自己真是注定要死在这上边吗？

全身还是乏力，连睁开眼睛的力气也没有，只能胡思乱想着，同时有断断续续的声音钻入耳中。

……

"确定果子没有毒？"

是天祈的声音，语气好严厉啊！

"属下仔细测验过，果子确实无毒，只是这果子是南洋所产的天罗果，天性极阳，男子食用，强身健体，可女子食用，天性相克，将引起腹痛不止，严重者可昏迷乃至死亡。"

陆天祈脸色发黑："这种果子是怎么送到御前的？"

"属下一并调查过了，是今日傍晚时分，临川侯府所贡，连同数种异国鲜果献于皇上品尝。厨房清洗过后，分作四盘，分别送到了皇上的书房、寝殿、客厅，再就是浴室里了。另外三盘果子也一并检查过，都无毒。"

第十三章 你方唱罢我登场

陆天祈沉默了片刻，摆摆手："知道了，你下去吧，此事勿要外传。"

"属下告退。"

陆天祈转过屏风，立刻对上元泓睁开的眼睛。

"皇上醒了？臣这就叫医官。"

躺了片刻，元泓体力渐复，心情却无与伦比地郁闷。"刚才外面的话朕听到了。朕是吃果子吃坏肚子了。"挣扎着起身，低头看看自己身上的衣服，她忽然有点儿脸红。

陆天祈上前扶她坐起来，拿了个靠垫在她背后，又帮她斟了茶水。

借着喝茶的工夫，掩去了脸颊的红晕，元泓悄悄松了口气。

"既然没有人下毒，三更半夜就不要再传医官了，很丢脸的。"

"皇上认为事情真这么简单吗？"

元泓动作一顿："难道不是这样？"

"这种属性奇特的果子送上案头，皇上不觉得奇怪吗？天罗果这种极其罕见又保存不易的果子，按理说不应奉上的。"

"这……"元泓立刻想起，民间格外稀罕难得的吃食，等闲不会奉于御前，就怕贵人太喜欢，定为贡品，就麻烦了。

"听闻昨日临川侯府曾派人来侍奉皇上，被皇上赶了出去。"

"那又怎样？"

"臣也听说过临川侯府的三小姐有倾国之色，号称灵州城第一美人。"

元泓心念电转："你是说……不可能吧，就因为这个？"

"这些只是推测，可事情干系重大，纵然只有一分怀疑，也决不能放任不管。更何况，这行宫里必然有不少临川侯的人，皇上今日腹痛昏迷之事肯定遮掩不住。就算临川侯并非刻意设计，听闻了此事，也难保不会联想到什么多余的事情来。"陆天祈沉声道。

"那咱们应该……"

"快刀斩乱麻，临川侯不能留了。皇上以为如何？"

元泓沉默了，理智上她明白陆天祈的谨慎是对的，但仍然感觉突兀。

好吧，就凭沈崇阳之前所犯罪行——勾结海盗，延误军机，暗杀重臣，竟然还妄图弑君，每一样都是死罪！本来就决定要除掉他的，现在不过把步骤提前了。因为一个果子……

……

迅速调整好心态，元泓问道："可是母后那边……"

"事态紧急，太后必会谅解的。"陆天祈微微一笑，断言道，温煦的眼神中泛起一阵寒意，如夜幕下灵州城飞掠而过的秋风，挟着不期而至的寒霜冷雨。

三更时分，临川侯府。

宽阔气派的正堂里，高大英伟的身影正不停地徘徊着，凌乱的脚步昭示着主人焦躁的内心，而窗外清寒透骨的雨声，更为这沉闷的气氛添了一份压抑。

突然，沈崇阳停住了脚步，盯着窗外。

一个身影出现在视线尽头。

"怎么样？"来人刚进门，沈崇阳就迫不及待地问道。

侍卫将刚刚获得的情报低声道来。

"你是说，皇上果然腹痛不止？"沈崇阳脸色变了，高大的身影因为激动而颤抖着。

"根据内线传来的消息，确信无疑。"

"那医官是怎么说的？"

"前去诊治的是陆天祈西府军中所带的军医，行宫中的医师都不知消息。内线也只是探听到，皇上沐浴时候一时贪嘴，凉果子吃多了，以致腹痛。据说医官诊治过后，已经痊愈，只是膳房的管事和负责果品的厨子每人挨了二十板子。"

"没有其他的消息？"

"并无其他。"属下据实回道。内宫之中防范甚严，连皇上究竟吃了几个果子都探查不到。

听着属下回禀，沈崇阳握紧的拳头又松开。如今天气转凉，吃多了果子导致腹痛也属正常，究竟是不是天罗果的功效呢？一时还真拿捏不准，难道还需要再试探？

不行！此次出手已经是兵行险招，频繁的探查必会引来怀疑。

可那个荒诞的疑惑始终存在心头，如冰火煎熬，百爪挠心，这可是牵扯到整个天下倾覆的大秘密啊！

身为先帝贴身侍卫出身的朝廷重臣，他曾经深得宫廷信赖，十多年前的他曾在京城担任禁卫军副统领，也听到过一些风言风语，关于先帝风起云涌的后宫，那时只当作妃嫔争宠的轶闻奇事，但如今天香惑心蛊的失效，却让他心中浮起了一个荒谬至极的念头。

"另外……"属下的声音召回了发散的思维，"行宫中的人还说，皇上嫌行宫居住烦闷，有意移驾海上。"

第十三章 你方唱罢我登场

"移驾海上!"沈崇阳悚然一惊,目光凝重起来。

难道真是天罗果的功效引起警惕了?不对,若真是起了疑心,反而不会妄动,打草惊蛇。

正苦苦思索着,一个身影快步进了正厅,是他的心腹窦管事。

"侯爷,按照您的吩咐,万宝东来那边都收拾妥当了。另外,属下走这一趟,遇到了一个人,他想要求见侯爷。"窦管事禀报道。

"谁?"沈崇阳眉梢一挑,窦管事办事向来周到,会在此时带人前来,必定干系重大。

窦管事凑近沈崇阳耳边,低声说出了一个名字。

"是他?"沈崇阳有些惊讶,连忙问道,"没有被人盯上吧?"

"侯爷放心,属下一路警惕着,绝不会走漏了消息。"

沉思片刻,他吩咐道:"将人带进来吧。"

窦管事出去,很快带着一个灰衣人走了进来。

屏退左右,当房内只剩下沈崇阳时,灰衣人脱下了斗篷,一张熟悉的脸庞显露出来。

"贺承挽,果然是你。"沈崇阳皱了皱眉头,他记性很好,虽然只是数面之缘,也认得这个老伙伴黑蛟王身边的贴身护卫。

"想不到啊,连厉横山他们都葬身鱼腹了,你竟然逃过一劫。既然如此,不赶紧归隐江湖,来找本侯有何贵干?"

"贺某不才,前来为侯爷解惑。"贺承挽低头道,声音有些异样的沙哑。

"解惑?你能为本侯解什么惑?"

"自然是侯爷的心头大惑。"贺承挽微微一笑,俊逸的容颜浮起一丝戾气。

第十四章 金风未动蝉先觉

"天祈，行宫那边没有大开杀戒吧？"漫步在沙滩上，元泓忍不住问道。天罗果事件的第二天，陆天祈就带着她移驾海上了，西府水师的旗舰虽及不上行宫华美周全，但胜在自由舒心，还能享受到她期盼已久的沙滩海景。比如现在，金红的夕阳余晖洒在身上，暖洋洋的，软绵绵的，如同这脚下的细沙，别提多舒服了。

"当然没有，皇上不过吃坏了肚子，若要因此问罪，岂不惹来有心人多疑。"陆天祈微微落后半步，笑道。

"可跑来船上住着，也很可疑啊。"

"皇上体贴征战的将士，想与士卒同甘苦，所以移驾船上，远离行宫声色之惑，这是圣明天子的行为。"

"听起来好像很冠冕堂皇的样子。"元泓摸着下巴，"可是临川侯那边，你准备怎么处理？"

"前哨回报，前去追逐黑蛟王残兵的几支小队都已顺利完成任务，最迟一艘将在后天归来，所以臣准备在三天后举办庆功宴，犒赏三军。"

"沈崇阳会来吗？"

"连皇上都亲自入驻军中，迎接立功将士了，灵州城一众官员岂能不有所表示。其实早前几日，灵州知府和海商联合会都提出要设宴犒赏三军，臣已经顺水推舟答应了。"

"那要怎么动手？不会是宴席之上，摔杯为号，然后左右一起将沈崇阳拿下吧？"元泓偏着头，眨了眨眼睛，"对了，听说沈崇阳是先帝侍卫出身，武功极高，到时候可要多预备几个高手啊！"

"皇上……"陆天祈按住额头，"那都是话本小说里演的。皇上堂堂天子，何必行此阴招。只一道诏书，臣带人走一趟临川侯府，就能让他束手就擒了。等到宴会之上，向众人宣布一下这个消息就行了。"

"这么直接……"

"皇上是天子，惩处逆臣是顺天而为，自然应该堂堂正正，难道还有人会有异议？"陆天祈笑道。

果然是这样，元泓叹了口气。

这就是天子之威，抄家灭族，一言而决。谈笑之间，破家灭门。

夕阳西沉，华美的金红光辉渐渐被墨色吞噬。浪花拍打在礁石间，溅起点点水花。偶有几滴落在脸上，带起丝丝凉意。

第十四章 金风未动蝉先觉

前方出现人影活动，是海边的村落，似乎正在迎接归来的渔船。原来已经走得这么远了。

停下脚步，陆天祈提议道："天气凉了，皇上还是早些回船上吧。"

"好吧。"为了明天的自由着想，元泓乖乖答应。

两人正要转身，却忽然听到远处一阵喧嚣。

"就是这只贼猫，别让它跑了！"

"看我不打死它，糟蹋了这么多鱼！"

……

五六个人影向着这边跑过来，而冲在前头的，是一道小巧玲珑的黑影，灵活地在礁石间跃动，引得后面一群追兵叫苦不迭。

见有外人接近，远远跟着的西府军护卫立刻围拢上来。

去路被堵，黑影加快速度，"噌"地冲着元泓身边的缝隙蹿过来。

却被陆天祈一伸手，精准地捏在了脖颈儿上。

"喵喵喵……"黑猫剧烈挣扎起来，嘴里含着的肥鱼掉在地上。奈何陆天祈下手刁钻，四只小短腿再怎么摆动也是徒劳，金色的大眼睛滴溜溜瞪着，冲着陆天祈龇牙咧嘴。

咦，这只黑猫，怎么有点儿眼熟啊？

见到元泓一行人衣衫华丽，气势不凡，几个渔民虽不识圣驾，还是条件反射地向着贵人跪倒在地。

"这是怎么回事？"元泓开口问道。

渔民叫苦道："公子爷，小的们是附近村的渔民，这猫也不知是哪里来的，偷偷藏在我们船上，一路返程也没人发觉，结果被它窝在船底祸害了不少鲜鱼，上了岸才发现。"

"可不是吗？咱们辛辛苦苦出海，就指望这几尾鱼换几文钱来，可不能便宜了这贼猫。"

"这猫还净挑好鱼吃。"

几个渔民七嘴八舌地数落着黑猫的斑斑劣迹，直到一颗珠子扔到面前。

"这猫我买了，就算是我的了。这个赔你们之前的损失吧。"

盯着地上的珍珠，几个渔民两眼放光，唯恐元泓反悔，飞快地捡起珍珠，一边高呼多谢公子赏赐，以比来时更快的速度消失了。

"那颗金珍珠够买他们一辈子捕的鱼了。这只贼猫有这么高的身价？"陆天祈伸直

了手臂,将不断张牙舞爪的黑猫举高,仔细打量。

"这样漂亮的金色眼睛,怎么不值得?"元泓伸手挠了挠黑猫脑袋,引得黑猫转过头来,冲着她一阵呜呜低呼。

奓毛威胁的姿态引得元泓笑出声来,又有些失落。她已经认出,眼前黑猫正是贺承挽的那只米粒儿。跟着主人一起跌入海中,想不到还能活下来,难怪人说猫有九条命啊。只是不知它的主人……元泓一阵黯然。之后西府水军仔细打扫过战场,战俘一律押送上岸,她专门问过,并没有贺承挽,只怕是凶多吉少了。

黑猫突然抽动鼻子,盯着元泓,似乎有些疑惑这熟悉的气味。见元泓又要伸手摸它,立刻变成奓毛状,挥舞着爪子要挠她。

陆天祈皱眉道:"这猫顽劣得很,又脏兮兮的,还是扔掉算了。皇上想要养猫,臣去寻一只温顺干净的。"

"不必了,就这只。"元泓坚定地说,接过黑猫紧紧抱住。

也算是对那短暂历险一个小小的纪念吧。

"喵呜呜呜——"凄厉的猫叫声在舱内炸响。

明明水温正好,怎么叫得跟被扔进了油锅一样。元泓试了试水温,硬着心肠将黑猫按进了浴盆里:"米粒儿,你身上太脏了,必须洗干净。"

"喵喵喵!"黑猫奋力挣扎着,水花四溅。

"一小盆水而已,你跳下水追随主人的勇气哪里去了?"元泓一边手忙脚乱地给它打皂角,一边死死按住它。

细腻的白沫沾湿了黑亮的毛发,冷不丁手下一滑,露出破绽,黑猫逮着机会就要往桶外跳。

"扑哧"一声轻响,一枚小松子飞过来,精准地打在黑猫额头。是刚进门的陆天祈顺手从豆沙的食盆里捡起,及时阻止了这场暴动。

黑猫"扑通"跌回了浴桶,仰面八叉。

元泓趁机将皂角给它打上,揉搓起来。

陆天祈蹲到她身边:"这猫怎么变得比刚才还张狂?"

"可能怕水吧。"元泓低头说着,心头却泛起一阵苦笑。她一心只想着收养米粒儿,却忘了家里还有一只与它水火不容的天敌,而看到了这个垂涎已久的小伙伴,再加上元泓身上熟悉的气息,聪明的黑猫立刻判断出了元泓的身份,以它的智商,也许无法理解那些复杂的伪装与欺骗,却亲眼看到过最后一幕两人的翻脸对峙,再加上元泓一开

第十四章 金风未动蝉先觉

始将它装进包裹,险些扔进水里的旧怨,自然没有好脸色。

"想不到这脏兮兮的小东西洗干净了皮相还不差。"陆天祈戳了戳水滑油亮的皮毛,经过一番蹂躏,米粒儿正软软地趴在浴桶边,连抬眼的力气都没有了。

"是吧,朕早就说了,它很漂亮。"元泓兴奋起来。

"让侍从来清洗就好,皇上何必亲自动手。"

"既然决定养它了,当然要好好培养感情。"元泓笑道,"你的小鱼儿还不都是一有空就亲自洗涮喂食。"

"那是战马,在战场上生死与共的同伴,怎么能与这只贼猫相提并论?"

"猫也有忠心护主的,不能一概而论啊。"元泓言之凿凿地反驳道。

"哦,就是刚才说的跳下水追随主人吗?"

"呃……"刚才在门外听见的吗?这家伙耳朵真灵。

这时外面传来士兵的通禀声:"将军,有临川侯府来使求见。"

陆天祈只好起身出门。

元泓松了一口气,也说不清为什么,那点儿内心的小缺憾,她并不愿意与人分享,哪怕亲密如陆天祈。

将软趴趴的米粒儿从浴桶里抱起来,对上那双依然晕乎乎的金色眼睛,她耐心地叮嘱着:"记住了,以后你就是朕的人了,不许欺负豆沙啊,它进门可比你早。"

将米粒儿裹进了毛巾擦干,陆天祈去而复返。

"皇上,临川侯府来人,备了数条大船,说是要准备出海。还备了奏折,上呈预览。"

"出海?去哪里?"元泓动作一顿,诧异地接过奏折。

"说是其女想要北上,探望外家。"

外家?记得临川侯夫人是出身北方望族朱家,不过早已病逝多年,两家之间虽有来往,却并不密切,沈瑶君选择在这个时候探望外家,不能不引人深思。

"是起了疑心,试探朕的态度吗?"元泓一目十行地浏览着折子,内中言辞委婉谦卑,但字里行间也隐约透露,近日城内有一些针对沈家小姐的流言蜚语……

流言蜚语。元泓摸着下巴,不就是被自己退了回去吗,她还特意将行宫的全部宫女一起屏退,就是为了防止有人多想,怎么会再起流言呢?无论如何,沈小姐还待字闺中,有流言蜚语,想要回避一下似乎也是情理之中。

"要答应吗?"放下折子,她询问陆天祈的意见。

"临川侯所犯罪责,尽皆九族之诛,自然要斩草除根。"

"女儿探望外家,又是为了回避流言,理由正当充足,无故回绝必会引人疑心。"

"不必回绝,只说海上余寇尚未清扫完毕,请沈小姐暂缓行程,过两三日再出发即可。"

这倒是个让人挑不出破绽的理由,元泓点头同意,陆天祈立刻出去办理了。

第二天傍晚,元泓抱着黑猫下船散步的时候,远远看见了停靠在码头西侧的三艘大船。

船体高大坚固,木料外包着厚厚的铜皮,泛着金属特有的光泽。这三艘船,光看外形,威武霸气堪比西府水军的战船,而船上高耸的船楼则是江南亭台的建筑风格,精致典雅更是远胜军方船只。

距离尚远,就听到船上隐有娇俏柔软的声音传来,伴着阵阵香风飘逸在海风中。

沈小姐一行虽然遵照命令暂缓出海,却并未返回灵州城,而是在船上住了下来。大有海寇一靖平就立刻出发的架势。

"沈家的排场果然非同一般啊。"元泓感慨道。

"岂能比得上皇上轻舟万里的潇洒。"陆天祈随口笑道。

又在调侃自己乘小船跑路的事情,元泓瞪了他一眼。

"只是也用不到这么大的船吧?"

"据说沈小姐要在外家住一阵子,所以行李准备得比较齐全,不仅日常起居器皿,连同家具摆设、侍女仆役,乃至用惯的裁缝厨子都带齐了。"陆天祈微微笑着,目光落在船体上,闪烁起意味不明的光彩。

似乎是注意到元泓一行人接近,船上起了短暂的骚动,紧接着一队人快步下了船。

"参见皇上。"娇俏的身影柔柔跪倒在地,碧绿色的长裙绽放在金色沙滩上,宛如亭亭玉立的碧莲,一袭白纱遮掩了国色天香的容颜,却掩不去动人心魄的风姿。

元泓忽然有些怜悯——若是沈崇阳问罪,整个临川侯府都要烟消云散,眼前女子势必不能身免。

"沈小姐平身吧。"她声音柔和了很多。

沈瑶君站起身来,一双秋水潋滟的妙目从白纱之后透出,如水波流淌,婉转妩媚。身后随从也跟着起身,却都不敢抬头,只弯腰侍立在远处。

第十四章 金风未动蝉先觉

"啊，好可爱的小猫，是皇上养的吗？"沈瑶君还是如初见面时娇憨直爽，伸手去摸了摸米粒儿的脑袋，引得米粒儿又是一阵龇牙咧嘴。

元泓笑了笑："这小东西不太喜欢陌生人。"

"猫儿是比较怕生。"沈瑶君点头道，"皇上也喜欢猫吗？臣女的母亲生前曾经养了一只猫儿，浑身雪白，叫玉团儿。可惜母亲去世不久就跟着没了，至今臣女那里还留着以前逗它玩耍儿的小器具呢。"

"是吗？"元泓有些意外。

"那猫儿还是外婆送来的呢。听说外婆入秋以来一直身体不好，不知道如今怎么样了，只希望那些海贼赶紧覆灭，臣女也好平平安安上路。"沈瑶君声音柔婉动人，让人不禁心生怜惜。

元泓也只得安慰道："沈小姐不必心急，这几日必有凯旋的消息。"

两人说话的工夫，米粒儿无聊地四处转头乱看，突然挺直了脖子，炸毛一般望向沈瑶君身后。

"怎么了？"元泓惊讶，米粒儿突然窜出她的怀抱，扑向沈瑶君身后的一群随侍。

众人纷纷退避，元泓目光落在其中一人脸上，浑身一震，是他？怎么可能！

虽然只是惊鸿一瞥，但那张脸……

沈瑶君也被惊到了，尖叫一声。又因为是元泓的猫，众人不敢冒犯，任它上蹿下跳。

还是陆天祈快步上前，一把抄起那只调皮捣蛋的猫，拎了回来。

"皇上恕罪，臣女失态了。"沈瑶君脸色苍白地请罪道。

"是朕的猫儿顽皮，与你无关。"元泓看着重新跪倒在地的众护卫，其中那熟悉的身影让她心绪烦乱，几度犹豫，终于还是摆手道，"沈小姐受惊了，回去休息吧。"

他还活着？怎么会变成临川侯麾下的护卫？对了，黑蛟王与临川侯曾是盟友，转投临川侯府似乎也在情理之中，只是临川侯府马上就要覆灭，岂不是连同他也要一起……要不要提醒一下？可他本就是海贼出身，论罪当诛。

奇怪，那几天听他话中意思，对临川侯府极度不满，依他耿直的个性，就算想要报仇，也不可能去找上临川侯府啊！

还有……看着正在陆天祈手中张牙舞爪的猫儿，刚才米粒儿的反应似乎很奇怪啊！

没错，刚刚那人虽然只是惊鸿一瞥，容貌确实是贺承挽没错！

打发走了沈瑶君一行，元泓心事重重地回到了船上。直到晚间，用过了晚膳，有侍卫前来禀报，临川侯府沈小姐派人送来东西。

元泓好奇地拿起银盘上的一只玉杆，轻轻摇动，前头缀着的银灰色绒布球颤动不已，像是只小老鼠，再拿起一只青竹竿，银线悬着的木雕鱼儿摇头摆尾，活灵活现，这都是逗猫棒吧，难得沈瑶君心细，仓促之间，连这些东西都能找到。

将东西扔回银盘，元泓问道："派什么人送来的？"

"是沈家的一个护卫。"

"传他进来，朕有几句话要问问。"

不一会儿，护卫被领进来，跪倒在地。

果然是他！

元泓屏退侍卫，尚未开口，反而是米粒儿先激动起来，从桌上跃起，扑向地上的人。又抓又挠，毫不客气。

看着黑猫的反应，那个奇怪的念头越发清晰，难道真的是她想的那样？

她终于开口道："想不到你还活着。"

面对黑猫的骚扰，那人出手如电，轻松拎住猫的脖颈儿，笑道："皇上过奖了，臣命大啊。"星亮的眼眸泛着春日桃花般灿烂的笑意。

陆天祈带着一队骑兵返回船上，翻身下马，将缰绳扔给护卫。

他刚刚去了趟灵州城，联络了海商联合会的几个掌权人，包括他安插在城中的暗桩贾万春。城内依然遍地歌舞升平，黑蛟王的彻底覆灭让众多海商大喜过望，没有了这批吸血杀人的海盗，海贸的安全性大大提高。对圣驾和西府水军自然更加殷勤，吹捧奉承不说，捐钱捐物也格外大方爽快。可以预见，两天后的接风宴席必然风光堂皇。

而根据各方密探的消息，临川侯府似乎全无防备，沈崇阳本人每日忙于处理海事衙门的公务，协助筹备宴席，行动周全，毫无破绽。

上了船，一个身穿文官服饰的中年男子迎了上来，压低了声音，禀报道："将军，工兵已经将三艘船的水深测出来了。果然如将军所料，吃水过深……"

陆天祈往前走着，唇边溢出一丝笑意。

若不是这三艘海船露了破绽，陆天祈还真要以为是自己太多疑了。一个侯门小姐出游，随身就带了三艘大船，虽然临川侯府行事向来豪奢大气，但如今圣驾在此，沈崇阳是朝中沉浮多年的老人，岂会不知道避嫌？还大大咧咧，引人侧目。更何况三艘船的吃水也不同凡响。他暗中派遣经验丰富的士兵下水，摸清三艘船的底细。

这样深的吃水，说明船上带了极沉的物资，按照这几天探查的情报，三艘船所显露

第十四章 金风未动蝉先觉

出来的人数和器具，绝不可能有这么沉。

临川侯府盘踞灵州城多年，各方海商的供奉便足够让他盆满钵满，更勿论沈崇阳私底下还与黑蛟王勾结，干着那无本万利的买卖。

"……若是黄金，每船不少于十万两，若还有其他珍宝，更是无可计量。"亲信属下将估算的数字细细道出。

这三艘船中蕴含的秘密，只怕能顶半个黑蛟王的老巢了。

"另外，今日临川侯府的那位小姐又派人过来，询问什么时候能出发。将军，该用什么借口拖延过去？"

"不必拖延，明天追缴余寇的船只返航之后，就让他们出发吧。"

"可是……"

"临川侯毕竟经营灵州城多年，真要逼得他铤而走险，困兽犹斗，也非上策。更何况，圣驾在此，贸然动武，万一惊扰了圣驾非是好事。"陆天祈缓缓说道，当然，还一重隐藏的顾忌他没有说出，对于元泓的秘密，沈崇阳究竟知道多少？哪怕只有万分之一的可能，他也不敢尝试，因此，将沈瑶君放走，安其心神，再趁其不备，雷霆一击才是最佳战略。

"派人传令陈成飞、王彻，各率本部战船，巡逻海上之后不必返航，分别赴泗舟岛海域埋伏……"泗舟岛海域正是商船北上的必经之路。

陆天祈言简意赅地吩咐着后续战略，突然一个陌生的身影在视线尽头闪过。

那个方向是……他脚步一顿，转头问道："有人求见皇上？"

为避免两人谈话受到干扰，随行的护卫都跟在十步开外，听闻陆天祈发问，连忙上前回道："留守的人员曾传话说，临川侯府的沈小姐派人给皇上送来一些逗猫的玩物。"

看到陆天祈盯着那边，又问道："将军要见一见吗？"

片刻之间，那身影已经走远了。陆天祈略一犹豫，摇头道："不必了，正事要紧，去传各队长来议事厅。"

三天时间转瞬即逝，夕阳化为最后一抹残红渲染天际，无尽苍茫的海面上泛起粼粼金光。

华灯早早地点燃，将整个水泊码头照得纤毫毕现，恍如白昼，来往喧嚣的人群，更是比白天还要热闹。

犒赏大宴马上要在灵州城外开始了。

为免扰民，陆天祈宣布水军兵马一概不进城，让全城上下齐口称赞西府军战功彪炳的同时，又戴上了纪律严明、爱民如子的高帽子。

而元泓适时宣布，不去城内赴宴，留在军营中与众将士同乐，更让三军将士齐呼天恩浩荡。

说是与民同乐，但圣驾也不是等闲人士可目睹的，当日下午，码头边的一块空地上就撑起了一顶巨大的牛皮帐篷。

灵州城一众官员来往于帐篷内外，满含期盼地等待着圣驾的到来，美酒佳肴流水般端上来，眼瞅着就要开席了，有几个伶俐机警的不禁暗暗纳闷儿，身为灵州城官员代表的临川侯沈崇阳怎么一直都没有出现呢？

元泓早已换上金饰龙纹的冠冕袍服，准备下船迎接这场盛大的宴席，对整个灵州城来说，这也将是一场盛大的动荡。

一个时辰前，陆天祈已经带着兵马出发，前去查封临川侯府了。一纸诏书，雷霆出击，这灵州城从此就要变天了。

而她要做的，就是在宴席上宣布这个消息，安抚诸多官员、海商。

在一众侍卫环护下，元泓下了船，山呼海啸的万岁声中，进入帐中落座。

视线扫过跪倒在地的众人，还未说出"平身"二字。一队骑兵快马加鞭冲过码头，当先领队翻身下马，银甲劲装，威仪不凡，正是西府将军陆天祈。

一切如计划中进行。

进了帐内，铠甲叮当响着，他单膝跪倒在地，清晰英朗的声音传来，霎时震乱了满帐官员的心神。

"启禀皇上，臣不负使命，临川侯及其一党已经全部锁拿下狱，聆听圣裁。"

满帐哗然。纵然圣驾在上，也压不住翻涌而起的震惊。多年的经营，让临川侯这三个字在灵州城的权威犹胜远在天边的皇帝。

而这样一个恍如天上太阳的名字，一句话之间，就被锁拿下狱了？

"爱卿来得正好，"元泓微微一笑，依照之前的安排，沉声喝道，"来人，宣旨！"

一个披甲侍卫上前，将早已备好的明黄色圣旨展开，朗声宣读起来："奉天承运，

第十五章 旅程的终点

皇帝诏曰，临川侯沈崇阳，不思回报天恩，勾结海匪，劫掠客商，其罪一也……"

文章洋洋洒洒，列出临川侯沈崇阳的诸般恶行，元泓心不在焉地听着，陆天祈手下的书记官还挺能干的，这么快就总结出了文辞工整的八大罪状。当然，弑君犯上这一条，因为牵扯太多，并未列入其中。

听着骈四俪六的文章，看着跪在地上战战兢兢的众官员，短暂的兴奋过后，元泓只觉索然无味。

这就是皇权的威力，纵然在这灵州城里，临川侯一手遮天，几乎无所不能，但一纸轻飘飘的诏书，就能让他从此再也翻不了身。

她的思绪逐渐飘飞，收拾了临川侯府，灵州城让她记挂的，也只剩下一件事了。

就在昨日清晨，最后一队追击海寇的水军队伍返航之后，沈小姐如愿以偿地出发了。

三艘大船乘风破浪，急不可待地消失在茫茫大海深处。他们一行会顺利吗？

临川侯府的倒台，势必要牵连一众余党，而留下的权利空白又需要一些人去填补，一时间，帐内有人胆战心惊，冷汗涔涔，也有人欣喜若狂，两眼放光。

然而圣驾之前，这一切都不敢表露出来。众人齐声称颂着元泓的慧眼如炬、陆天祈的英武不凡，唾弃着沈崇阳的奸诈阴险，忏悔着自己有眼无珠——多年共事，竟然都没能发觉他的狼子野心。

这样的宴席，元泓本就没有多少兴致，安抚了众人几句，留下陆天祈应付场面，她便退了席。

回到船上，将沉重的袍服脱下，美美地洗了个澡，换上柔软的常服，这才松了一口气。

然而进了卧室，就看到不和谐的一幕——某只贼心不死的黑猫又在围着木匣子团团转，聪明的它竟然开始试着摆弄匣子上的开关。

每次触动，都引得内中一阵"吱吱吱"乱叫。

这只贼猫，每天大鱼大肉喂得饱饱的，竟然还在打豆沙的主意，可怜的小仓鼠自从它来了，每日只能藏身在阴暗的木匣子里，还是不能躲过它的骚扰。幸好临走前她特意为木匣子上了锁。

元泓将它抱起来，黑猫四爪扒住木匣子，于是她连猫带匣子一起抱了起来。

这只赖皮猫！元泓无语了，捏住它的脖子，一手拉扯木匣子，终于将两者分开。

将猫扔在地上，打开木匣子，豆沙神情萎靡地团成一个绒球，火红的尖耳朵无精打采地垂着，原本胖嘟嘟的身材明显消瘦，连银亮的毛发都掉了不少，元泓看得心疼不已。

见到豆沙真身,米粒儿两眼放光,数次试图跳着扑上来,都被元泓闪了过去。

"以前和贺承挽在一起也这么调皮吗?"元泓将豆沙塞进了口袋,然后弯腰将黑猫抱起来,"早知道让他带你走算了,看你还敢这么顽皮。"

"喵呜——"

"不愿意吗?算了,反正他也不是你真正的主人。"

"哎,你说,现在这个时候,他们走到哪里了?那个狡诈的家伙。"

抱着猫儿逗弄了一阵子,又喂了豆沙几颗松子,夜色渐深,元泓躺到床上。

明明心力疲惫,却偏偏难以入眠。

不停地辗转反侧,思绪混乱。这个夜晚,灵州城会有多少人跟自己一样夜难安枕呢?

外面的宴席结束了吗?他会收到那个消息吗?虽然陆天祈没有说过,但她也能料到,他必然安排了人手前去拦截沈家的三条大船。

只是当他收到拦截失败的消息时,会是什么反应呢?

迷糊了大半夜,熬得难受,元泓索性起了身。

走在木制的甲板上,脚下传来轻微的咯吱声,伴着海浪拍打船舷的水花声,如同一曲渔舟晚唱的小令。

已经下半夜了,盛大的宴席终于结束。喧嚣的码头归于平静,只留下一些仆役,散落在昏黄的灯火下收拾清扫。

屏退跟上来的护卫,她独自站在船舷边上,遥望着月色下的大海。

那是无穷无尽的黑暗,仿佛一个神秘未知的世界。

马上就要摆驾回京了,短短不足一个月,却经历了这许多曲折离奇的故事,还有心中,存着那么多的疑惑。

"海上风大,皇上怎么不在舱内休息?"

"你不是也没睡吗?"元泓转过身。

屏退了跟随的属下,陆天祈缓缓步走到船边。

站在元泓身旁,他神情平和,甚至有些压抑,而元泓敏锐地察觉出一些残留的情绪。

"你生气了?"

"皇上看出来了?是臣失态,请皇上见谅。"陆天祈微微欠身。

元泓默然。

"皇上不问臣为何愤怒吗?"遥望着深远的大海,他忽然开口道。

第十五章 旅程的终点

元泓一阵心虚："想必是军中出了什么急事吧。"

陆天祈摇摇头："军中虽然事务繁杂，但臣掌兵日久，自信都能克服。"

"那是什么人惹得你动怒了？"

"皇上猜得没错，"陆天祈神情失落，"而这个人就是臣自己。"

"啊？"

"臣愤怒，是因为臣忽然发觉，自己没有想象中那么聪明能干。"

"没有吧，天祈，你已经很能干了。"

"可还是被人耍得团团转。"他摇摇头，"而一个看似细小的失误，会牵动整个未来局势的变动，可谓一招不慎，满盘皆输。"

有这么严重吗？元泓瞪大了眼睛，不就是三条船吗？她咳了一声，勉强安慰道："术业有专攻，天祈你擅长排兵布阵，阴谋诡计未必在行。"

"听起来皇上似乎知道臣说的人是谁？"陆天祈原本交叠双手，趴在船舷上，此时忽然转过头来，盯着元泓。

"呃……"元泓吓了一跳，心虚的表情还来不及收回。

"看来皇上已经猜到臣在哪里跌倒了。"陆天祈叹了一口气，"臣记得前几天沈家小姐派人来为皇上送了一些东西，来的想必是皇上的熟人吧。"

元泓一颗心提起来，好在这几天"小王爷"的生活让她演技大幅提升，眨了眨眼睛："咦，天祈，你认出来了啊。只是，如今黑蛟王一脉已经彻底败亡，他又能干什么？"

"皇上宅心仁厚，臣也明白，贺承挽一个有勇无谋的护卫，也确实无关紧要。只是……"陆天祈苦笑一声，"皇上可知道，三天前西府水军打扫战场，贺承挽的尸首也一起被打捞上来，贾万春还特意前去核实过。因为怕让皇上伤心，臣并未禀报，想不到看似无关紧要的小事，却被人利用，反将了一军。"

"咦？"元泓七分震惊，三分难过。

难过是因为突兀的死讯，而震惊却因为更复杂的东西。

"所以，皇上那一天所见的贺承挽，是有心人假冒。臣之前派人暗中盯梢临川侯府，曾见到沈崇阳麾下亲信窦武带着身份不明的人士进入，可惜来不及深入调查。"

"你是说……"

"若臣猜测不差，此人应该是郑源无误。他精于易容乔装之术，沈崇阳与贺承挽又不熟悉，自然容易被骗。"

"他带着黑蛟王之子吴澄的面具来灵州城，又在天龙寺刻意接近其人，套取情报，就是为了来到灵州城谋夺黑蛟王剩余的势力。当初皇上就算不带着他来到灵州城,他也会来这里走一趟的,反而因为皇上的意外举动,让他的计划出现了所料未及的变数。"

"准备好的身份被皇上越俎代庖,黑蛟王的残余势力也被彻底剿灭,于是他立刻改变计划,将主意打到临川侯府头上……"

天祈,你不必气愤自己不如郑源,仅凭着这些细节就能推断出他的全部计划,已经足够优秀了!元泓暗暗感慨,一边嘴上开解道:"他也只带走三艘船,有这么重要吗?"

"三艘船内,有差不多半个临川侯府的家底,皇上认为重不重要?"

"有这么多?"元泓这次是真的震惊了,旋即想到,"这么说来,沈崇阳是发现咱们要对他动手了?"

"尚未来得及向皇上禀报,昨晚沈崇阳不甘受捕,在府中横剑自刎了。"

元泓惊呼一声,想不到沈崇阳这么刚烈,罢了,反正也是难逃一死。

"不过臣审讯过相关人员,这三艘船应该是出去暂避风声,若是临川侯府屹立不倒,沈小姐便探亲一趟,平安返回;若临川侯府获罪,那三艘船就再也不会回来了。"陆天祈摇头笑道,"可惜被人釜底抽薪,都变成了燕国公府的财产。"

元泓低下头:"北疆军队也是我大胤的栋梁,日日防备狄族南侵,这笔钱改姓裴,总比被沈崇阳用来穷奢极欲好。"

陆天祈深深地看了她一眼,沉声道:"皇上,太后这些年来,一直拖延着北疆军的军费补给,虽然朝中也有非议之声,但若不行非常手段,如何钳制得了燕国公这种豪雄?"

这么爽快地承认了?克扣北疆物资这件事!

意料之外的坦白让元泓愣住了。

陆天祈反而笑了:"看来皇上是知道的。臣还以为皇上一直对朝政全无兴趣呢。"

"朕是知道。"元泓点点头,忽然之间就下了决心,"但不是通过朝政,是有人告诉朕的。"

"没错,就是郑源告诉朕的。其实,刚才你也猜到了吧?他没有隐瞒朕,坦白了自己的身份。"元泓毫不客气地盯着他。把一切都说出来,心情爽快多了。

"皇上……"陆天祈无奈地苦笑了,"臣确实没料到郑源会在皇上面前如此坦诚。"

"不是他坦诚,是他被米粒儿认了出来。"元泓将脚边的黑猫举起,凑到陆天祈面前。

第十五章 旅程的终点

看着张牙舞爪的黑猫,陆天祈恍悟:"听说贺承挽养了一只猫,颇通灵性。难怪……"

略一思索,陆天祈就将事情经过想了个明白。

"然后他一顿哭穷,皇上就心软,答应替他保守秘密了?还把三船物资拱手相让。"

哭穷!元泓嘴角抽搐:"也算是吧。"

"那另外一些事情,郑源可曾向皇上坦白?"

"什么?"

"燕国公府世子裴正源,十三岁就进入军旅历练,十四岁时带领斥侯兵马深入狄族营地探查,缴获物资无数,十五岁带兵突袭狄族王廷,斩首三千,威震北疆,被誉为大胤第一的少年战神。而这位世子天生俊美无双,凉州城内的大姑娘小媳妇无不痴迷追捧,出门一趟,掷果盈车。"

"你是说,郑源他……"

一番长谈持续了小半个时辰,天际渐渐泛出鱼肚白。

金色的晨曦跃出天际,霎时破开暗夜,渲染出水天一色的蓝。

俊逸的容颜一半被金色的光芒笼罩,一半掩在阴影中,一种危险而又愉悦的笑意,从深不见底的眼底浮起。

"没错,这次,可是逃掉了一条大肥鱼啊!"

元泓一时失神,不禁赞道:"大祈,掷果盈车什么的,你也可以去干一票啊。"

陆天祈一愣,按住额头,一副被打败了的表情:"皇上,你知道我们失去了一个大好时机吗?"

"不好吗?朕看你很期待的样子。"

"哈,下一次交手,臣有信心绝不会犯这样的错误。"微微笑着,他眼角眉梢泛起淡淡的金芒。

既然是燕国公世子,必定还有见面的机会吧。

"不过干一票这种话语,皇上是什么地方学来的?"

"当然是当小王爷的时候了。"

"唉,臣当初就不应该……"

"朕知道了!回宫之后绝对不会再说了。"

随着一切的坦白,深埋在心底的阴霾也消失了,两人并肩向舱内走去。

元泓笑起来:"昨晚,你派去拦截的人扑了个空吗?"

"是扑了个空，不过臣已经派出快船追击，又联络了白宸侯相助，不知能否追到。"

"白宸侯，说起来，他也是三大寇之一，为什么会帮助我们呢？"

"这些年来，白宸侯势力以商贸获利为主，本就不是黑蛟王的同路人。此番帮助朝廷，也是示好之举。我大胤立国虽短，但四海靖平，百姓安乐，如日中天，敢于负隅顽抗，必然逃不过覆灭的下场，黑蛟王覆灭就是实例。"

是吗？元泓随口应道，心绪却发散开来。

投靠朝廷吗？白宸侯那样的男人会是这么简单的人吗？

奈何东海遥遥，只怕相见无期了。

不过好在宫中还有一个补偿，整治一番，也可以勉强饱饱眼福。

万里之外的京城，正在长乐宫里吃点心的白妃忽然打了个喷嚏。

明明是贺承挽俊逸的容颜，可星亮的眼眸却泛着春日桃花般灿烂的笑意。

"你是……郑源？"疑问的语气说出的却是肯定的言辞。

"皇上火眼金睛，慧眼如炬。"

"你……你可知罪。"害得朕落入贼窝，担惊受怕，历经艰险。

"臣冤枉啊，臣又怎知皇上会在半夜偷偷摸摸进臣的房间。"

"呃……"确实是自己擅闯，捡了面具没错，但朕也不是故意的啊！

"唉，早知道，臣一定扫榻以待，让皇上不虚此行……"

咦，这话听着好像有哪里不对啊。

"哎呀，别挠别挠……"郑源将捣蛋的黑猫举起，米粒儿对他的脸有着异乎寻常的执着，似乎也在愤怒着这个人明明不是主人的气味，却为什么有同一张脸呢。就算被举得高高的，尖锐的爪子还是拼命往某人脸上伸。

"活该！"看着某人手忙脚乱的样子，元泓总算出了一口恶气。

"天祈说你当晚之后就不见人影了，溜得倒是很快。"

"皇上面前，臣不敢说谎，那天晚上，趁着陆兄去拜会临川侯的工夫，臣是偷偷溜出去一趟，只是想打探一下黑蛟王残余势力的消息，可回来之后却发现面具不见了，又发现竟然连皇上也不见了，臣就知道大事不妙。只能趁着陆兄尚未返回，赶紧逃命去了。"郑源眨了眨眼睛，有几分愧疚，"害得皇上受苦受累又受惊，是臣失误，但臣也受到教训了。这些日子可是东躲西藏，整个灵州城几乎没有藏身之处，着实苦啊！若不是还有点儿不入流的手段，只怕皇上就再也见不到臣了。"

"若不是因为你的面具，朕又怎么会出这种意外。"元泓冷"哼"一声，打量着郑源的面容，"顶着这张脸，你又在打什么鬼主意？"

郑源苦笑道："整个黑蛟王势力都被陆大将军剿灭了，臣也只能从边角捞点儿好处了，总不能白跑这一趟吧。"

边角捞点儿好处？元泓脑筋一转，立刻想到，他顶着这张脸投靠了临川侯府，以贺承挽的身份，沈崇阳必定不会起疑，难怪会让他充当了女儿的护卫。而他肯老老实实跟在沈瑶君身边……

"你……想要打临川侯府的主意？不会是说这三条船吧？"

"皇上英明。"

"一个弱女子的财产，你也抢劫！实在太阴险了吧？"

"不义之财，取之有道。"

"道从何来？"

"用之抚恤兵马，充实粮草，报效国家，上应天道，下顺民心。"

这个答案有点儿意外，元泓愣住了。

也许是被元泓惊讶的神情触动。郑源叹了口气："皇上认为臣为何要处心积虑伪造身份，谋夺黑蛟王势力呢？还不都是为了银子。"

"燕国公府很缺钱吗？"

"皇上可知北疆军如今过的是什么日子？一月一份的军饷如今只能三月发一份，攒下的饷银可不是进了燕国公府，而是偷偷拿出外购粮草了。就算这样，军中依然粮草不足，只有出战兵马得以饱食，余者一日两顿，危急时甚至一日一顿。去年冬天，为了平安过冬，节省粮草，军中宰杀了五千匹战马，虽然都是老弱，但也是陪同将士征战多年，为大胤基业满身伤痕的战马啊！"

漆黑深邃的眼眸中不再有笑意，只有丝丝寒气。

"靠着这批战马，全军将士总算平安过了冬天，这一次来灵州城，若臣无法带银子回去，今年的冬天又要怎么过呢？战马再折损下去，只怕连出征的战马都要凑不齐了。"

"长此以往，军中不满的声音渐渐多了，若不是国公爷深孚众望，与将士同甘共苦，而众将士的父母妻儿大多都在关内，早就人心浮动，甚至发生变乱了。"

元泓愣住了，良久，才挣扎着道："这些，是真的吗？朕都不知道。"说到后来，她声音渐渐弱下去。

第十五章 旅程的终点

"若有一字虚言，就让臣葬身海上，永世无法返回北疆。"郑源沉声道，"皇上，北疆兵马也是为大胤征战沙场的铁血男儿，比起御林军、禁卫军、西府军，以及各府的地方兵马，这些年，他们吃的苦，受的累，何止百倍千倍。"

元泓沉默了，她明白，北疆是大胤最危险的战场，黑蛟王只是一个盘踞东海的匪寇势力，而狄族却是骚扰中原数百年的心腹大患。

虽然十余年前的那一战让其元气大伤，但这些年实力渐复，仗着快马轻骑，时常骚扰边关，让人防不胜防。

而她也不是傻子，大胤立国虽然不久，但四海升平，商贸繁华，国库并不缺银子。

会如此钳制北疆军的饷银粮草，只有一个原因。

她忽然感觉一阵烦躁，一切都是为了权势，为了自己脚下这个无上尊贵的位置。

他们是权谋圣手，是不世枭雄，用尽了一切手段，算计天下，算计世人，可偏偏坐在这个位置上的人是自己。

"朕……"

"臣明白，皇上尚未亲政，也无力改变什么。臣今日冒险来见皇上，也并非想要谋求什么，只是想让皇上知道一些事情罢了。"

"如今世上最赚钱的，莫过于海贸了，西府军的建立耗资巨大，也得益于灵州城日益增长的税收。若能收服黑蛟王的残余势力，打通海上通道，北疆军就能一劳永逸地解决钱粮问题，可惜还是失败了。"

"是朕不小心。"元泓低下头，早知道她真不该去碰那张该死的面具。

"天意如此，不过好在尚有临川侯府的补偿。"

"啊？"

"皇上是要对临川侯府动手了吧？沈崇阳也有所警惕，这三条船里，可塞了不少他非法所得的金银细软，想要让沈瑶君带着先走一步。臣觉得，与其留给他们穷奢极欲，不如资助我北疆军得了。"

"这样也好。"元泓心头一松。反正也是赃银，给了北疆军也算合理，而且三艘船能有多少金银，西府军剿灭黑蛟王已经大丰收，这点儿金银想必无关大局。

看似皆大欢喜的结局让她轻松起来。

"对了，沈瑶君你要怎么处理？"

"臣也不会赶尽杀绝，明面上的财产，还是会被沈瑶君带着回归母家。臣要拿走的，只是沈家的非法积蓄，毕竟此事也不能外传。另外，"略一犹豫，郑源叮嘱道，"皇上若要对临川侯动手，可要及早行动。"

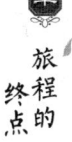

"朕知道了。"元泓点点头。

"既然皇上不反对,那这三船物资臣就却之不恭了。"郑源展颜一笑,迅速恢复了那慵懒玩乐的神情,一边说着,一边伸了个懒腰,"想到马上就要离开灵州城了,臣总算松了一口气,西府将军再加白宸侯,同时被这两大势力针对可真吃不消啊!"

白宸侯……元泓霎时想到了那个让人惊艳的男子,对于他为何会帮助朝廷,陆天祈给出的解释是识时务的明智选择。

可她总觉得事情不会这么简单。

"白宸侯是什么来历,你可知道?"

"白宸侯如今算是投靠了朝廷,他的来历,皇上应该最清楚才对。"

"别跟我转移话题,"元泓瞪了他一眼,"你们燕国公府飞星消息灵通,怎么会不知道。更何况你们打算插手东海贸易,能不仔细打听三大寇的底细?"

郑源叹了口气道:"好吧,皇上想知道哪方面的?"

"他的出身,和他背后的势力。"

郑源一怔。

元泓耸耸肩:"来到东海走一趟,我算是看明白了,东海这么肥美的鲜肉,谁都想要咬一口,连燕国公府都心动了,何况满朝文武。而海疆之上,海寇万千,却只有三大寇能坐大,势力膨胀至此,若要说全凭自己,背后无人支撑,那就是笑话了。"

"皇上真的很聪明,"郑源别有深意地看着元泓,"不知陆兄是否曾见识过皇上的敏锐明慧呢?"

"不要顾左右而言他,速速从实招来。"元泓瞪了他一眼,推测道,"黑蛟王背后的不用说,自然是临川侯府了。青鳞公占据北方,说实话,直到昨天之前,我都猜测他应该是燕国公府的势力呢。"

"好想法,臣也这么期待着啊。"郑源苦笑道,"青鳞公虽然来历成谜,但他起家就从北方开始,而且军中多飞鱼服等机关奇术,而去年北疆军的飞星刚探得了一个有趣的情报,近几年狄族的少君时常不在族中,行踪隐秘。"

"狄族少君?"元泓惊讶起来,北狄风俗不同于中原,其帝王被尊为大君,少君便是册封的太子。

"此人是狄族大君的嫡幼子,生性阴险狡诈,好用奇兵,且常兵行险招。之前北疆军与其交手,也曾吃过数次败仗。这几年他行事逐渐低调,极少在狄族露面,反而时常奇珍异宝贡品不断,狄族上下无不心悦诚服。"

"你是说青鳞公与狄族有关?"这个消息太过震惊,元泓一时难以消化。转而又想到，上次黑蛟号上，青鳞公派出送礼的那个使者，高鼻深目，剽悍精干，确实有北方蛮族血统。只是这帮蛮子什么时候这么精明开窍，懂得海上贸易这条黄金道了？

郑源点头道："只是猜测而已。暂时还难以证实。"

"那白宸侯呢？"

"皇上，这些消息可都是价值万金，为了探查，燕国公府的一等飞星都折损了好几个。"

"三船金银，足够付账了吧？"

"好吧。"郑源一副被打败了的表情，忍痛道，"至于白宸侯的来历，说起白这个姓氏，皇上可还记得天沥白氏？"

元泓惊讶，天沥白氏这个宗族，天下几乎无人不知。

南周四大姓之一，南朝四姓——淮州陆氏、天沥白氏、玉陵萧氏、冲阳黎氏。

四家都是传承数百年的名门望族，盘根错节，势力庞大，连南朝的皇后，都一直是从这四家之中选取。

所以这四家的女儿，是全天下名门闺秀的楷模典范。

其中的玉陵萧氏和冲阳黎氏，在先帝南下时誓死不降，全族都遭到诛杀，仅余旁系凋零残存，早已不复世族之名。

而淮州陆氏族长在南周灭国时，正担任太傅，为人识天命，知变通，及时归顺新朝，迅速得到重用，其家族如今可是大胤顶级的世家名门。

元泓这样说有些别扭，因为她身上也有一半淮州陆氏的血统。

没错，陆家就是太后陆兰堂的母家。

陆天祈也是陆家子弟，算是她表哥。

而剩下的天沥白氏，经历就比较奇特了，当时的白家族长白成曦任南周水师统领，大胤南征，势如破竹，水师都没来得及出战，京城盛安就被攻破了。

先帝派人招降，白成曦也算识时务，犹豫了几天就乖乖投降了。先帝龙颜大悦，本想好好犒赏白成曦，以为表率，同时派人收编水师。

不料却发生了一件意外——派去传旨的使者下榻当晚，水师营中突然起了大火，火势熊熊，足足烧了一天一夜，南周的半边天幕都被烧红了。

最终，南周水师一千四百余艘精锐战舰，连同整个码头都被烧成了飞灰，前去收编水师的大胤使者也没能逃过这一劫，一起葬身火海。

先帝震怒，派人详查，可惜因为火势太大，痕迹全无，最终连起火原因都无法查明。

第十五章 旅程的终点

反而是白成曦当晚率领亲兵离开，进京觐见先帝，逃过了一劫。于是大胤朝中就有了一种流言，白成曦归降只是迫于无奈，无力回天，实则还是心向南朝，所以在归降当夜，索性放了一把火，让这天下第一威武雄壮的水师殉了国，也好过落进大胤这个敌国手中。

这谣言虽无证据，却传得有鼻子有眼儿，连同先帝也受其影响，白成曦觐见后，只不咸不淡地赏赐了些财物，封了个一等伯的爵位，就再无重用。

白成曦为人也很精明，深知自己不受待见，干脆不入朝了，隐居庄园，安心享受荣华。

可白家的霉运却并没有就此中止。

数年之后，南朝边境忽有海寇作乱，劫掠地方官府，等同谋反，而这批海寇竟然打出了南周白家的旗号。

当时先帝正病重，听闻此事，勃然大怒，派人去天沥，将白成曦全族锁拿归案，严加讯问，大理寺兵马立刻出发，却在抵达白氏庄园后，发现整个庄园已经没有一个白氏嫡系了，只余下一群仆役丫鬟，一问三不知。

大理寺立刻追查，发现就在三天前，白家全族似乎是得到了什么消息，举族以出门行猎为名，带着不少细软去了野外，从此就消失了踪迹。而在东部码头，有人见到过他们备船出海，就此潜逃无踪。

这一举动更加坐实了白家勾结海寇、阴谋作乱的恶行。

先帝震怒，立刻派水师前往缉拿平寇，苦苦搜索数月之后，终于找到了踪迹，可找到的却是满船的尸体，据说是出海不久就遇到飓风，偏离航道，食水不足，最终在远海孤岛触礁搁浅，船毁人亡。

这样凄惨的结局总算让先帝出了一口恶气。本想着继续追究其余白氏旁系的责任，可当时病重，天下都在大赦祈福，也就没有深究。

幸好如此，不然自己宫中也要少一个妃嫔了。

没错，白妃出身的溧川白家就是天沥白氏的旁系远支。

不过因为相隔太远，早已沦落为商户人家了，还是白妃入宫之后才逐渐复起的。

看着元泓变幻莫测的脸色，郑源继续补充道："白宸侯与西府水军应该早有盟约，若无他相助，西府水军也不可能轻松剿灭黑蛟王，而他能长期把持最繁华富裕的南洋海贸，想必也与黑蛟王一样，朝中有人。"

而且这个人，必然比临川侯只高不低。元泓默默补充了一句。

"这些消息已经足够，多谢你了。预祝你一路顺风。"

"承皇上金口玉言，臣必定能马到功成。"郑源躬身后退至门边，抬头看了元泓最后一眼，转身离去。

再一次见面，不知会是什么时候了。

……

从遥远的思绪中返回，看着眼前陆天祈期待而振奋的神情，元泓微微一笑。

期盼着重逢的，看来不仅是自己啊！

她的目光落向远处，晨曦初起，整个灵州城沐浴在淡金色的晨光之下，庄严宏伟，而又鲜活生动。

灵州城，充满了奇迹与梦想的城市啊，再见了。

朕，要回宫了。

这个世上最可怕的危机是什么?

在那一天之前,豆沙会说,是吃的没有了。而那一天之后,豆沙会告诉你,是主人没有了。

不不不,豆沙不是你想象中的奴仆,需要起早贪黑地伺候着主人,反而是需要主人起早贪黑地伺候着它的奇异存在。因为它不是人类,而是一只小仓鼠!

一只美绝人寰、倾国倾城的小仓鼠……呃,当然是在仓鼠界!

根据主角出场需有两百字容貌描写的规律,在这里先阐述一下豆沙优秀的外貌条件,这可是让它过上无忧无虑神仙般日子的第一要素。

通体白润,毛色如最纯净的亮银般闪烁光滑,乌黑的大眼睛如同宫妃发饰上镶嵌的黑珍珠,而耳朵尖儿上的两点嫣红,更是集天地造化之灵秀……

咳……你也许觉得这些描述太夸张,但这些话语,可不是豆沙自吹自擂的,而是这个世上最尊贵的人一言九鼎,金口玉言所说。

没错,就是这个帝国最最尊贵的,至高无上的皇帝陛下。

不过,那个时候,豆沙的主人并不是他,而是他最宠爱的妃子。

对一只仓鼠来说,有主人的日子是幸福的,而有一个好主人,那更是幸福中的幸福。

回想起那段美好的日子,豆沙每天所需要烦恼的,就是榛子和花生应该先吃哪个,白丝绒枕和丝绸软垫哪个躺着更舒服……

清晨,睡眼蒙眬之中,就会听到温柔又熟悉的声音。

"小懒虫,快起来吃东西了。今天是要吃松子还是核桃呢?"

啊,闻到果仁的香气了!豆沙瞬间睁大了眼睛。

入眼是春葱般的纤长手指,拈着鲜甜可口的果仁,对一只仓鼠来说,这无疑是世上最美好、最神圣的画面。

银铃般清脆的笑声传来:"这么快就清醒了,这只贪吃的小东西。"

主人,你都把食物送到我鼻端了,能不清醒吗?豆沙委屈地想着,一边蹭了蹭鼻子,准备大快朵颐。

"朕来喂它。"旁边一个轻柔的声音插了进来。

什么?一言入耳,豆沙瞬间炸毛,这才注意到,美丽可爱的主人身边,还有一个熟悉又可恶的身影。

就是这个自称朕的坏家伙,每次食物落到他手里,自己就别想第一时间吃到了。必须经过翻滚跳跃,攀爬挪移,十八般武艺来回演示一番之后,才有可能换来那个人大发

篇外篇 宫游记

慈悲手头一松，食物落到面前……

想到过往的惨痛经历，豆沙蓦地跳了起来，像一只白茸茸的毛球，一往无前。

撞到了预料中的白净温软的掌心里，它一口咬下去，却不是期盼中香甜清脆的果仁香，而是温热细腻的肌肤。

"竟然敢咬朕！这只胆大包天的小东西，该诛九族的。"

那个可恶的家伙，竟然……竟然将万恶的爪子挡在了主人掌心的前面。

呜呜呜……看来今天又没法顺利吃到食物了。

"抗旨不尊，再加袭击龙体，今天更不能轻饶了你。"

果然……这个人好坏啊！人类这种生物，为什么差别这么巨大呢？想想主人，多么美丽温柔善良，而这个人，多么阴险狡猾邪恶，幸好这个万恶的家伙不是自己真正的主人。

怨念中，豆沙眼泪汪汪地开始被迫表演各种翻滚攀爬。

直到那个清丽如仙乐的声音响起："小东西也饿坏了，皇上就不要折腾它了。"

主人果然是世界上最美丽温柔善良的人！

"罢了，就饶过它这次。"那个人笑道。

两粒儿果仁终于被大发慈悲地扔到小仓鼠面前。

豆沙迅速抱起啃咬起来，满口香甜。

"皇上还没有想好它的名字吗？"

"还没呢。天祈说这是什么南洋异种，天性通灵，怎么看起来呆呆傻傻的？"那个人捏了捏小仓鼠的尾巴。

小东西低低抗议了一声，继续吃着。

"皇上又不通仓鼠语，怎么知道它是不是内心通透敞亮呢？"

"是吗？朕看它只是模样生得好些，与其余仓鼠并无二致。"

"那皇上觉得陆将军会说谎吗？"

"天祈当然不会骗朕，"元泓断然否认，然后弯下腰，盯着一心扑在食物上的小仓鼠，"朕觉得，这小东西是因为吃得太多了，才变得又胖又呆。"

什么意思？那个人不怀好意的眼神让豆沙本能地警惕。果然，下一步，一只手伸过来，捏住自己爪子里的果仁，就要向外抢夺。

还有没有人性啊！

小仓鼠紧紧抱住怀中的食物，然而，在强大的力量差距面前，所有的挣扎都只是徒劳，它只能眼睁睁看着食物从自己怀中飞出，越飞越远……

小爪子虚无地抓着,小肚子"咕噜噜"叫着……好饿,好饿,饿得都没法睡觉了。

它猛地睁开眼睛,四周是一片阴暗。

原来……刚才只是梦啊!

什么时候,自己睡着睡着,又滚到壁橱底下了?

唉,刚刚又梦到以前的幸福日子了。

豆沙抱住爪子,在以前,它这样圆润优美的姿态被那个人称赞为光洁的小雪球,而现在,连续数日的饥饿让它毛色暗淡,长时间躲藏在墙角橱底更让它灰头土脸,蜷缩起来,更像一团沾染了墨水的废纸。

"咕噜噜……"

是肚子在叫唤,好饿啊,难怪会梦到之前的幸福日子。

其实,现在想起来,那个人也不是那么可恶,至少在辛苦一番之后,总是能够吃到食物的,不像现在……

豆沙挣扎着从柜子底下爬出来,看着熟悉又陌生的栖凤阁寝殿,曾经宝光闪烁,贵气典雅的宫殿此时一片阴沉寂静。

主人不在,那个人也不在,还有负责日常照顾自己的两个小宫女也不见了。

他们还会回来吗?

已经整整五天了。

将食盘里最后的食物吃完,它就开始饿肚子。

曾经被赞誉为黑珍珠一样闪亮的眼睛如今一片黯淡。

回想那个恐怖的夜晚,那一天,它还在甜美的睡梦中,突然被嘈杂的声音惊动,一大群人涌进了房间,它还从来没有在这座宫殿里看到过这么多人。

那些人穿着墨绿的袍服,还有一些穿着明晃晃的铠甲。他们冲进来,四处搜索,驱赶着所有的宫人,还有主人,她的声音前所未有地凄厉。

"让臣妾见皇上!"

"你们如此一手遮天,不怕报应吗?"

殿内一片混乱,主人的声音夹杂在无数宫人的哭喊声中,让豆沙迷惑而惊恐。它只能将小小的身躯缩成一团,瑟缩进壁橱的缝隙里。

然后是扫荡一般的搜查,等到夜晚降临,殿内一片寂静的时候,豆沙悄悄从缝隙中爬出。

曾经熟悉的房间已经完全变了模样。很多东西不见了踪影,殿内显得空荡荡的,而最主要的原因还是缺少了人。

篇外篇

宫游记

扫洒的宫婢，传话的太监，奉茶的女官，弹奏的乐师，曾经这座宫殿里有那么多人，现在都没有了……

还有吃的。豆沙记不清楚这是第几次爬到自己的食盘前了。

这是个翡翠小碟，雕成一朵盛放的莲花。里面时时刻刻堆满了它喜欢的食物，而且每片花瓣各有不同，如今却是空空一片。

用嘴巴蹭着翡翠花蕊，冰凉的触感传来，豆沙抬起头，鼻子发酸。

主人不见了，那个人也不见了。

这座繁华的宫殿，唯一不变的，也许只剩下窗前透进来的月光，依然清澈亮丽。

还有那座水墨山水琉璃屏风，记得主人最喜欢在这里跳舞。

而那个人，有时也会换上主人的衣服，一起在这里……

记得就在前些日子。

"皇上舞蹈的天赋不比臣妾差呢，短短几日已有惊鸿之姿。"

"是阿绾你教得好。"

"皇上学臣妾的舞，是为了跳给陆将军看吧，臣妾听闻陆将军很快就要凯旋了。"

"胡说什么，朕只是一时来了兴致，活动一下筋骨罢了。"

"哦，一时兴致就让臣妾如此劳心费力。这几日宫中流言四起，臣妾可是不胜困扰啊。"

"什么流言？"

"当然是指责臣妾用狐媚手段迷惑皇上，夜夜笙歌，空耗龙体……"

"咳咳，怎么会有这种说法？"

"皇上专宠臣妾日久，宫中本就怨念日增，而这几日皇上因为彻夜练舞，面色苍白，精神不济。再联想到臣妾每与皇上共处一室，必屏退所有宫人，难保不让人想入非非啊。"

"呃……要不朕下旨整治一番？多半是丽妃她们嘴碎。"

"算了，皇上是嫌臣妾还不够招人怨恨吗？"婉妃的声音满含怨念，"这几日，臣妾总觉忧心忡忡，似乎有大事临头。"

"别担心，等天祈从海疆返回，朕就跟他摊牌，再坚持几天就好。"

"可是……皇上啊，"婉妃的声音低沉下来，叹息一声，却又不再多说，"罢了，就多等几天吧。"

似乎能感受到主人的烦恼和不安，豆沙"吱吱"叫了一声，似懂非懂地望着主人和那个人，她们换上衣服的样子好像啊！有时候自己还真分不清楚哪个是主人呢。

……

唉，往事不堪回首！

听到自己小肚子里"咕咕"的叫声，望着空荡荡的宫殿，豆沙垂下小脑袋。

自己要饿死在这里吗？

突然一阵细碎的声响传来，是宫殿的大门被人推开了。

是谁？豆沙抬起头，看到两个人影蹑手蹑脚地走了进来。

当先那个一身水绿绣银云纹的袍服，豆沙瞪大了眼睛，之前，就是这种模样的一群可恶的家伙，抢劫了栖凤阁，还带走了主人，眼前这家伙也是其中一员。

三更半夜，他又跑来干什么？

"吕公公，多谢你了。"后面的人影上前一步，是个身姿窈窕的小宫女，一边将一个小布袋递到太监手中。

吕公公打开看过，立时两眼放光，连忙收好塞进怀里，恭声道："能为充仪娘娘效力，是奴才的荣幸。"又道，"因为皇上昏迷，如今宫中一片混乱，等闲不会有人过来这边，吉祥姑娘尽管做事，奴才在外面守着。"

名唤吉祥的宫女点头道："有劳公公了。"

待吕公公离开，她立刻到四周翻找起来。尤其是书案、壁橱角落这些地方。

可惜因为被严密搜查过数次，原本华美的栖凤阁早已空荡零落，吉祥翻找了半天，也不过只找到了少数几样东西，来不及细看，都匆匆塞进带来的小箱子里。

豆沙瞪着小眼睛，这个人在干什么？她跟之前来抢劫的人是一伙的吗？那么跟着她，是不是就能见到主人了？

饥饿让豆沙忘记了恐惧，它简单的小脑袋无法思考更多的细节。豆沙奋力挪动着身体，沿着繁复的花纹，爬进了吉祥摊开在地上的小箱子里。

又有几样东西被扔进了箱子，不久，箱子盖被合上。

一片黑暗中，豆沙感觉箱子浮了起来，摇摇晃晃着。

是吉祥披上斗篷，抱起小箱子，向外走去。

跟守在门口的吕公公打过一声招呼，她急匆匆地离开。

不知走了多久，木箱被人搁下，却迟迟没有人打开盖子。

黑暗中，豆沙又饿又困，一丝熟悉的气息萦绕在鼻端。似乎是主人的香气。

它忍不住张开嘴啃了下去，木木的感觉，不好吃，但似乎能吃。

能吃？

豆沙勉强振作起精神，继续咬了下去。

勉强吃了个半饱，这难吃的东西豆沙再也无法下口了。它昏昏沉沉睡了过去，直到有声音将它吵醒。

"娘娘，您快躺下！让奴婢给您上药。"是那个吉祥的声音。

"吉祥，我没事……啊！"一个柔美和雅的声音响起，带着几分虚弱。

"娘娘，您膝盖都跪肿了，还说没事？要不明日告病吧。"

"胡说什么？皇上濒危，后宫妃嫔都日夜跪在佛前祈福，我岂能一个人偷懒？"

"可是，就算娘娘你们每天去小佛堂跪着祈福，皇上也不会醒过来啊！"

"闭嘴！这种话也是你能说的吗？若是传到外面，你我都死无葬身之地。"

吉祥吓了一跳，自知失言，连忙跪下："奴婢错了，只求娘娘切勿动气。"

沈充仪叹了一声："罢了，我知道你的心意，只是这种话千万别再提。为皇上祈福，是我身为后宫妃嫔的本分。若皇上此次能够转危为安，我情愿在佛前跪一辈子。"顿了顿，她惨然一笑："若皇上真的无法醒来，我沈月琴这一辈子，只怕也到头了。"

吉祥沉默了，若真是皇帝驾崩，像沈充仪这样本就不受宠而又没有留下子嗣的妃嫔，恐怕只有青灯古佛，出家为尼一条路了。

寒寺凄冷，出身尊贵者尚有娘家照应，出身低微者，只能熬日子罢了。自家小姐虽说是侯府贵女，却只是庶出，到时候不知侯爷肯不肯……

想到临川侯，吉祥立刻道："娘娘，您昨晚吩咐奴婢去找的东西，奴婢去过了。"

沈充仪精神一振："可有线索？快拿来给我看看。"

吉祥连忙将小箱子从壁橱下取出，搁在床头案几上打开。

因为晃动，豆沙冷不防滚进了一团柔软舒滑的布料中。

一只手伸进来，翻动着上面的东西。

这些信笺……沈充仪迅速翻看了一遍，只是普通的诗词书法练笔。

"咦，这几张怎么少了一半？"

原来自己刚才啃食的，就是主人用来写字的薛涛笺啊！难怪那么难吃！被困在衣服里，豆沙迷迷糊糊地想着。

难道这其中有什么秘密，所以被婉妃销毁了？可是也不可能只销毁一半吧？还有这锯齿状的裂痕更让人百思不得其解。拿着小仓鼠吃剩下的几张残纸，沈充仪大为困惑。

"这……因为时间紧迫，奴婢也不敢细看。栖凤阁中的文书衣物等都被查抄走了，那些显眼的字画，奴婢也不敢妄动，这几张还是奴婢从偏殿书案后面角落里翻出来的。"吉祥解释道。

"还有这两身衣服，是从婉妃寝宫的壁橱里找到的，不知为何藏在暗匣里，才躲过内务府的眼睛。"

沈充仪向箱子中看了一眼，果然是两身长裙，都是白底绣花，轻纱软缎的料子。

她随手拎起一件，略一摩挲，立刻认出，是今年黎州上贡来的流光缎，这缎子是以黎州特产的著名织料——澈丝来织就，而作为贡品的流光缎质地要求更为柔滑绵软，一根澈丝要劈成十六股纺织，黎州最好的织工织就一匹也要耗费数年工夫。数月前，刚刚上贡了十二匹，除了长庆宫留下的，其余都被皇帝赏赐给婉妃了。

这几身衣服长袖舒展，裙摆繁复，还缀着明珠玉铛，丁零作响，显然是舞衣。只怕是刚刚制成，婉妃还没上身呢。

婉妃舞姿妩媚，翩若惊鸿，是皇上最钟爱的。

呵，再好的衣服，也得有命穿才行啊！看着衣服上精致的绣纹，沈充仪感慨一声。将衣服扔回了箱子，意兴阑珊。

宫卫司查了一遍，内务府又查了一遍，栖凤阁里想必也不会留下什么有用的线索。自己也只是抱着侥幸的心理。

她这次让心腹婢女偷偷潜入栖凤阁，只因为她知道一个秘密。

因为这个秘密，她明白这一次皇上中毒昏迷，只怕不是看起来那样简单。

婉妃心性明慧，盛宠无双，燕国公府有什么本事能让她乖乖听话，行此大逆不道之举？

只有爱情，才会让一个女人彻底昏头啊！

沈充仪目光落在搁置在博古架的观海镜上，多亏了这东西，才让她知晓了那个秘密。

那个秘密，虽然眼下无关大局，但倘若皇上醒来，明白那个人的狼子野心，秽乱后宫，必不会如往常一般信重，若皇上……有什么万一，到时候皇位虚悬，朝中必有动荡，自己要尽快将那个秘密告诉父亲，以便临川侯府选择合适的位置。也希望看着这情分上，能让父亲多顾念父女之情……

可惜吉祥白跑了一趟，没有找到证据。

这样重要的事情，空口白话，无端指证，显然不能让人信服。

正思量着，突然，急促的脚步声传来，房门被猛地推开："娘娘……"

沈充仪面色一沉："本宫不是说过，若无要事，不能打扰吗？"

"娘娘……"小宫女跑得上气不接下气,"娘娘,皇上醒过来了!"

"什么?!"沈充仪一愣,紧接着是难以置信的狂喜,整整五天了,皇上终于转危为安,她日夜惊惧彷徨的一颗心终于能落地了。

顾不得淑女仪态,她从床上跳下来,却因为膝盖痛疼险些摔倒。

吉祥眼疾手快地扶住。

还未站稳,紧接着又有一个小宫女跑来传讯:"娘娘,丽妃娘娘派人来传话,要集合诸妃一起前往乾元殿请求侍疾。"

"本宫这就过去。"沈充仪勉强冷静下来,露出久违的笑容,"吉祥,快为本宫梳洗。"

好消息的到来让整个宫殿充满了久违的活力。

吉祥连忙传唤梳妆女官,四五个宫女鱼贯而入,捧着银盆、皂角、缎巾等物。另有两个掌佩饰的女官,匆忙搭配起衣服首饰。

不要太华美,也不能太素净,还要简单轻便,明丽动人……沈充仪在一套套衣裙佩饰中迅速挑选着,这一次,说不定能见到皇上呢!

而从栖凤阁搜罗来的文书和衣物被吉祥匆匆塞回了箱子,连同困在衣服中可怜的小豆沙。还没来得及透口气,就再一次被扔进了黑暗中。

昏天暗地中也不知待了多久,豆沙终于又听到外面的声响。是箱子晃动,被人搬了起来。

"娘娘,东西取来了。"

"那两身衣服还在吧?"

"咔嚓"一声轻响,豆沙感觉头顶一片光亮照下,一只手伸进来,将两件衣服取出。

豆沙一个翻滚,落进了其中一件的口袋里。

都说流光缎轻软如云,这两身衣服竟然略沉,也难怪,镶嵌了这么多宝石呢。

吉祥艳羡地看着衣服上明晃晃的珠玉,心中不忿,这样好的衣服,娘娘竟然说要送给白妃。

"娘娘,奴婢这就送过去吗?"她犹豫着问道。

沈充仪用看白痴的眼神望着她:"傻瓜,怎么能这么光明正大地送过去?"

"那娘娘的意思是……"吉祥困惑。

沈充仪微微一笑："尚服局那边今年的秋装还没有派送吧，你去找负责的官人，将这两件衣服替换进给白妃的秋装里。"

吉祥眨了眨眼睛，这两件衣服看风格，倒挺适合那位深居简出的白妃娘娘。自家娘娘身家丰厚，在宫中出手大方，办成此事也容易。可是，有什么用处吗？

看到贴身婢女还是不开窍，因为皇帝醒来而心情极佳的沈充仪难得地没有斥责，反而耐心解释了起来。

"这流光缎是皇上赏赐给婉妃的，若是哪一天，被皇上看到，同样的衣服料子出现在白妃的身上，你说皇上会怎么想？"

"会认为是白妃偷了婉妃的衣服。"吉祥恍然大悟。

沈充仪恨铁不成钢地看着她："说什么傻话呢？白妃是江南巨富之家所出，怎么会去偷别人的旧衣服穿？"

这两件衣服哪里旧了？吉祥在心里反驳，却不敢开口，反而做出聆听高训的模样。

"皇上只会以为白妃羡慕婉妃得宠，所以行此东施效颦之举，刻意邀宠。"沈充仪微微一笑。东施效颦可是千古笑柄啊！到时候白妃在皇上心中的印象必定大损。

原来娘娘是想要断绝白妃的宠爱之路！吉祥恍然大悟。

"可是……"吉祥终于捕捉到重点，"可是白妃娘娘她本来就不得宠啊！在皇上面前的体面只怕还不如娘娘您呢。"

"之前是不得宠，之后，就未必了……"沈充仪脸色发沉，"刚刚乾元殿那边传来消息。昨晚皇上休息之前曾提起后宫诸事，隐约听到有提起白妃。"

吉祥心中一凛，自家娘娘因为有娘家撑腰，手面阔绰，在宫中打赏丰厚远胜其他诸妃，所以能不时得到一些小消息。包括乾元殿，虽内殿服侍的人收买不了，但外围扫洒的低阶宫人，偶尔也能听到只言片语。

这位白妃娘娘虽然位分上与婉妃和丽妃同为二品妃。但宫中谁不知道，这位的品级是拿银子换来的。诸妃一向鄙视，好在白妃为人低调，宫门都很少出。也不知为何，皇上醒来第一晚，竟然就提到了白妃。

"哼，不管什么原因，隐患总要及早清除。而且，她一个商户之女，之前在乾元殿前，竟然能跪在我的面前。"

那是因为她位分比你高好吧。吉祥在心里默默吐槽了一句。这几日佛堂祈福，不也都是跪在您前面的吗？

见贴身婢女沉默不语，沈充仪催促道："还愣着干什么，赶紧去吧。"

吉祥醒悟过来，连忙应是："奴婢这就去尚服局。"

箱子被"砰"的一声盖上，豆沙又一次陷入了黑暗之中。

长久的饥饿让它感觉头昏眼花，蒙眬中，它感觉自己随着口袋不停地晃动摇摆，拎起来又放下，耳边有嘈杂的声音响起。

……

"将这两件衣服偷偷混进去。"

"那么多件衣服，谁看得出来？这两件本就是白妃娘娘喜欢的式样。"

"放心，事成后少不了你的好处。"

……

不知过了多久，终于，一切安静了。

豆沙感觉自己已经饿得麻木了，小鼻子抽搐中，似乎闻到了果子的香味。

好香啊！诱人的香气鼓舞起力量，原本连睁开眼睛的力气都没有的小仓鼠振奋起最后的精神，拼命摆脱束缚，循着本能扑上去。

一口咬下，又甜又脆。太好吃了，是鲜美的桃子！

豆沙狼吞虎咽地咬着，此时，就算天崩地裂，也不能让它有丝毫分神。

直到吃得小肚子圆滚滚的，再也塞不进一口食物了。豆沙才停下来，躺在一边。

这时，它才有机会打量四周。

几个红玛瑙果盘摆在红木案几上，盘中堆满了各色果品，有甜甜的葡萄，香香的桃子、脆脆的苹果……还有自己最爱吃的鲜甜可口的果仁。

多美好的世界啊！

难道这就是主人读书时说起的仙境？住在这里的会是仙女吗？

红木案几旁边是锦绣堆叠的软榻，上面摆着几十件衣裙，整齐地叠成一摞一摞。每一件都带着漂亮的花色和闪亮亮的小石头。

自己刚刚就是从其中一件的口袋里钻出来的。豆沙认出自己的临时小窝。

这些漂亮的衣服，还有这华丽的房间，好像曾经的栖凤阁啊，自己是怎么来到这里的？

豆沙贫瘠的小脑袋无法理解如此困难的东西。

不管了，有吃的就好。

门外传来脚步声，豆沙想要挪动身体看一看来人，却因为吃得太过滚圆笨拙，整个儿滚了出去。

从红木茶几上落下去，正好掉落到长裙上，沿着光滑轻软的料子，"刺溜"一声滚

进了口袋里。

不是吧,自己才刚刚从这里爬出去的,豆沙那个郁闷啊!

"娘娘,这些是内务府刚刚送来的这一季的新装,一共二十四套。请您过目。"

"收起来就是。"一个清亮中透着几分慵懒的声音响起。

"奴婢遵命。"

旋即,豆沙身体晃了晃,是几个宫女依照吩咐上前,将衣服收起,捧着要往后殿走去。

忽闻一声:"且慢,让我看看。"

豆沙感觉自己身体一轻,是一只手,将自己所在的这件衣服提了起来。

略带沉吟的声音道:"这几件,样式似乎不太一样。"

宫女仔细分辨,惊讶道:"裙摆和长袖都比宫中最近流行的十二幅裙要宽大飘逸,飞纱挂饰也多,这……似乎是舞衣的风格呢。"

另一个宫女消息灵通些,猜测道:"因为婉妃娘娘数月前舞姿惊鸿,深得皇上欢心,听说宫中好几位娘娘这一季都定了类似风格的衣衫。想必是要的人多,尚服局裁制衣衫时,就擅作主张,为娘娘添加了吧。"

"多此一举。"那个人声音起初是不屑,却忽然动作一僵。

"等等……"白妃眼中闪过异彩,略一沉吟,吩咐道,"将这一件留下,其他的收起来吧。"

裙摆开合之间,透过缝隙,豆沙终于看清楚那个人。

一双眼眸如最纯净的黑曜石一般透出炫目的神采,让人完全忘记了她的外貌。

那锐利的目光让豆沙本能地心悸,仿佛被猫儿盯住一般,它瑟缩成一团,不敢动弹。

又过了大半天,夜色渐深,吃掉的桃子已经消化殆尽,感觉到饥饿,豆沙悄悄探出小脑袋。

那个人不在吗?它奋力爬出口袋,却发现自己只是落进了另一重束缚中。

四周一片黑暗,自己又被关进箱子里了?豆沙大惊。

绵软的触感却提醒它,似乎不是箱子。

正要四处探索,突然身体一轻,紧接着四面布料拥挤而来。

白妃将小包袱塞进怀里。侧耳聆听片刻,确定殿外守夜的宫女太监都已睡着。

她悄悄推开殿门，跃上房檐，飞快地向着栖凤阁飘掠去。

进了殿内，白妃将舞衣取出，披在肩上，然后随手将包袱扔到柜子底下。

一开始，豆沙被挤得头晕，以为自己要窒息而死的关头，突然身体一松，紧接着一股大力传来，整个儿滚了出去。

七手八脚甩脱了包袱的束缚，它心有余悸地看着四周。

熟悉的味道传来，它抬起头，惊讶地发现，这不是自己这几天藏身的壁橱底下吗？

兜转了一圈，忍饥挨饿，担惊受怕，怎么又回到栖凤阁了？

它小心翼翼地探出脑袋，想要看一看将自己带回来的人，却发现那个人已经不见了。

眨了眨眼睛，豆沙来到食盘前，依然空空如也，倒是旁边白玉兰瓷碟里的水，还剩下浅浅的一层，它伸出小舌头，费力地舔着。

回想起一路的经历，外面的世界虽然有吃的，可是好可怕……

主人啊，你什么时候回来？我好想你啊！小仓鼠眼泪汪汪地看着依然空空的食盘和即将耗尽的水碟，满心无助。

也许是豆沙诚挚的呼唤感动了上天，突然，一个人影从殿后水墨山水琉璃屏风后浮现。

熟悉的身影如朝阳初升，刹那间万道曙光涌入，照亮了小仓鼠黑暗的世界。

是主人！

主人回来了！

它激动得不能自已。

对了，以前，主人也经常会这样消失一段时间，然后又会从床榻那边莫名地出现。

虽然这一次时间有点儿久，但我不怪你，只要你肯回来……

激动中的小仓鼠完全没有注意，寝殿的大门骤然打开，另一个身影，出现在门前。

那个曾经抢夺它的食物，虐待它的精神，让它切齿痛恨的人，正踏入殿内，茫然无措地望着四周。

直到她的目光落在琉璃屏风上，一道洁白的身影正在那片水墨山河间舞动，如一朵纯净的莲花，缓缓绽放出柔美的姿态。

这世上最迷人的画卷，绘满了热切的重逢与期盼，正缓缓展开，向世人展露它曲折婉转的故事。

可惜，此时此刻，唯一的观众只有躲在柜子底下的一只小仓鼠。

而在它的眼中，这惊心动魄的画面，全部的意义和美好，都只有一点。

主人回来了！

它听不见两个人之间诡异的对话，看不见两个人之间僵硬的隔阂。

在它的眼神中，只剩下那个无比熟悉的身影，洁白的长袖舒展，鲜活妖艳，悠长的裙裾飞旋，飘逸如云。

这熟悉亲切的美景给了豆沙巨大的力量，它颤颤巍巍地爬了出来。

啊，主人发现我了！她向这边看过来了！

咦，主人好像在尖叫什么。

长久的饥饿和恐惧让小仓鼠身体虚弱，两眼发花，但什么都阻挡不了它冲向自己最爱的主人的步伐。

想到主人温暖的掌心，柔软的抚摸，豆沙振作精神，猛地跳了起来。

奔向梦中最美好的生活……

（上集完）

木兰帝（下）预告剧场

长乐宫的白妃哭着问元泓："皇上欲置臣妾于炭火之上乎？"

元泓一脸悲壮地答："爱妃，朕自己就在这火山口上蹲着呢！"

回宫的第一天，一场后宫争宠、庙堂布杀、鬼影藏秘的大戏就迫不及待地在元泓面前揭开帷幕。

因受临川侯牵连而获罪的沈充仪被废入冷宫，却不甘寂寞，妄图凭着手中的情报绝地反击。

阴差阳错被揭露身份的白妃，却带出元泓不为人知的过去。

婉妃与陆天祈，本以为毫不相关的人，却有着让人意外的交集。

白望舒与白天枢，熟悉的名字中，又藏着什么样的秘密？

一波未平，一波又起。

秋猎大典上，津川李氏嫡女李绮年出现在众人面前。

面对即将成为皇后的李绮年，即将亲政大婚的元泓表示压力山大！而众妃嫔表示压力比山更大！

远道而来的皇后娘娘，更带来了一份让整个天下变色的"嫁妆"。

太平盛世之下，那股不为人知的暗流终于浮上台面，并来得如此汹涌狂暴，猝不及防。

本以为这宫廷繁华富丽，本以为这天下和乐安详，转眼之间，殿宇广厦化作修罗场，红妆娇娥，零落乱世殇。

一段兵燹万里的征途，让一切浴火重生！

好在，无论走过多少路程，经历多少波折，等待的那个人，依然在那里。

请不要走开，木兰帝（下）近期上市！

意林品牌书系推荐

意林女生文学·《小小姐》品牌书系 为中国女生量身打造，纯正、阳光、向上，优质女孩喜爱的文学品牌

萌灵小说系列
《悠莉宠物店Ⅰ》	18.80
《悠莉宠物店Ⅱ》	18.80
《悠莉宠物店Ⅲ》	19.90
《悠莉宠物店Ⅳ》	19.90
《悠莉宠物店Ⅴ》	19.90
《悠莉宠物店Ⅵ（大结局）上》	19.90
《封印之书·九尾狐》	19.80
《封印之书·独角兽》	19.80
《玛丽晴异闻录》	19.90
《薇妮天使旅行》	19.90
《苍岛有风①·人鱼过境》	19.90
《萌物委托社①世外萌龙天然呆》	22.80

冒险励志系列
《迷藏·海之迷雾》	18.80
《迷藏Ⅱ·月影迷踪》	19.90
《迷藏Ⅲ·幻梦迷城》	19.90
《花与梦旅人Ⅰ》	19.90
《花与梦旅人Ⅱ》	19.90
《花与梦旅人Ⅲ》	19.90
《花与梦旅人Ⅵ（大结局）》	19.90
《花与守梦人①·大公的苏醒》	19.90
《花与守梦人②·占星师的眼泪》	19.90
《萌侦探纪事Ⅰ》	18.80
《萌侦探纪事Ⅱ》	19.90
《萌侦探纪事Ⅲ》	19.90
《萌侦探纪事Ⅳ（大结局）》	19.90
《迷宫街物语》	19.80
《艾蜜儿宇航日记》	19.90

幸福蔷薇系列
《蔷薇少女馆Ⅰ》	18.80
《蔷薇少女馆Ⅱ》	18.80
《蔷薇少女馆Ⅲ》	19.90
《蔷薇少女馆Ⅳ》	19.90
《蔷薇少女馆Ⅴ》	19.90
《蔷薇少女馆Ⅵ》	19.90

浪漫古风系列
《七寻记Ⅰ》	18.80
《七寻记Ⅱ》	19.90
《七寻记Ⅲ》	19.90

果绿年华系列
《蝴蝶飞过旧时光》	19.80
《第一女执政官》	19.90
《风之少女琪琪格》	19.90

《霓裳小千金》	19.90
《两生花开时》	22.00
《风云俏萝莉》	19.90

月舞流光系列
《前方江湖请绕行》	19.90
《三色堇骑士之歌》	19.90
《守望彼岸星海》	19.90

萌淑女驾到系列
《萌淑女驾到之美女训练营》	19.90
《萌淑女驾到之天使候补生》	19.90
《萌淑女驾到之人鱼的信奉》	19.90
《萌淑女驾到之天鹅公主成人礼》	19.90

星愿大陆系列
《星愿大陆①·天命巫女》	19.90
《星愿大陆②·白银蔷薇》	19.90
《星愿大陆③·幻月手杖》	19.90
《星愿大陆④·永恒星钻》	19.90
《星愿大陆⑤·夜之王子》	19.90
《星愿大陆⑥·晨光微曦》	19.90
《星愿大陆⑦·琉光暗影》	19.90

浪漫星语系列
《处女座：完美年华初相见》	20.90
《天蝎座：假面黑桃Q》	20.90
《双子座：闯进你的孤单星球》	20.90
《巨蟹座：追梦的水晶鞋》	20.90
《天秤座：优雅走过下雨天》	20.90
《白羊座：裙摆是花开的地方》	20.90
《摩羯座：寄给青春一座城》	20.90
《双鱼座：浪漫满分灰姑娘》	20.90
《金牛座：微笑天使倔强心》	20.90
《狮子座：再会，骄傲小时光》	20.90

淑女风尚馆·气质养成系列
《我要我的淑女范儿》	18.80
《优雅女孩的秘密》	18.80
《清新森女在路上》	18.80
《俏女孩的甜美主义》	18.80

小MM迷你爱藏本
《蝴蝶停在十六岁》	18.80
《焦糖玛奇朵天使咒》	18.80
《那一年，花开半夏》	18.80
《雨季微凉时》	18.80
《只穿一天公主裙》	18.80
《月色银蔷薇》	18.80
《傲娇公主的美丽回旋》	18.80

《花田明月照年少》	18.80
《亲爱的小气鬼》	18.80
《青春如诗，静谧花开》	18.80

重磅作家系列

《薄荷香女孩》	19.80
《不说再见好吗（上）》	17.90
《不说再见好吗（下）》	17.90
《风走过树林》	17.90
《忆棠的夏天》	17.90

唯美新漫画系列

《钢琴小淑女（第一季）》	17.90
《钢琴小淑女（第二季）》	17.90
《钢琴小淑女（第三季）》	17.90
《钢琴小淑女（第四季）》	17.90
《钢琴小淑女（第五季）》	17.90
《最佳女主角（第一季）》	18.80
《七寻记·鎏金龙纹镯（漫画版）》	15.00
《七寻记·夔龙黄玉佩（漫画版）》	15.00
《天鹅座·鹅黄》	18.80
《天鹅座·柳青》	18.80
《天鹅座·冰蓝》	18.80
《天鹅座·禧红》	18.80
《天鹅座·蜜粉》	18.80
《天鹅座·浅紫》	18.80

绘色缤纷系列

《淑女绘·花的学校》	22.00
《淑女绘·童话诗人》	22.00
《淑女绘·雪花的快乐》	22.00

日光倾城系列

《巧克力色微凉青春Ⅰ》	20.90
《巧克力色微凉青春Ⅱ》	20.90
《巧克力色微凉青春Ⅲ》	20.90
《浅蓝色时光舞步Ⅰ》	20.90
《女生宿舍Ⅰ·南栀向暖》	20.90

纯美小说系列

《少女果味杂志书①：甜心草莓号》	14.80
《少女果味杂志书②：蜜桃慕斯号》	14.80
《少女果味杂志书③：焦糖布丁号》	16.80
《少女果味杂志书④：香草海绵号》	16.80
《少女果味杂志书⑤：可可森林号》	18.80
《少女果味杂志书⑥：果果米苏号》	18.80
《少女果味杂志书⑦：香橙泡芙号》	18.80
《少女果味杂志书⑧：樱桃芝士号》	18.80
《少女果味杂志书⑨：蓝莓布朗号》	18.80
《少女果味杂志书⑩：薄荷方糖号》	18.80
《少女果味杂志书⑪：樱花紫苏号》	18.80
《少女果味杂志书⑫：柠檬红茶号》	18.80
《少女果味杂志书⑬：红豆奶昔号》	18.80
《少女果味杂志书⑭：芒果西多号》	18.80

蝴蝶蓝系列

《蝴蝶蓝（第一季）·千面桃花姬》	19.90
《蝴蝶蓝（第二季）·紫莲山庄》	19.90
《蝴蝶蓝（第三季）·落跑小郡主》	19.90

班花朵朵系列

《班花朵朵①·我是艺术生》	20.90
《班花朵朵②·电影初体验》	20.90
《班花朵朵③·偶像保卫战》	20.90

现在是女生时代系列

《现在是女生时代！》	28.80
《现在是女生时代！②·我们闺蜜吧》	28.80
《现在是女生时代！③·女生都是小怪物》	28.80
《现在是女生时代！④·嗨，女孩，你好漂亮》	28.80

小MM六周年主题书

《淑女王冠》	29.80

欢乐联萌系列

《养只萌呆镇镇宅①》	19.90
《养只萌呆镇镇宅②》	19.90
《养只萌呆镇镇宅③》	19.90
《养只萌呆镇镇宅④》	19.90
《养只萌呆镇镇宅⑤》	19.90
《萌师上线，顽徒请签收①》	19.90
《千金当诮（一）》	19.90

天使在身边系列

《路过心上的哈士奇》	20.90
《当心！浣熊出没》	20.90
《萌动之森·雪地精灵伶鼬》	20.90

公主天下系列

《清河公主·洙宛传》	22.80

小MM花漾青春版

《少女说①·花醒了》	22.80
《少女说②·青春里的不速之客》	22.80

极致小清新系列

《女孩子的清甜小说绘①·淡白栀子号》	20.90
《女孩子的清甜小说绘②·浅草茉莉号》	20.90
《女孩子的清甜小说绘③·鸢尾蝴蝶号》	20.90
《女孩子的清甜小说绘④·冰蓝花楹号》	20.90

意林·轻文库品牌书系　　倡导校园小说阅读新潮流

绘梦古风系列

《公主驾到》	23.80
《花颜错》	23.80
《山寨世家》	23.80
《倾世迷途书》	23.80
《凤九卿（一）》	23.80

《凤九卿（二）》	23.80	奇幻仙境系列	
《凤九卿（三）》	23.80	《彼渡少年与妖怪契约》	23.80
《凤九卿（四）》	23.80	《神典·末夜公主》	23.80
《凤九卿（五）》	24.80	《御灵骑士团·诺茵与彩狸》	23.80
《凤九卿（六）》	24.80	《逆世界之瞳》	23.80
《美人千千泪西楼》	23.80	《玫瑰帝国·荆棘鸟之冠》	25.80
《郡主驾到·壹》	24.00	《玫瑰帝国·黑羽蝶之翼》	25.00
《郡主驾到·贰》	24.00	《玫瑰帝国·白蔷薇之祭》	26.80
《木兰帝（上）》	23.80	暗影迷踪系列	
《木兰帝（下）》	23.80	《终极推理事件簿》	22.80
《俏娇小仙闹皇宫》	23.80	《超级学园探案密码》	22.00
《连城赋（上）》	23.80	新炫武侠系列	
《连城赋（下）》	23.80	《邻家武圣》	23.80
《千凰令（一）凤鸣倾城》	20.80	星光璀璨系列	
《千凰令（二）情牵一线》	20.80	《轻星球·仙女星云号》	19.80
恋之水晶系列		灵气少女系列	
《致淡玫瑰色的你》	22.80	《星有灵犀遇见你》	20.80
《宁负流年不负君》	22.80	《萌熊改造计划》	20.80
《世界第一的假面殿下》	25.00	《守护极速甜心》	20.80
《脱线萌星易容记》	25.00	《元气星女倾城记》	20.80
《脱线萌星易容记Ⅱ》	25.00	《公主病》	20.80
《指尖花凉忆成殇》	22.00	轻舞飞扬系列	
《欢歌犹在意微醺》	22.00	《毛毛熊的浪漫樱花雨》	19.80
《欢歌犹在意微醺Ⅱ》	22.00	《发梢轻绾茉莉香》	19.80
《绯色樱花圆梦纪Ⅰ》	23.80	《迷迭香在青春里绽放》	19.80
《见习保镖呆呆兽》	25.00	私人定制少女馆	
《可可少女梦想纪》	25.00	《恋恋星煌十二宫》	25.00
《后天男神Ⅰ》	25.00	《守护十二生辰石》	25.00
《后天男神Ⅱ》	25.00	暖爱青春馆系列	
《后天男神Ⅲ》	26.80	《少年北顾，唯愿君安（上）》	25.00
《世界第一的公主殿下Ⅰ》	23.80	《少年北顾，唯愿君安（下）》	25.00
《世界第一的公主殿下Ⅱ》	23.80	《若你离去，后会无期》	22.80
《世界第一的公主殿下Ⅲ》	26.80	《想你的时候，抬头微笑》	22.80
《挥手告别小时光》	23.80	美少年系列	
《少年住在云之彼岸》	23.80	《辰荒学院的美少年①奇异校规》	22.80
《我的青春，以你为名①偶像来了！》	23.80		

《意林·小文学》品牌书系　　阳光阅读·快乐写作

成长物语系列		《鬼马女神捕①：绝密卧底（下）》	14.80
《艾丽鲨半成年》	19.90	《鬼马女神捕②：绝命预言（上）》	14.80
《换双翅膀飞翔》	19.90	《鬼马女神捕②：绝命预言（下）》	14.80
《琥珀青春》	19.80	《天神学院·魔女见习生》	19.90
魅力悦读系列		动物奇缘系列	
《程家兄妹·永不毕业的少年》	19.90	《萌兽报到，请多关照》	19.90
《逃之"妖妖"》	20.90	五周年主题书	
幻之星球系列		《青春，是与七个自己相遇》	26.80
《地球假日①：寻找洛神》	19.90	独家策划系列	
爆笑学园系列		《长大，是不期而遇的温暖》	26.80
《鬼马女神捕①：绝密卧底（上）》	14.80	《谢谢你，出现在我的青春里》	26.80